U0071831

騙子王國

莉・巴度格 ———著　林零 ———譯

下

Crooked Kingdom

Leigh Bardugo

騙子王國　書評推薦

「《烏鴉六人組》融合《瞞天過海》般的精密劇情、豐富的魔法世界，以及讓人渴望成爲其中一員的六人組。翻開第一頁，就如同置身這個世界一般，跟著渣滓幫一起展開冒險。絕不誇飾，《烏鴉六人組》是這幾年來最精彩的青少年奇幻小說之一！」

——「阿芳來說書」版主　阿芳

「這是一本特殊寫法的奇幻小說，讓人忍不住翻下去，角色各個鮮明有特色，非常引人注目。」

——奇幻小說、旅遊小說作者　陳郁如

「《烏鴉六人組》在青少年和成人之間抓到了一個完美的平衡點。但是在設定夠紮實、故事夠黑暗之外，飽滿立體的人物、峰迴路轉的劇情，以及高超的說故事功力，才是讓這本書讓讀者爲之瘋狂的主因。」

——奇幻文學評論者　譚光磊

「每個故事都令人期待與回味，彷彿與角色們一起行走了一趟身與心靈的奇特冒險。」

——暢銷作家　護玄

「（這部作品）包含令讀者著迷的所有元素——詭計多端的領導者、應對各種狀況的計畫，再加上幾乎不可能的賠率，以及充滿娛樂性與特殊技能的團隊、出乎意料的轉折，還有最後令人心跳加速的懸念。」

——《出版人週刊》星級書評（*Publishers Weekly*）

「融合各種巧妙執行元素的美味特調……巴度格用這部動人的續集超越了自己，系列讀者鐵定無法將視線從書頁上移開。」

——《書單》雜誌星級書評（*Booklist*）

「從頭到尾都精彩刺激，無法放下這本書。」

——《科克斯書評》星級書評（*Kirkus Review*）

「巴度格再次完整展現《烏鴉》的長處，巧妙的情節架構，以及背景故事、忠誠、缺憾加上浪漫的伙伴關係……層次豐富。」

——《兒童圖書中心會刊》（*The Bulletin of the Center for Children's Books, BCCB*）星級評論

Isenvee
埃森維
Kenst Hjerte
心碎島
Elling
爾令
Overüt
歐佛瑞
Fjerda
斐優達
Avfalle
奧法勒
Elbjen
艾比揚
Djerholm
第爾霍姆
Permafrost
永凍區
Tsibeya
茲貝亞
Petrazoi
佩塔索
Unsea
異海
Ravka
拉夫卡
Kribirsk
奎比爾斯克
Os Kervo
歐斯科佛
Os Alta
歐斯奧塔
Keramzin
卡倫森
Tsemna
修姆拿
Sikurzoi Mountain
斯庫左山脈
Koba
寇巴
Shu Han
蜀邯
Bhez Ju
貝蜀
Ahmrat Jen
安瑞特淵
地圖插畫：黃靄琳

The Wandering Isle
迷回島
Leflin
拉芙林
Bone Road
白骨路
Jelka
亞卡
Vilki
維爾基
Novyi Zem
諾維贊
Weddle
維德
True Sea
真理之海
Reb Harbor
瑞伯港
Eames Harbor
伊姆斯港
Shriftport
敘利港
Eames Chin
伊姆斯岬
Cofton
克夫頓
Ketterdam
克特丹
Kerch
克爾斥
Belendt
貝蘭德
Land Bridge
陸橋
Southern Colonies
南方殖民地

N
W
E
S
紐弗特
市政廳
第四港口
第三港口
諾維贊
大使館
蜀邯
大使館
政府機構區
開利
大使館
拉夫卡
大使館
銀之區
第二港口
漢拉灣
巴特教堂
第一港口
黃金區
黃金運河
大學區
金融區
Ketterdam
克特丹
地圖插畫：黃靄琳

王家造船廠
第六港口
美沙洲
寇米第島
第五港口
倉庫區
利德區
東埠
西埠
巴瑞爾
停屍間
浪汐工會瞭望台
鐵之床
白玫瑰之屋
善女橋
開利王子
巢屋
斯密特宅
贊特橋
地獄門
翡翠皇宮
艷之園
烏鴉會
黑幕島
范艾克宅
交易所
拜金者旅館
玻克平

Crooked Kingdom

騙子王國  目次

第四部
意外的訪客

17 伊奈許

到了夜晚，倉庫區彷彿脫胎換骨。位於東側邊緣的貧民窟活了起來的同時，這區的街道則成了某種無人區，占據其中的只有派駐在此的守衛及邊抱怨邊巡邏的市警隊。

伊奈許和妮娜將船停泊在從正中流過的寬廣中央運河，朝著安靜無聲的碼頭舉步前進。她們緊貼倉庫移動，遠離列於水旁的街燈。兩人經過裝滿木材和槽桶裡堆疊高高煤塊的駁船。每隔不久，就會瞥到一些靠著提燈光線工作的人，正抬起一桶桶蘭姆酒或大綑大綑的棉花。這種價格高昂的貨物不能在無人看管的狀況下留過夜。當她們快抵達美沙洲，見到兩人正從停在運河旁的大馬車卸下某個東西，有盞藍燈用來照明。

「死魂燈。」伊奈許小聲說道，妮娜不禁顫抖。燐光球是用深海魚磨碎的骨頭製成，發綠光，但死魂燈用的是其他燃料，像藍色的警示光，讓人們能辨認運屍人的平底船。他們運的是屍體。

「運屍人在倉庫區做什麼？」

「人們不喜歡在街上或運河看到屍體。倉庫區晚上等同死城，所以他們會把屍體帶到這個地方。太陽一下山，運屍人就接走死者帶到這兒。他們是輪班制，一個社區、一個社區地巡，日出前就會消失，他們的貨運也一樣。」然後送到死神駁船燒掉。

「他們爲什麼不建個眞正的墓園就好？」妮娜說。

「沒有空間。我知道很久以前討論過要重開黑幕島，但在王后的瘟疫女士爆發時就全部停擺了，人們太怕被感染。如果你家可以負擔，他們會送你去克特丹之外的墓園或墓地。如果沒辦法的話……」

「無人送葬。」妮娜沉著臉。

無人送葬，無須喪禮。另一種表達祝好運的方式，其中卻別有深意，暗暗忽視了一個事實：對於他們這種人，不會有昂貴的葬禮，沒有大理石墓碑銘記他們的名字，沒有種了桃金孃和玫瑰的花圈。

靠近美沙洲時，伊奈許帶頭。筒倉本身令人望之卻步，巨大得有如在那裡站哨的諸神，有如這個產業的紀念碑，醒目地裝飾上范艾克家的紅色月桂。不要多久，大家就會知道那個紋章代表什麼意思了——懦弱，以及欺騙。范艾克的筒倉圍成一圈，被高高的鐵圍欄圍繞。

「帶刺的鐵絲網。」妮娜點出。

「不成問題。」這東西是用來讓家畜乖乖待在裡頭，對幻影而言算不上什麼挑戰。

她們在倉庫堅固的紅磚牆旁拿下一名守衛，接著待在原地，確認守衛的例行路線並未改變。就如凱茲所說，守衛幾乎分毫不差，每十二分鐘繞行筒倉圍欄一圈。當巡邏人員來到範圍東側，伊奈許會有約六分鐘能越過鐵絲網。他們一走到西側，就能輕易目擊到她在筒倉間的鐵絲網上，但她上屋頂後就幾乎不會被看見了。在這六分鐘裡，伊奈許要負責將象鼻蟲投入筒倉口、移除鋼索。如果超過六分鐘，就只能再等守衛繞回去。她看不到他們，但是妮娜手中握有強大的燐光球，能在伊奈許可安全跨越時，用短促的閃光對她打信號。

「十個筒倉，」伊奈許說：「九次跨越。」

「近看它們變好高，」妮娜說：「妳準備好了嗎？」

伊奈許無法否認它們確實令人畏懼。「無論山有多高，爬起來都是一樣。」

「技術上不是。妳會要用到繩索、登山鎬——」

「妳變成馬泰亞斯了。」

妮娜驚嚇地捂住嘴巴。「我要吃兩倍蛋糕當補償。」

伊奈許一派睿智地點頭。「明智的做法。」

巡邏再次從守衛室出發。

「伊奈許，」妮娜吞吞吐吐地說。「妳得知道，自從用了煉粉，我的能力就不一樣了。如果我們捲入打鬥——」

「今晚不會發生打鬥。我們要像鬼魂一樣來去。」她輕捏妮娜肩膀一下。「而妳是我認識最強大的戰士，無論有沒有格里沙的力量。」

「但是——」

「妮娜，守衛。」

巡邏的人消失在視線外。如果現在不行動，就得等到下一輪，那會害她們進度落後。

「馬上去。」妮娜說，大步朝守衛室走去。

她只花了幾步，就從她們在倉庫的監視處走到沐浴在燈光中的守衛室。妮娜整個姿態轉變。伊奈許不太曉得該怎麼解釋，但她的腳步變得更為躊躇，肩膀微微下垂，彷彿整個人縮了水。她不再是受過精良訓練的格里沙，而是想尋求一絲絲善意的緊張年輕移民。

「那個，對不起？」妮娜用重得誇張的拉夫卡口音說。

守衛立刻舉起武器瞄準，但看起來沒有特別擔憂。「妳不該晚上跑到這裡。」

妮娜咕噥了些什麼，用那雙綠色大眼抬頭看他，伊奈許完全不知道她竟能看起來那麼善良。

「那是什麼？」守衛上前，靠得更近。

伊奈許趁機行動。她將韋蘭給他們的劣質閃光彈的長引線點燃，接著大步躍向籬笆，和那圈光亮拉開好一段距離，無聲往上爬。她差不多處於守衛和妮娜正後方，接著來到他們上頭。當她輕而易舉竄進捲成一圈圈的刺鐵絲網中間，還能聽到他們的聲音。

「我要，找工作，」妮娜說：「做糖。」

「我們不在這裡製造，只有儲存。妳可能要去其中一間製造廠。」

「但是我需要工作，我……我……」

「噢，嘿，不要哭。別哭，別哭。」

伊奈許克制住想嗤一聲的衝動，無聲無息落到籬笆另一邊的地上。透過籬笆，她能看見凱茲提過的靠著守衛室後方牆壁疊起來的沙袋，以及——絕對沒錯——他計畫給她用的網子一角。

「妳的……呃……你們族人也要找工作嗎？」守衛問道。

「我沒有……你們是怎麼說的——族人？」

守衛室旁邊的門沒從裡面鎖起，因此伊奈許把門推開，幫妮娜留下一點點小縫，並且迅速溜進最靠近的筒倉底部陰影中。

她聽見妮娜道了再見，然後朝她們監視處相反的方向離開。接著，伊奈許靜靜等待。分秒流逝，就在她開始覺得炸彈可能壞了的時候，響起轟然巨響，她們監視守衛的倉庫那兒炸開一片明亮閃光。守衛再次出現，舉起步槍，走向倉庫。

「嘿？」他喊道。

妮娜從他身後的陰影中溜出來，一眨眼就鑽進門內。她安安穩穩將門關上，直接朝第二座筒倉前進，消失在黑暗中。從那個地方，她便能在守衛繞圈巡邏時對伊奈許發信號。

守衛倒退著回到崗位，以防倉庫後方仍有威脅。他終於回到原位，並用力搖了門一下，確定鎖好，再次進入守衛室。

伊奈許等待著妮娜的信號，奔上焊在筒倉側面的橫梯。一層、兩層、十層。在嘉年華會上，她的叔叔會在她往上爬時一面逗樂觀眾。從沒有人表演過這項特技，由這麼年輕的人表演也是前所未有！各位看吶，在你們上方，是令人畏懼的高空鋼索。此時聚光燈會打上來照亮鋼索，讓它看起來彷彿一束橫過帳篷、最最脆弱的蜘蛛絲。各位紳士，請握起您女伴的手。看看她的手指有多纖細。現在，如果您願意，請試著想像走在像那根手指一樣纖細、一樣脆弱的東西上！有誰敢做出這種挑戰？誰敢親自挑戰死神？

然後伊奈許會站在桿子最上方，雙手扠在臀部，喊道：「我敢！」

接著群眾會倒抽一口氣。

等一下，不，這不可能，她的叔叔會說，一個小女孩？

到了這個時刻，群眾總會陷入瘋狂。女人會昏厥，有時會有男人試圖阻止表演。

今晚這裡沒有觀眾，只有風在吹。指頭底下有冷冷的鐵，以及月亮明亮的面容。

伊奈許抵達筒倉頂部，眺望底下的城市。克特丹閃耀著金色光芒，燈盞緩緩在運河上移動，窗中仍有燭火燃燒，商店和酒館依舊爲了夜晚的生意燈火通明。她可以認出利德區各種閃閃發光的裝飾，埠頭上色彩繽紛的燈盞與華麗奪目的燈泡瀑布。

只要短短幾天，范艾克的財富會毀於一旦，而她就能脫離與沛．哈斯可的契約。*自由*。按照自己的心願而活，爲自己的罪孽尋求原諒，去追尋目標。她會想念這裡嗎？她已經如此熟悉這座無處不擁擠混亂的城市，甚至不知何時成了她的家。她很確定自己一定會想念這裡。因此今晚，即便他們根本不知道該鼓掌，她仍會爲她的城市、爲克特丹的居民表演。

她使了點力，終於成功把筒倉口的轉輪把手弄鬆、扭開來。她將手伸進口袋，拿出裝了化學象鼻蟲的加蓋玻璃瓶。她按照韋蘭指示，使勁兒一抖，將內容物撒進筒倉。低低的嘶聲在空氣中傳開，她往下看，糖的表面下彷彿藏了什麼活物似地開始移動。她一陣顫抖。伊奈許聽過有工人死在筒倉裡，穀子或玉米或糖在腳下打滑，掉進去，慢慢窒息而死。她蓋上倉口，緊緊關起來。

接著，她往下踩到第一道金屬梯的橫檔，接上韋蘭給她的磁力鉗。感覺這確實抓得相當牢。按鈕一壓，兩條加磁的導向鋼索便有如脫韁般彈出，在筒倉上發出輕輕的噹一聲，連接上去。她從包中拿出十字弓和沉重的鋼索，將鋼索一端穿繞過鉗子、綁緊，接在導向鋼索上，另一端則緊緊綁在上膛十字弓的磁力鉗。她鬆開扳機。第一發射偏了，得把鋼索捲回來；第二發勾錯了橫檔，不過第三發不偏不倚正確扣住下一個筒倉的位置。她扭轉鉗子，直到繩索繃緊的感覺對了。他們以前也使用過類似工具，但從沒用在這麼長的距離，或爬這麼高。無所謂。距離和危險在鋼索上都會變，她也一樣。在高空鋼索上，她不虧欠任何人，她是沒有過去或現在的野獸，懸在地面與天空之間。

時間到了。空中飛人只要練就能成，鋼索則要求天分。

伊奈許的母親曾告訴她，有天賦的走鋼索者是從天空民族中降下，他們曾有翅膀，如果有正確的光線，還是可在得到恩寵的人身上看到那些翅膀。之後，伊奈許會無視她那些表親的訕笑，不時在鏡前扭來扭去，檢查自己的倒影，看看自己的翅膀是否會現身。

當父親厭煩了她的日日糾纏，允許她赤腳在低繩索上練習，這樣能找到向前向後的感覺、抓住重心平衡。她無聊到簡直麻木，但依舊盡責地每天走過練習一遍，測試自己的力量，試著感受著那雙能讓她抓住更堅硬、較不舒服鋼索的皮革鞋。如果父親稍微分心，她就翻身倒立，這麼一來，他一轉頭就會看到她用手通過繩索。他同意將繩索升起幾吋，讓她嘗試正統鋼索，每前進一級，伊奈許就一個接著一個將各種技巧練得純熟——側手翻、前手翻、頭頂一壺水。她熟悉著那根能讓她在高處保持平衡、細長有彈性的桿子。

一天下午，她的叔叔和表親在準備新表演。韓茲打算用手推車載阿沙越過鋼索。那天很熱，他們決定稍微休息一下，吃個午餐，然後去河裡游泳。伊奈許單獨待在安靜的營地，攀上他們搭起的一條高台索具，確認自己背對著陽光，能清楚看到鋼索。

在那麼高的地方，全世界彷彿成爲自身的倒影，形貌內縮、影子伸長。雖然看起來都很熟悉，但不知怎麼似乎無法信任。當伊奈許將穿了便鞋的腳踏上鋼索，突然感到一瞬遲疑。雖然，這和她幾個禮拜前毫無畏懼走過的鋼索寬度相當，現在卻似乎變細許多，好像在這個鏡子世界裡，鋼索遵循的是另一個規則。**當恐懼來臨，就會有事發生。**

伊奈許深深呼吸，髖部往肚臍中心收，在空中踏出她的第一步。下方，草有如一片波浪起伏的海，她感到自己重心轉移、傾斜不再，以及地面的拉力，地心引力迫不及待要讓她與遠遠下方的影子相聚。她的肌肉收縮、彎起雙膝，那個瞬間過去後，就只剩她與鋼索。當她發現有人在看時已經走到了一半。她稍微擴大視野，但仍保持專注。伊奈許永遠不會忘記當父親和叔叔、表親從河邊回來時臉上的表情。他對著她抬起頭，嘴巴形成一個驚訝的黑洞，她的母親從馬車慢慢走出來，一手按著心臟。他們就這樣保持安靜，害怕破壞她的專注——這是她走在鋼索上的第一群觀眾，因爲恐懼而失去聲音，讓她有種受到奉承的感覺。

她一爬下來，母親簡直花了大半小時天人交戰，不知該擁抱她，還是對她尖叫。父親向來嚴厲，不過她沒有漏看他目光中的驕傲，或表親眼中那不情不願的景仰。

當他們其中一人把她拉到一旁，說：「妳怎麼有辦法一點也不怕地走在上面？」她只是聳了聳肩，說：「只是走路罷了。」

但那不是眞話，那比走路更愉快。其他人走鋼索是在對抗——對抗風、對抗高度、對抗距離。當伊奈許上了高空鋼索，那裡就是她的世界。她能感到鋼索的傾斜和拉力。它是星球，她則是它的衛星。它有一種純粹，是她在表演空中飛人時從沒感覺過的——那只是被搖盪的動力帶著跑。她喜愛鋼索上能找到的平靜，那是種無人能懂的事物。

她曾摔下來一次，至今仍怪在網子身上。之所以掛上網子，是因爲韓茲要在他的表演中增加單輪車。前一刻伊奈許還在走，下一刻就掉了下來。在摔到網上之前她幾乎沒有意識到時間——接著就這麼直接彈出網、落在地上。伊奈許不知怎麼竟訝異地發現地面是那麼硬，絲毫沒有爲她稍微變軟一些或改變半分。她斷了兩根肋骨，頭上腫了個胖鵝蛋大的包。

「這麼大包算不錯了，」她父親對著那個包碎唸。「表示血沒有積在腦袋裡面。」

伊奈許一拆繃帶立刻回到鋼索上，此後再也不搭配網子上工。她知道那會讓她變得散漫。但如今往下一看，她得承認就算來點安全措施她也不會在意。遠遠下方，月光照出鵝卵石的凹凸不平，彷彿某種異國水果的黑色種子。但藏在守衛室後方的網子只有妮娜一人能抓，其實毫無用處，而不管凱茲原先怎麼打算，新計畫都不是建立於某人在毫無遮掩的情況下抓著網。所以，伊奈許會一如往常那樣去走，沒有任何能接住她的事物，單靠她那雙看不見的翅膀飛在空中。

伊奈許從背心的環上拿下平衡用的桿子，啪地彈開，延展成全長。她在手中測試一下重量，腳趾在鞋裡伸展一下。鞋子是皮的，是按她要求從澤科亞馬戲團偷來。滑順的鞋底沒有她最愛的橡膠鞋那種確實且觸感分明的抓力，但是能讓她更容易放鬆。

妮娜傳來最後一個信號，綠光短暫一閃。

伊奈許踏上鋼索。風立刻吹向她，她逸出長長一口氣，感覺著那堅持不懈的拉力，並用平衡桿將身體重心稍往下壓。

她任雙膝輕彈一次。謝天謝地，鋼索算是穩穩撐住。她開始走，感到足弓底下鋼索的壓迫感。每走一步，鋼索就稍微彎曲、抖動著，渴望從她緊扣的腳趾下逃走。

空氣拂在皮膚上感覺很暖，聞起來像糖與糖蜜。她能感到帽兜從辮子鬆脫的髮絲搔著臉。她專注於鋼索，沉浸在孩提時候體驗過的親密與熟悉，就如她緊抓住鋼索，鋼索也緊抓住她，歡迎她來到那個鏡子世界，由她獨占的祕密空間。沒有多久，她便抵達第二個筒倉的屋頂。

她踏上去，縮回平衡桿，收回吊帶中。她從口袋中的水瓶啜了一口水，放任自己極短暫地伸展一下，然後打開倉口，丟進象鼻蟲。她再次聽到那串嘶嘶聲，鼻中填滿燒焦糖氣味。這次更為強烈，一股甜而濃密、冒著香氣的煙雲。

突然間，她又回到了艷之園，一隻粗壯的手抓住她的手腕，對她有所欲求。伊奈許已經很能預測回憶可能在何時來襲，並做好準備。但這一回，她措手不及。記憶襲來，比鋼索上吹來的風更加堅決，迫使她思緒朝四面八方擴散。儘管那人聞起來像是香草，但在氣味底下，她能聞到大蒜。她感到滑溜溜的絲綢包裹自己，好像床本身有了生命。

伊奈許並不記得每一個人。當艷之園的夜晚全部纏結成一團，她變得越來越麻木、徹底抹煞自己，不在意心靈脫出後餘下的身體被如何對待。她知道那些來這裡的男人從不仔細注視或問太多問題。他們想要一個幻覺，而為了留住那個幻覺，他們願意忽視任何一切。眼淚當然是一大禁忌。第一個晚上她曾哭過。希琳姨在她身上用過鞭子，接著是棍棒，然後掐到她昏過去。下一次，伊奈許的恐懼大過了悲傷。

她學會微笑，輕聲細語，弓起背，發出希琳姨的客人要求的聲音。她會嗚咽，但絕不流淚。它們像一口悲傷的井填滿她體內每一個空洞，她每晚都像顆石頭一樣沉到裡頭。艷之園是巴瑞爾最昂貴的風月場所之一，然而其客人不比時常出入廉價場所和找小巷拉客女孩的人和善多少。伊奈許漸漸瞭解，就某方面而言，他們才最糟糕。**當男人花了那麼多錢，一個開利女孩凱拉說過，就會認為自己有權利為所欲為。**

他們有老有少，有美有醜。有人在不舉來時會大吼大叫打她；有人要她假裝這是他們的新婚夜，要她說愛他；有人生了尖銳得像貓的牙齒，把她的乳房咬到流血。希琳姨把沾血床單的價錢和伊奈許無法依約工作的天數加到她的契約上。但那人還不是最糟的，最糟的是一個在招待室選了她的拉夫卡人。那個男人聞起來有香草味。直到他們回到她被紫色絲綢和焚香氣味包圍的房間，他才說：「妳知道嗎？我以前看過妳。」

那時伊奈許笑了，認為這屬於他想玩的遊戲，然後用金酒瓶倒酒給他。「你當然沒有。」

「那是好幾年前，在卡耶維爾外的一個嘉年華會。」酒從玻璃杯邊緣潑出。「你一定把我和其他人搞錯了。」

「沒有，」他迫切得像個孩子。「我很確定，我在那裡看過你們家的表演。我那時從軍中休假，妳不可能超過十歲，一個非常小的女孩，什麼也不怕地走在高空鋼索上。妳戴著蓋滿玫瑰的頭飾。有一瞬間，妳失誤了，失去重心，頭飾上的花瓣像雲朵一樣撒下來，一直往下飄、往下飄。」他的手指在空氣中拍振，彷彿模仿雪花落下。「觀眾全倒抽一口氣——我也一樣。第二天晚上，我又回來，那件事又發生了一次，即使那時我就曉得了那都是表演的一部分，在妳假裝找回平衡的時候，我的心臟還是揪緊了。」

伊奈許試圖穩定顫抖的雙手。玫瑰頭飾是母親的主意。「女兒，妳讓這一切看起來太簡單了，像隻小松鼠一樣在樹枝上到處蹦跳。一定要讓他們覺得妳陷入危險才行，即便妳並沒有。」

那晚是伊奈許在艷之園最糟的一晚。因爲，當那個聞起來有香草味的男人開始親吻她的頸子，層層剝開她的絲衣，她脫離不了自己的軀殼。不知怎麼，他對她的記憶將她的過去與現在綁在一起，將她死死固定在他身下。她哭了，但他似乎並不在意。

象鼻蟲作用時，伊奈許能聽見糖的嘶嘶聲。她強迫自己專注在聲音上，用緊縮的喉嚨呼吸。

我會脫去你的盔甲。這是她在芙羅琳上對凱茲說的話。儘管有些跡象顯示他可能會對她敞開自己，他們能不再像是兩頭戒心滿滿的野獸，因爲對世界的不信任才會聯手。可是，如果他提起那晚，如果他主動給她一部分的心，會怎樣呢？萬一他迎向她，將手套放到一邊，將她拉過來親吻她的唇呢？她也要將他拉近嗎？也得回吻他嗎？在那種時刻，她有辦法再度變回自己嗎？又或者，她會四散破碎、消失無蹤？彷彿他懷中抱了個人偶，一個永遠無法完整的女孩？

都無所謂。凱茲沒回答，而也許這對他們兩個才最好。他們可以保持原樣，繼續穿著盔甲。

她會有自己的船，他會有他的城市。

伊奈許伸手將倉口關上，深吸一口飄著些許燒炭氣味的空氣，把糖燒焦的甜膩氣味從肺裡咳出。然而，她卻感到一隻手抓住自己頸子後方、將她往前推，她因此失足一絆。

當她被筒倉張開的大口吸進去時，感到身體的重心轉移了。

18 凱茲

進入房屋的困難程度不如應有水準，使得凱茲陷入緊張。他是不是太高估范艾克了？那人用的是商人思路，凱茲將手杖塞到手臂底下，一面慢慢下到排水管一面提醒自己。他依舊認爲自己的錢就能保他平安。

最容易進入的地點就是頂樓窗戶，只能從屋頂接近。韋蘭對於爬上爬下興趣缺缺，所以凱茲先出發，並把他從較低的樓層弄進來。

「長了兩隻好腳，結果還是要用梯子。」凱茲低聲說，無視腿上傳來彷彿表示同意的刺痛。關於又和韋蘭一同執行任務，他沒有任何興奮之情，但是，如果突然冒出什麼驚喜，韋蘭對這棟房子和他父親習慣的熟悉將十分有用。而且他也是最有能力處理金酸的人。凱茲想到伊奈許棲在巴特教堂屋頂、城市的燈光在下方閃耀，她說，這是我擅長的事，所以就讓我好好去做。很好，他會讓他們都去做自己擅長的事。妮娜會將她分內的任務做好，伊奈許似乎對自己走鋼索的能力有充分的自信——雖然只休息了短暫時間，而且沒有當作安全措施的網子。如果她害怕，會告訴你嗎？你有因此表現過同情嗎？

凱茲將那個想法從腦中甩掉。如果伊奈許不懷疑自己的能力，那麼他也不該懷疑。此外，如果想爲妮娜親愛的難民弄到封蠟章，他有自己得全力以赴的問題。

幸運的是，范艾克的保全系統不在其列。伊奈許監視後指出那些鎖出自斯凱勒設計，是極度難纏的玩意兒。可是一旦撬開一個，就等於撬開全部。凱茲和時計街一個鎖匠混得非常熟，對方深信他是某富商的兒子，而那名商人非常重視自己無價的鼻煙壺收藏。因此，凱茲總是第一個知道克特丹的富人都是如何保護他們的財產安全。凱茲曾聽說皮濟賊王修貝特・莫倫在烏鴉會一面飲著棕啤酒，一面當場讚揚高級鎖是多麼美麗。

「鎖就像女人，」他含糊地說道：「你得引誘它吐露祕密。」他是沛・哈斯可的老密友之一，非常樂意大講特講那些過往美好與大規模騙局，尤其如果那代表他什麼工作都不必做。這就是那些老乞丐最愛滔滔不絕的扯爛知識。是，鎖的確像女人——也像男人，或任何人，或任何事物——如果你眞的想弄清楚，就得將它拆開，看它究竟怎麼運作。如果想精通，就得學得爐火純青到可以把它組回去爲止。

窗戶上的鎖在手中發出令人滿足的喀聲，打了開來。他滑開窗扇，爬了進去。范艾克家最上層的房間是僕人住所，不過目前所有員工都在底下忙著服侍范艾克的客人。克爾斥商會最有錢的一些成員正在一樓餐廳填飽肚子，很可能邊聽范艾克兒子被綁架的不幸故事，邊對巴瑞爾遭幫派控制表示同情。根據空氣中的味道，凱茲推測菜單上應該有火腿。

他打開門，安靜地走向樓梯，然後提高警覺，繼續下到二樓。他和伊奈許盜走狄卡浦油畫時就熟知范艾克家的配置，他向來喜愛回到從前就因故拜訪過的房屋或是生意。不只因為那股熟悉感，更因為透過「回來」的這個動作，彷彿能將此處占為己有。**我們知道彼此的祕密**，而房子似乎說道：**歡迎回來**。

一名守衛立正站在鋪了地毯的走道盡頭一扇門前，凱茲曉得那是阿麗斯的房門。他確認手錶。大廳末端的窗戶傳來短促一聲啪與一閃光亮……至少韋蘭做事守時。守衛前去調查，凱茲則朝大廳另一個方向竄去。

他躲進韋蘭的舊房間——目前顯然打算挪作嬰兒房。藉著底下街道的燈光，他可看到房中牆壁裝飾著精心繪製的海景壁畫。嬰兒搖籃的形狀像艘小船，甚至完整添上旗子和船長的船舵。范艾克對新繼承人真是全心投入。

凱茲處理完嬰兒房窗戶上的鎖後推開窗，接著弄好繩梯、靜靜等待。他聽到咚的一聲巨響，不禁縮了一下。顯然韋蘭成功翻過了花園牆壁，就希望他沒把裝金酸的容器弄破，在自己身上和玫瑰花叢燒出大洞。一會兒後，凱茲聽見喘氣聲，韋蘭繞過轉角，像隻毛躁的鵝一樣連路發出一堆聲響。當他來到窗戶下方，小心把背包揣在身上，爬上繩梯，弄得繩子瘋狂左搖右晃。凱茲幫他進入窗戶，將繩梯拉進來並關上窗。到時出去也是用這個方法。

韋蘭睜大眼睛到處打量嬰兒房，然後只是搖搖頭。凱茲確認大廳。守衛已回到阿麗斯門前的站崗位置了。

「怎樣？」凱茲小聲對韋蘭說。

「那是慢燃的引線，」韋蘭說：「時間沒辦法抓得很精準。」

一秒一秒流逝，終於，另一聲啪響起。守衛又回到窗戶旁，凱茲便打信號要韋蘭在走道跟上他。凱茲快手快腳處理了范艾克辦公室門上的鎖，轉瞬間，他們就進到裡頭。

當凱茲闖入宅中盜走狄卡浦時，他很訝異辦公室中極盡奢華的裝飾。他以爲會看到商人樸素節制的作風，但那些木工上大量雕琢著垂墜的月桂葉，還有在光亮的寬桌後，赫然可見一張王座那麼大、裝上緋紅色天鵝絨軟墊的椅子。

「在畫後面。」韋蘭小聲說道，比了比范艾克一位祖先的肖像畫。

「那位大人物是你們這支神聖血脈中的哪位？」

「馬汀・范艾克，我的曾曾曾祖父。他是名船長，第一個登上伊姆斯岬並航行進入內陸的人。他帶回一船香料，並用賺到的錢買下第二艘船——反正我父親是這樣告訴我的。這就是范艾克家產的開始。」

「而我們會是結束。」凱茲晃開一顆燐光球，綠光立刻填滿房間。「相似度很高呢。」他看了看那張枯瘦的臉，高高的額頭、嚴肅的藍眼。

韋蘭聳聳肩。「除了紅髮。我向來和父親很像，還有他父親——還有范艾克家所有人——直到現在。」

他們一人抓住畫的一邊，將它從牆上抬下來。

「看看你。」范艾克的保險箱映入眼簾時，凱茲輕哼一聲。甚至說這是保險箱也不太正確，說金庫還比較像——一道鐵門嵌進牆中，牆本身又用更多的鐵來加強。上頭的鎖是克爾斥製造，有一連串能夠每天亂數重設密碼的制動栓，凱茲前所未見。要在一小時內撬開絕無可能。但如果開不了正門，只要開一扇新的就行了。

拉高分貝的聲音透過底下樓層傳了上來。看來那些商人找到了可以拿來吵架的題材。凱茲完全不介意能有機會偷聽對話。「來吧，」他說，「時間不等人。」

韋蘭從背包拿出兩個瓶子。單獨擺在那裡好像沒什麼特殊，不過，如果韋蘭是對的，它們只要一結合，產生的化合物將會燒穿巴爾薩玻璃瓶外的一切。

韋蘭深呼吸一口氣，把瓶子拿遠身體。「退後。」他說，然後將一個瓶子的內容物倒入另一個。什麼也沒發生。

「然後呢？」凱茲說。

「麻煩退開。」

韋蘭拿了一根巴爾薩玻璃吸管，抽出少量液體，滴到保險庫鐵門的表面，金屬立刻開始融解，發出嘈雜的劈啪聲，在這個小房間中大得令人有些不自在。刺鼻的金屬味道瀰漫空氣，凱茲與韋蘭都用袖子遮住了臉。

「小瓶子裡裝了大麻煩。」凱茲讚嘆著說。

韋蘭穩定地進行，小心翼翼將金酸從瓶子弄到鐵上頭，保險庫門上的洞以穩定速度擴大。

「加快腳步。」凱茲注視著錶。

「要是我灑出來——就算只有一滴，就會燒穿地板，滴到我父親那些晚宴貴客頭上。」

「你慢慢來。」

酸液以迅速的爆發力侵蝕金屬。燒穿得很快，而減緩的速度卻慢。只希望在他們離開後不會蝕穿太多牆壁。如果整個辦公室塌下來壓垮范艾克和他的客人，凱茲覺得無所謂，但不能在今晚的差事結束前發生。

過了差不多有一輩子那麼久，洞終於大得能通過了。凱茲拿燐光球進去照亮，看見一本帳簿、一疊疊克魯格，以及一小個天鵝絨袋子。凱茲將袋子從保險庫裡拉出來，手臂碰到洞的邊緣時縮了一下。那些鐵依舊熱得能把人烤焦。

他把袋子的內容物甩到被皮革包裹著的掌中：一只胖胖的大金戒指上蝕刻著紅色月桂及范艾克的姓名首字母。

他將戒指塞進口袋，抓了幾疊克魯格，然後遞了一疊給韋蘭。

看到韋蘭臉上的表情，凱茲幾乎要笑出來。「小商人，這讓你覺得不舒服嗎？」

「我並不喜歡當小偷的感覺。」

「即使他做了那麼多壞事？」

「對。」

「憤恨好像沒啥用。你應該知道我們要偷的是你的錢吧？」

「賈斯柏也說了一樣的話，可是我很確定，阿麗斯一懷孕，父親就把我從遺囑上去掉了。」

「那不代表你就不夠格繼承這些錢。」

「我不想要。我只是不想讓他擁有這些錢。」

「能對錢財說不的人還眞是有錢啊。」凱茲將克魯格塞進自己口袋。

「我是要怎麼管理一座帝國？」韋蘭把玻璃管扔進保險庫，任它悶燒。「我沒辦法讀帳簿或提單，沒辦法寫訂單。我父親看錯過很多事，但在這件事上，他是對的。我會成爲笑柄。」

「那就付錢找人幫你做你的工作。」

「你會嗎？」韋蘭揚起下巴。「信任某個人，把那些資訊及可能毀了你的祕密都告訴他？」會，凱茲毫無遲疑地想，有一個我能信任的人，一個永遠不會拿我的弱點對付我的人。

他迅速翻過帳簿。「當人們見到個瘸子走在街上、倚著枴杖，他們會有什麼感覺？」韋蘭別開眼神。每當凱茲談起他的跛腿，人們總這麼反應，一副他不知道自己什麼狀況，或這世界怎麼看待他似的。「他們會覺得可憐。但現在，要是他們看到我出現，會怎麼想？」

韋蘭揚起嘴角。「他們會想最好快點過街。」

凱茲把帳簿丟回保險庫。「你不是因爲看不懂字才弱，你之所以弱，是因爲害怕別人看見你的弱點。你被羞恥感定義了自己。幫我抬畫。」

他們將肖像畫掛回原位，蓋住保險庫上的巨大開口。馬丁·范艾克在上方用怒瞪著他們。

「韋蘭，你思考一下，」凱茲一面整理畫框一面說：「我是因爲羞恥心才大發橫財，巴瑞爾也是因爲羞恥心才會充滿一堆戴上面具的笨蛋，趁著無人知曉時爲所欲爲。無論什麼樣的痛苦我們都能忍受，但是將人吞噬殆盡的是羞恥心。」

「太睿智了。」角落傳來一個聲音。

凱茲和韋蘭轉過身。一時間燈火大亮，整個房間灌滿了光，對牆凹處現出一個不久前還不在那裡的身影——是佩卡·羅林斯。他紅潤的臉上出現一抹洋洋得意的笑，身邊圍著數名一角獅成員，配著手槍、灌鉛的皮袋、斧頭柄。

「凱茲·布瑞克，」羅林斯語帶嘲弄。「小偷哲學家。」

19 馬泰亞斯

「趴下！」馬泰亞斯對古維大喊。那名蜀邯男孩貼平身體趴在地上。第二批槍聲隆隆震動空氣，又打碎了另一扇彩繪玻璃舷窗。

「他們要不是熱中浪費一堆子彈，就是警告意味居多。」賈斯柏說。馬泰亞斯以蹲低的姿勢慢慢移到墳墓另一邊，透過細窄的石縫偷窺外頭。

「我們被包圍了。」他說。立於黑幕島墳墓間的人和他預想的市警隊警員天差地遠。在提燈和火把搖曳的光線中，馬泰亞斯瞥見格紋和渦紋圖樣，直條紋背心、方格花紋外套。巴瑞爾的制服。他們攜帶的武器也同樣五顏六色——槍、和前臂一樣長的刀、木棍棒。

「我看不清楚他們的刺青，」賈斯柏說：「但是很確定前面那個是多蒂。」

多蒂。馬泰亞斯在記憶中搜尋，然後想起凱茲想尋求貸款時帶他們去見佩卡·羅林斯的人。

「一角獅。」

「很多個一角獅。」

「他們想怎樣？」古維顫抖著說。

馬泰亞斯聽見人們大笑吶喊的聲音，而在那些聲音下則是一股低頻且炙熱的嗡嗡響，那是士兵深知自己占了上風，在空氣中嗅到必有一場殺戮的氣味。

當一名一角獅成員往前衝，將某個東西投向墳墓時，群眾發出一陣歡呼。那東西從一扇破掉的窗戶飛進來，掉在地上發出噹的一聲，綠色氣體從側面噴出。

馬泰亞斯猛從地上扯來一件馬毯，扔過去蓋住那個炮筒，在另一陣斷斷續續的射擊劃破空氣時，他把那東西透過舷窗推回去。他的雙眼灼痛，大量淚水流下臉頰。

此時，嗡嗡聲響升到頂峰，一角獅向前衝鋒。

賈斯柏扣下扳機開火，前頭成員的一人倒下，他的火把在潮濕的地面熄滅。賈斯柏一次又一次地開槍，一角獅接連倒下，他的準心沒有一次偏差。他們開始四散找掩護，陣形潰散了。

「孩子們，繼續排隊站好呀。」賈斯柏冷冷地說。

「出來！」多蒂在一座墳幕後面大喝。「你不可能射光所有人。」

「我聽不見，」賈斯柏吼著：「靠近一點。」

「我們打爛了你們的船，你們不靠我們根本沒別的方法離開這座島。所以乖乖投降，不然我們就只帶你們的腦袋回去巴瑞爾。」

「小心！」馬泰亞斯說。多蒂是在聲東擊西。另一個炮筒打破窗戶飛進來，接著又來一個。

「去墓窖！」馬泰亞斯大吼，他們衝向墳墓對面，拚命擠進通道，並在身後關上石門。賈斯柏撕破襯衫，塞進門和地面之間的縫隙。

裡頭幾乎伸手不見五指。有那麼一瞬間，只聽得見他們三人的咳嗽和喘氣，都在努力想把毒氣從肺中弄出來。賈斯柏搖開一顆燐光球，他們的臉被詭異的綠光照亮。

「他們天殺的是怎麼找到我們的？」他問。

「無所謂了。」馬泰亞斯說。現在沒時間思考黑幕島的位置怎麼會洩露，他只知道，如果佩卡·羅林斯派了手下來追他們，妮娜很可能也身陷危險。「我們有什麼東西可用？」

「韋蘭留給我們一大堆這種紫色炸彈，以防不幸碰上那些蜀邯士兵。我這邊也有些閃光彈。古維呢？」

「我什麼都沒有。」他說。

「你有那個該死的旅行包。」賈斯柏說：「裡面都沒有什麼有用的嗎？」

古維把袋子緊緊抱在胸口。「有我的筆記本。」他嗤了一口氣。

「韋蘭用剩的東西呢？」馬泰亞斯說。畢竟沒人花時間去清理任何東西。

「只是一些他爲了做善女橋煙火用的東西。」

外面傳來一陣喊叫。

「他們會炸了進墓窖的門。」馬泰亞斯說。如果他想要活捉，而非造成傷亡，就會這麼做，雖然他很確定，在他們之中一角獅唯一在意能不能活捉的，只有古維一人。

「外頭至少有三十個想剝了我們皮的惡棍，」賈斯柏說：「要出墓窖只有一道門，而我們人在一座該死的島上。這下死定了。」

「還不一定。」馬泰亞斯邊說，邊打量著燐光球的鬼魅綠光。雖然他沒有凱茲的陰謀詭計天賦，但是在軍隊長大的，也許他有脫身的方法。

「你瘋了嗎？一角獅一定知道我們有多寡不敵眾。」

「的確如此，」馬泰亞斯說：「但他們不知道我們有兩個人是格里沙。」那些人認爲自己追捕的是科學家，而非火術士，而賈斯柏長久以來都緊守自己是造物法師的祕密。

「對，兩個幾乎沒受什麼訓練的格里沙。」賈斯柏說。

此時傳來一聲轟然巨響，撼動墓窖牆壁，讓馬泰亞斯倒到兩人身上。

「他們要來了！」古維喊道。

然而他們沒聽見腳步聲，外面又傳來另一連串的吶喊。「他們用的炸彈量不夠大，」馬泰亞斯說：「他們要你活著，所以非常謹慎，我們還有一次機會。古維，你能從一簇火焰製造出多少熱力？」

「我可以讓火燒得更旺，但要維持很難。」

馬泰亞斯還記得舔舐那名會飛的蜀邯士兵的紫色火舌，火弄不熄。韋蘭說過，那比一般的火燒得更熱。

「給我一個炸彈，」他對賈斯柏說：「我要炸掉墓窖後面。」

「爲什麼？」

「讓他們以爲我們想從另一邊炸一條出路。」馬泰亞斯將炸彈放在石頭通道最遠的一端。

「你確定這樣不會連我們一起炸了嗎？」

「不確定，」馬泰亞斯承認：「但是除非你有更好的點子——」

「我——」

「在我們掛掉前能殺多少就殺多少不算答案。」

賈斯柏聳聳肩。「如果是這樣——那你繼續。」

「古維，炸彈一爆炸就盡快去前門，毒氣應該已經散了，但我要你跑快點。我會跟在你後面掩護。你知道那個有根斷掉巨大桅杆的墳墓嗎？」

「右邊那個？」

「對，直接衝去那裡。賈斯柏，帶上韋蘭留下來的所有火藥，一樣往那裡衝。」

「爲什麼？」

馬泰亞斯點燃引線。「你可以照我指示做，或者拿你的問題去問一角獅。現在快趴下。」

他將兩人推到牆邊，當隧道另一端傳來碰的一聲巨響，便護住他們的身體。

「跑！」

他們衝過墓窖的門。

馬泰亞斯一手扣著古維肩膀，衝過殘存的綠色毒氣，一路不斷敦促著他。「記住，直衝斷掉桅杆。」他踢開墳墓大門，將一顆閃光彈高高拋入空中。炸彈爆開碎片，炸成猶如鑽石的白光，

馬泰亞斯跑進林中找掩護，在墳墓間伏低躲避的同時以步槍掃射一角獅。

一角獅也開火回擊，馬泰亞斯低身躲到一片蓋滿苔蘚的石坡下方。他看見賈斯柏衝過墳墓大門，左輪猛烈擊發，並切捷徑前往斷掉的石頭桅杆。當賈斯柏往右方一滾，馬泰亞斯將最後一顆閃光彈拋入空中，而一角獅彷彿忘了承諾的一切規定，或是能獲得什麼獎賞，放開來拿所有武器進行攻擊。槍聲嚎吼炸開，有如暴風降臨。他們也許受命留古維一命，但這些人是巴瑞爾的老鼠，而非受過訓練的士兵。

馬泰亞斯匍匐爬過墓園泥土地。「大家都沒受傷吧？」抵達墓中那根斷掉的桅杆時，他問。

「快喘不過氣了，但還算有一口氣，」賈斯柏說。古維雖然顫抖得厲害，但點點頭。「這還

眞是了不起的計畫——被卡在這裡有比卡在墳墓裡好嗎？」

「你拿到韋蘭的火藥了嗎？」

「拿到剩下的。」賈斯柏說。他倒出口袋裡的東西，露出三個包裹。

馬泰亞斯隨意選了一個。「你有辦法操縱這些火藥嗎？」

賈斯柏不自在地動了動。「我想可以吧。我在冰之廷做過類似的事，爲什麼問？」

爲什麼？爲什麼？在獵巫人之中要是敢不服從命令，絕對會被關禁閉。

「黑幕島應該有鬧鬼，對吧？我們就要來弄出些鬼。」馬泰亞斯打量了一下墓室邊緣。「他們正在進去，我要你們照我的指示做，別再問問題了——你們兩個都是。」

「難怪你和凱茲合不來。」賈斯柏碎唸著。

馬泰亞斯盡量用最少句子解釋他此時和之後抵達島岸打算怎麼辦——假設他的計畫成功。

「我從來沒做過這種事。」古維說。

賈斯柏對他眨了眨眼。「就是這樣才刺激。」

「準備好了嗎？」馬泰亞斯說。

他打開包裹，賈斯柏舉起雙手，隨著輕輕一聲噗，火藥變成一朵雲升起，懸浮在空中，時間彷彿慢了下來。賈斯柏專注精神，汗水一顆顆從額頭冒出，然後，他將雙手往前推。雲變得稀薄，並且在一角獅頭上翻滾，接著碰到其中一根火把，爆出綠色。

拿火把的人周圍群眾倒抽一口氣。

「古維。」馬泰亞斯指示道。

蜀邯男孩舉起雙手，綠色火把的火焰鬼鬼祟祟沿握柄往上爬，變成蜷曲的一圈火蛇，竄上拿火把的人的手臂。那人發出尖叫，將火把扔開，倒到地上開始打滾，拚命想將火焰弄熄。

「繼續。」馬泰亞斯說，古維隨之伸展手指，但淡綠色火焰熄滅。

「對不起！」古維說。

「再做一個。」馬泰亞斯厲聲要求。現在沒有時間輕聲細語了。

古維再次甩出雙手，其中一名一角獅成員的提燈炸開，這回變成一團黃色火焰漩渦。古維往後一縮，彷彿本來沒打算使出那麼多力量。

「不要分心。」馬泰亞斯催促。

古維彎起手腕，提燈火焰像蛇一般彎曲升起。

「嘿，」賈斯柏說：「還不差啊。」他打開另一包火藥，將內容物丟入空中，接著手臂彎曲往前，讓那團東西和古維的火焰相碰。彎曲的火焰變爲一團閃爍發光的緋紅色。「氯化鍶，」狙擊手低聲說道：「我的最愛。」

古維縮起握拳的一手，另一簇火焰加入提燈火焰的陣容，接著又一簇，組成一條軀體粗大的蛇，在黑幕島上方起伏，準備出擊。

「有鬼！」某個一角獅成員大喊。

「少蠢了。」另一人回覆。

馬泰亞斯看著那條紅色大蛇捲曲又展開，留下一道道火焰痕跡，心中不禁升起古老的恐懼。他漸漸能和古維自在相處，然而，當時在邊境的衝突中，吞噬他家村落的就是火術士的火。不知怎麼，他忘了這男孩體內蘊藏的力量。*那是戰爭*。他提醒自己。但這也一樣。

一角獅的人分了心，不過不可能維持太久。

「把火擴散到樹林。」馬泰亞斯說，古維悶哼一聲，雙臂大大展開。綠葉抵抗了一下熊熊火焰的猛攻，隨即燃燒了起來。

「他們有格里沙，」多蒂喊著。「包圍他們！」

「去岸邊！」馬泰亞斯說：「現在！」他們衝過墓碑和毀壞的諸聖石像。「古維，準備好。我們要你使出全力！」

他們飛奔下河岸，連滾帶爬進了淺灘。馬泰亞斯抓了紫色炸彈，在破船的船殼上把它們砸開，滑溜的紫色火焰立時將船吞沒。那火焰有種詭異、近乎奶油般的質地。馬泰亞斯往來黑幕島的次數夠多，因此曉得這是運河最淺的部分，這條長長延伸出去的沙洲非常可能使船擱淺，但對岸仍遠得彷彿遙不可及。

「古維，」他一面出聲命令，一面祈禱著這名蜀邯男孩能力夠強，做得出馬泰亞斯大概半秒前才想出大綱的計畫。「弄出一條路。」

古維將雙手往前移，火焰灌入水中，往上升起一團巨大的蒸氣。一開始，馬泰亞斯只能看到一面波濤白牆，接著蒸氣稍微分開，在紫色火焰將水往兩邊推時，他看見魚在泥裡啪啪翻跳，螃蟹快速掠過露出的運河底部。

「我去他的諸聖和祂們騎的小驢子，」賈斯柏敬畏地喘著氣說：「古維，你做到了。」

馬泰亞斯轉頭回望著島，並對林中開槍。

「快點！」他喊著。他們衝過一條不久前還不存在的路，奔向運河另一邊，朝著或許能給他們掩護的街道和小巷而去。**違背自然**，有個聲音在他腦中吵鬧著說。**不對**，馬泰亞斯想，**是奇蹟降臨**。

「你應該知道你剛剛指揮了一支小小的格里沙軍隊吧？」賈斯柏說。他們拚命從泥中爬出，匆忙穿越籠罩陰影的街道前往美沙洲。

他知道——而這個想法讓他不太舒服。他藉著賈斯柏和古維，行使了格里沙的力量。然而，馬泰亞斯並不覺得自己受到污染，或被標記。他記得妮娜是怎麼說冰之廷的建築：她說那一定是格里沙的手筆，而不是喬爾神。但萬一兩者都是眞的呢？萬一喬爾神是透過其他人來行使能力呢？**違背自然**。這麼說對他變得很容易，可以不去多想那些他不瞭解的事物，讓妮娜和她的族類變得比人類低下。但是，萬一驅策著獵巫人的憤怒背後，是一種不怎麼純淨或正當的事物呢？萬一，那甚至不是恐懼或怒氣，不過是嫉妒呢？當嚮往著侍奉喬爾，卻只見祂的力量體現在其他人的天賦中，而你卻永遠無法獲得那些天賦，這代表了什麼意義？

獵巫人對斐優達宣誓，同時也對他們的神宣示。如果能讓他們在曾經視爲妖物的人身上看見奇蹟，可以得到什麼改變？**吾被造來保護爾等**。他對神的責任、對妮娜的責任……也許是同一件事。萬一，在狂怒的暴風雨夜升起大水翻覆獵巫人船隻、並將馬泰亞斯和妮娜繫在一起的，是喬爾神的手呢？

馬泰亞斯正在一座異國城市的街道奔跑，進入他一無所知的危險。但是，自從看進妮娜雙眼，並在其中見到與他無異的人性回望他之後，這是他體內的爭戰第一次安靜下來。

我們想辦法改變他們的想法，她說，**他們所有人**。他會找到妮娜，他們會活過今晚。他們會逃離這個潮濕又可鄙的城市，然後……然後他們將改變這世界。

20 伊奈許

伊奈許扭動著，想掙脫那隻爪子一樣抓著她頸背的手。她手忙腳亂地想阻止自己下墜，雙腿在筒倉頂部找到可以搆的地方，猛地一拉掙脫。接著對倉口一推，離開那個位置。她踩著腳跟往後一晃，刀子已然出鞘，手中有著致命的重量。

她在理智上還不太能辨認自己看到了什麼。面前有個女孩站在筒倉頂部，渾身發光，好似象牙和琥珀雕刻而成的人像。她的短上衣和褲子是乳白色，配上象牙色皮革綁帶、金線刺繡，赭色頭髮綁成粗辮，並編入閃閃發亮的珠寶。她的個子高而纖細，可能比伊奈許大個一、兩歲。

伊奈許第一個念頭想到妮娜和其他人在西埠見過的鐵翼兵，但這女孩看起來不像蜀邯人。

「嗨，幻影。」那女孩說。

「我認識妳嗎？」

「我是白刃丹亞莎，師承當代最偉大的刺客——安瑞特淵的諸智者。」

「沒聽過。」

「我剛到這座城市，」女孩承認，「但大家都說，妳是這些骯髒街道裡的傳奇人物。我得承認，我以爲妳會……再高一點。」

「有何貴幹？」伊奈許問，這是克爾斥對於所有會面開頭的傳統問候——雖說在二十層樓高的半空中講這句話有點突兀。

丹亞莎微笑，一派熟練，就如伊奈許在金光閃閃的艷之園接待室見那些女孩對客人露出的笑。「粗野的城市、粗野的問候，」她心不在焉地朝著天際線輕輕揮動手指，以一個簡單的手勢示意克特丹，也予以蔑視。「命運將我帶到這裡。」

「那麼命運有付妳薪水嗎？」伊奈許打量著她。她不認爲這個一身象牙琥珀的女孩爬上筒倉只爲了和她交朋友。在戰鬥中，丹亞莎的身高讓她能做到長距離攻擊，但也可能影響平衡。是范艾克派她來的嗎？如果是，他也派了別人去抓妮娜嗎？她勉強挪空快快瞥了下方一眼，但除了筒倉深暗的影子，什麼也看不到。「妳替誰工作？」

刀子出現在丹亞莎的雙手中，刀刃邊緣閃動明燦光芒。「我們帶來死亡，」她說：「而死亡非常神聖。」

她眼中滿是歡欣鼓舞的光芒，是伊奈許在她身上所見第一道眞正富含生命力的火花，接著，她便出手攻擊。

伊奈許因女孩的速度大吃一驚。丹亞莎動作有如光繪，彷彿她本身便是劃破黑暗的刀刃。她的刀時前時後、時左時右地削切，伊奈許任身體反射回應，與其說是用別的技巧，不如說是用本能閃躲，從對手面前退開，但避開筒倉邊緣。她佯裝向左，溜過丹亞莎面前，試圖使出第一擊。

丹亞莎輕而易舉旋身躲開那一擊，就像將湖面鍍上金色的太陽一樣毫無重量。伊奈許從沒見過這樣戰鬥的人，彷彿隨著只有她能聽見的音樂在移動。

「妳怕了嗎？幻影？」伊奈許感到丹亞莎的刀割過她的袖子，刀刃帶來的刺痛像灼熱的鞭子。**沒很深**。她對自己說——當然，除非刀上有毒。「我想妳怕了。如果妳怕死亡，就無法眞正成爲它的使者。」

這女孩瘋了嗎？還是只是話多？伊奈許快速往後閃，順著筒倉頂部繞圈子。

「我天生就不知道恐懼，」丹亞莎開心地咯咯笑，一面繼續說：「我還是小嬰兒的時候邊笑邊爬進海裡，我父母還以爲我會淹死。」

「也許他們是擔心妳話多到會把自己噎死。」

她的對手猛撲上前發動新一波強烈攻擊，伊奈許不禁想，這女孩在第一波積極進攻時是否只是要著她玩，在釐清優勢前先感受她的力量和弱點。她們交互進攻，但丹亞莎精力充沛，伊奈許則清楚感受到上個月身體的每處疼痛、傷口及試煉——差點殺死她的刀傷、爬上焚化爐的路程、她被綁起來囚禁的那些時日。

「我得承認我很失望，」丹亞莎的雙腳敏捷地在筒倉頂部躍動，說：「我本來希望妳會是一大挑戰，但我得到什麼呢？一個打架和普通街頭混混沒兩樣的髒兮兮蘇利雜技演員。」

這倒是眞話。伊奈許的這些技巧是在克特丹的小巷和歪歪扭扭的街道，從凱茲和賈斯柏這樣的男孩身上學來。丹亞莎不只懂得一種攻擊模式，更能有彈性地隨機應變，像潛行的貓那樣悄悄靠近，像煙霧一般悄悄撤退。她的所有招式伊奈許都無法掌握或預測。

她比我強。這個認知散發著一股腐爛滋味，彷彿她咬下一口誘人的水果，卻發現早已腐敗。這不只在於受訓的差別，伊奈許之所以學習打鬥是因爲如果想存活，她就得學。她第一次殺人時在晚上哭了，但這個女孩則十分享受。

但克特丹將伊奈許教得很好。如果沒有勝算，就改變遊戲規則。伊奈許等著她的對手撲上前，然後一個躍身閃過，跳上拉在筒倉間的鋼索，魯莽橫越。風向她伸出了手，帶著一股飢渴，彷彿感覺到機會。她考慮是否要用平衡桿，但希望自己能空出雙手。

她感到鋼索在搖晃。**不可能**。可是當她回頭望，丹亞莎也跟著她上了高空鋼索。她正咧著嘴笑，白色肌膚發著光，好比吞下了月亮。

當丹亞莎一手朝伊奈許伸出，某個尖銳的東西刺進她小腿時，伊奈許倒抽一口氣。她往後一彎，雙手抓住鋼索翻了個跟斗，好正對著對手。女孩再次揮甩手腕，伊奈許又感到一股清晰的刺痛，當她低下頭，只見大腿凸出一枚星形飛鏢。

底下某處，她聽見喊叫聲、打鬥聲。**妮娜**。范艾克派了誰或什麼去對付妮娜？但她現在不能分心，特別是在鋼索上面對這個怪物的時候。

「我聽說妳在為孔雀賣身，」丹亞莎一邊說，一邊又對伊奈許射出另一枚星形飛鏢，然後又一枚。伊奈許兩枚都閃過了，但下一擊挨在右邊肩膀肉裡，她血流得很嚴重。「我會在受到那種糟蹋之前就殺死自己，還有那地方的每一個人。」

「妳現在就在受糟蹋，」伊奈許回答：「范艾克不值得妳的技藝。」

「如果妳想知道——付我錢的是佩卡．羅林斯，」那女孩說，而伊奈許的腳步不禁踉蹌。羅林斯。「他幫我付了旅費、住宿費。但是，對於我取的命，我是不收半分錢的。它們是我佩戴的珠寶，是我這一生的榮耀，同時也會在下一生為我帶來光榮。」

佩卡．羅林斯。有沒有可能他找到了凱茲和其他人？要是妮娜已經躺在底下死了呢？伊奈許得擺脫這個女孩，她得去幫他們。另一枚銀色星星呼嘯著朝她飛來，她往左彎身躲避，差點失去平衡。她在鋼索上搖搖晃晃地往後跳，瞥見另一道銀色閃光，疼痛劃過手臂，她不禁嘶地倒抽一口氣。

我們帶來死亡，而死亡非常神聖。這個傭兵侍奉的是何等暗黑的神？伊奈許想像某個巨大神祉籠罩在城市上方，沒有臉孔，沒有五官，皮膚在發腫的四肢上繃緊，因侍祭手下犧牲者的鮮血而臃腫肥胖。她能感到那神的存在，以及其陰影帶來的寒意。

一枚星星刺進伊奈許腿脛，另一枚則在上臂。她回頭瞥看，只要再大約十呎，就會到達第一座筒倉。丹亞莎也許比伊奈許更瞭解打鬥，但她不瞭解克特丹。伊奈許會快速下到筒倉底部、找到妮娜。而在伊奈許瞭若指掌的街道和運河中，她們會打敗這個怪物。

她再次測量身後的距離，就這麼幾呎。但是當她轉回頭，丹亞莎已經不在鋼索上了。伊奈許見到她彎下身體，將手伸向磁鐵。不。

「請保護我。」她低聲對她的諸聖說。

鋼索一鬆，伊奈許往下掉，一如童年那樣在半空中扭動著身體，尋找她的翅膀。

21 凱茲

凱茲聽見耳中的嘶吼。一如往常，當他注視羅林斯，會經歷一種奇特的重疊感，像是熬夜到太晚並喝了太多酒。他面前的人是佩卡・羅林斯──巴瑞爾之王、幫派統御者與經營人，但他也是雅各・賀琮，理應正直且誠實的商人，提供凱茲和約迪安逸與自信後，拿走他們的錢，丟他們無助地在城市中，沒有一絲一毫慈悲。

今晚，那個值得尊敬的雅各・賀琮的身影全然消失。羅林斯穿著綠色直條紋背心，鈕釦貼身地扣在啤酒肚上，外加閃著翡翠綠光澤的褲子。很顯然，他換掉了凱茲從他那裡偷走的錶，因爲他又拿出了一只新的，正盯著看。

「這東西的時間老是不太對。」羅林斯甩了一下那只錶，一面吐出惱怒的嘆氣，鬢角也一面稍顫一下。「但我就是對上好的漂亮玩意兒沒抵抗力。你不會還留著從我這裡偷走的那個吧？」

凱茲什麼也沒講。「好吧，」羅林斯聳了個肩，繼續說，啪地一下蓋起了錶，收回背心口袋。「就在此時此刻，我的副手應該已在黑幕島圍捕你的同夥，外加某位身價很高的人質了。」

韋蘭發出一個痛苦的聲音。

「我也替幻影準備了些特別禮物，」羅林斯說：「眞是傑出的資產啊，那女孩。因爲我眞心不喜歡你的箭袋裡竟然有一枝那麼特別的箭，所以找了更傑出的人來料理她。」

凱茲腹底冒出一股反胃感。他想起伊奈許轉動著肩膀，自信彷彿從那俐落的身形溢出。**我做這件事不用網子。**

「你眞以爲自己很難找嗎，布瑞克？這遊戲我玩很久了。我只要回想在我更年輕、更愚蠢時都做了什麼就行。」

凱茲耳中的嘶吼變得更大。「你替范艾克工作。」他知道這是一個可能性，但予以忽視。以爲只要自己動作得夠快，這兩人就不會有時間結盟。

「我是和范艾克合作。在你來找我要現金後，我不知怎麼覺得他可能會要我的協助。一開始他有所猶豫，畢竟他和巴瑞爾孩子們的交易不怎麼走運。但你對他老婆使的小花招讓他直奔我的懷抱。我告訴范艾克，你總能搶先他一步，是因爲他老是忍不住用做生意的腦子想東西。」

凱茲幾乎要瑟縮一下。難道他自己不是抱著一樣的想法嗎？

「無庸置疑，他悟性頗高，」羅林斯繼續說：「可是依然想像力有限。反過來呢，你，布瑞克，思考起事情就像個卑鄙下流的小混混。你就像我——只不過頭髮多了些、風格弱了些。范艾克以爲他把你堵死在西埠，很滿意自己叫來了市警隊，但我很懂，你狡猾多了。」

「你也知道我會來這裡？」

羅林斯竊笑道：「我知道你擋不住誘惑。噢，我確實不知道你醞釀著什麼計謀，但我知道，不管你設想了什麼詭計，都會把你帶到這兒。你不會放過羞辱范艾克的機會，你要拿回認爲他欠你的東西。」

「承諾了就不能反悔。」

羅林斯搖搖頭，像隻胖母雞似地發出咯咯聲。「布瑞克，你把這一切弄得太個人了。你應該專注在差事上，卻死都不肯放下舊恨。」

「這你就錯了，」凱茲說：「我沒有不放下舊恨——我搖它入睡、悉心照料，餵它吃上好鮮肉，送它去最好的學校。我很用心養育我的恨，羅林斯。」

「你還沒失去幽默感，我很開心，孩子。等你在監獄服完刑期——假使范艾克留你一條命——我搞不好會讓你來替我工作。有這麼大好天賦，浪費就可惜了。」

「我寧可被串上烤肉鐵叉，讓范艾克親自慢慢轉著烤到熟。」

羅林斯露出寬宏大量的笑。「我想這也是可以安排的。我這人什麼沒有，就是樂於助人。」

你就繼續講啊。凱茲無聲地催促，一手滑進韋蘭背包。

「你憑什麼認爲范艾克不會用對我們的方式『兌現』他和你的協議？」

「因爲我懂得用現金交易，而且我的要求絕對更溫和、不過分。幾百萬克魯格就能讓巴瑞爾擺脫個我也想看他消失的小麻煩？相當合理。」羅林斯用兩根拇指鉤住背心。「事實是，范艾克和我相互理解。我正在擴張、增加領土，擴展野心。開利王子是東埠前所未見最高級的設施，而且這還只是開始。范艾克和我是建造者，我們想要創造出能比自己更長壽的事物。孩子，你會習慣的。現在，不如把封蠟章交出來，乖乖投降好不好呢？」

凱茲從口袋拿出封蠟章，遞出去，讓它被提燈的亮光照到，吸引佩卡的目光。他遲疑了。

「別鬧了布瑞克，你很難對付，這我承認，但我把你逼到無處可逃、寡不敵眾，范艾克在底下街道也安排了市警隊，你不可能從窗戶跳下去。你完蛋、死定了，騎虎難下，所以別幹任何蠢事。」

但是，如果你開不了門，那就做個新的。要讓羅林斯打開話匣子很容易，事實上，凱茲懷疑就算想叫他閉嘴恐怕都難。那麼，問題只在於，當凱茲用左手打開裝金酸的瓶子時，要怎麼讓羅林斯只盯著凱茲右手中閃亮的金色封蠟章。

「做好準備。」他低聲說。

「凱茲——」韋蘭出言反對。

凱茲將封蠟章拋給羅林斯，同時將剩下的酸液潑到地面。房間瀰漫熱氣、地毯嘶嘶作響，一縷刺鼻的煙雲從中升起。

「阻止他們！」羅林斯吼道。

「我們另一邊見。」凱茲說。他抓起枴杖，砸在腳下的木板，地面發出嘎扎聲坍塌了。他們隨著一團灰泥和塵土墜落在一樓，直接落在因他們的重量而整個垮掉的晚餐桌上。燭台和盤子四處滾動，凱茲一躍起身，枴杖在手，肉汁從外套滴下，然後拖著身邊的韋蘭站起來。

有短暫一瞬間，他見到圍坐桌邊那些商人臉上訝異的表情，因爲大吃一驚而嘴巴張大，餐巾仍在腿上。接著范艾克就尖聲大喊：「抓住他們！」凱茲和韋蘭跳過一塊掉下來的火腿，朝著鋪了黑白磁磚的大廳飛奔而去。

兩名穿著制服的守衛來到通往後花園的敞開玻璃鑲板門前，舉起步槍。

凱茲突然加速衝刺，接著壓低身體、改爲滑行，將枴杖橫持於胸前，並從守衛中間快速衝過去，以枴杖重擊他們脛骨，讓他們翻倒在地。

韋蘭緊跟著他，跌跌撞撞下了進花園的樓梯，然後他們就到了船塢、翻過欄杆、上了羅提一直等在運河的小舟。

當砲火如雨點般灑在周圍水面，一顆子彈砰地打中船側。他和羅提緊抓住槳。

「火力全開。」凱茲吼道，韋蘭將所有火箭、閃光彈，還有他能裝上船的一點點樣本盡數釋放。范艾克家上方的天空炸開一大片光芒、煙霧和聲響，守衛紛紛低頭找掩護。

凱茲的手沒閒著，在他們進入黃金運河燈光閃爍的交通時，感覺著船進入水流。

「不是說在他沒注意的情況下進出嗎？」羅提說。

「至少我對了一半。」凱茲低吼著。

「我們得警告其他人，」韋蘭喘著大氣。「羅林斯說——」

「佩卡．羅林斯也在？」羅提問，而凱茲從他聲音中聽見恐懼。運河老鼠願意挑戰一千個混混與小偷、商人或傭兵，但佩卡．羅林斯？絕不。

凱茲將一槳打斜，操縱船的右舷，千鈞一髮閃過一艘載滿觀光客的小船。

「我們得回黑幕島，其他人——」

「閉嘴，韋蘭，我得思考。」

賈斯柏和馬泰亞斯都擅長打鬥，如果要說誰有機會把古維弄出黑幕島，除了他們別無他人。但佩卡是怎麼找到他們的？一定有人被跟蹤到了島上。那一天，他們全冒了險從黑幕島離開。他們之中任何一人都可能被看到、被跟蹤。妮娜和馬泰亞斯？韋蘭和賈斯柏？凱茲自己？佩卡一得知他們的藏身處，就會無時無刻監視著，等待他們分頭行動，變得脆弱不設防。

凱茲動了動肩膀，羅提也跟上他的節奏，兩人划槳的動作讓乘著水流的船前進得更迅速。他得讓他們混入往來船隻，並盡可能離范艾克家遠一點。他得趕去美沙洲。羅林斯的人一定從黑幕島跟著伊奈許和妮娜到了那裡。他爲什麼要讓她們單獨去筒倉？而妮娜和她的寶貝難民……今晚將不會有轟轟烈烈的拯救行動，所有機會都被破壞殆盡。**我也替幻影準備了些特別禮物**。去他的復仇、去他的詭計。如果羅林斯對伊奈許做出什麼事，凱茲絕對要拿他內臟塗滿東埠。

快想。一個計畫砸了，就想一個新的。當他們把你逼到角落，你就到屋頂挖個洞。可是，他修補不了無法捉摸的事物。計畫變得模糊不清，他讓他們失望了——讓她失望了。因爲每次只要和佩卡·羅林斯扯上關係，他似乎都會有某種盲點。賈斯柏很可能已經死了，伊奈許可能正在美沙洲的街道上流血。

他轉動船槳。「我們要去倉庫區。」

「其他人怎麼辦？」

「賈斯柏和馬泰亞斯很能打，佩卡絕不可能冒險傷害古維。我們要去美沙洲。」

「你說我們在黑幕島上會很安全，」韋蘭反駁著說：「你說——」

「沒有什麼安全，」凱茲怒吼著：「在巴瑞爾或任何地方都沒有。」他使出全身力氣划槳。

沒有封蠟章，沒有船，他們錢都花完了。

「我們現在該怎麼辦？」韋蘭平靜地說，因爲水聲和運河上其他船隻的聲音，他的句子幾乎聽不見。

「把槳拿起來，讓你自己有點用，」凱茲說：「不然我就把你這個嬌縱的小鬼泡進酒桶，找你爸把你撈出來。」

22 妮娜

在看見人影前，妮娜就聽見他們了。她位於第二和第三座筒倉之間，可以從這個位置看到伊奈許的進展，同時盯著守衛室的動靜。

伊奈許像隻靈活的小蜘蛛爬上筒倉，移動的節奏讓妮娜光是看都覺得累。這個角度之陡，使得伊奈許抵達頂部後就幾乎看不見人影，所以也推測不出她處理倉門的進度。但是，當妮娜發出第一個信號，伊奈許卻還沒有過鋼索，所以她一定是在鋼索或象鼻蟲的階段發生某種延誤。到第二個信號，妮娜才見到她在一片空盪中踏出腳步。

從妮娜等待的位置，高空鋼索在一片黑暗中看不見，伊奈許彷彿飄在半空，每一步都經過一番考慮、抓得精確。那裡——極細微的搖晃一下——但立刻進行小小的修正。妮娜一邊看，心臟一邊以膽顫心驚的韻律跳動。她有種荒唐的感覺，彷彿注意力就算只移開一秒，伊奈許就會掉下來，好似她的專注與信仰能幫助伊奈許浮在空中。

當伊奈許終於抵達第二個筒倉，妮娜好想歡呼，但她暫且用短暫且無聲的舞動代替。接著，她等待守衛再回到周邊西側的視線範圍內。他們在守衛室停了幾分鐘，又再次出發。當妮娜聽到喧鬧的笑聲，正要對伊奈許打信號時，那些守衛也注意到了，一瞬間警戒起來。妮娜看見其中一人點燃守衛室頂上的信號燈呼叫增援——這是因為怕有麻煩所做的預防措施。眾人都曉得暴動總會發生，而由於前一天在西埠發生的騷亂，妮娜並不意外守衛立刻呼叫援手。

不過看來他們也的確要有幫手。要是妮娜碰上巴瑞爾的一幫混混，絕對認得出來，而這幫人似乎是很棘手的那種。他們塊頭都很大、渾身肌肉、全副武裝。大多人都有槍，在在顯示這些人不僅是想來小鬧一場。帶頭那人寬大的胸膛上繃著件格子花紋背心，正甩著雙手中的鍊子晃蕩。妮娜看見他的前臂有個環狀刺青，從這個距離，她看不清細節，但她願意砸一大筆錢賭那是獅子蜷在一頂王冠裡。是一角獅，佩卡．羅林斯的手下。他們該死地在這裡做什麼？

妮娜抬頭瞥看，伊奈許應該正在將象鼻蟲丟進第二個筒倉。希望她不在他們的視線範圍內。可是話說回來，佩卡的人到底要做什麼？

答案很快就出現。「聽說美沙洲這裡躲了個破心者。」穿格紋背心的男孩大聲說道，依舊甩著鍊子。

噢，諸聖啊，這下糟了。難道一角獅從黑幕島一路跟蹤她和伊奈許嗎？其他人也有麻煩了嗎？萬一佩卡．羅林斯和他的幫派得知大使館裡有格里沙呢？他們其中一些人光是試圖離開城市就算違背契約，可能會遭到勒索，或更糟——佩卡可以把他們賣給蜀邯。**妳現在有自己的問題要**

解決，贊尼克，腦中一個聲音說，與其煩惱如何拯救世界，先救妳自己吧。有時她內在的聲音還眞的是非常睿智。

其中一名筒倉守衛上前——就一角獅展示出來的戰力判斷，還眞勇敢，妮娜想。她看不清楚他們交換了什麼，似乎是給了他某張上頭有著鮮明紅色封蠟的紙，守衛將那東西拿給他的同伴讀。一會兒後，他聳聳肩。然後，令妮娜不禁恐懼起來的是：守衛走上前打開了門上的鎖，守衛室屋頂的提燈又閃一下。他們取消了增援。

紅色封蠟，范艾克的顏色。那是他的筒倉，而除了得到雇主批准的人，這些警衛絕不會冒險幫其他人打開閘門。這使她陷入一陣天旋地轉。范艾克有可能和佩卡·羅林斯合作了嗎？如果是這樣，渣滓幫活著逃離城市的機會等同直接縮小成蛋糕盤上的小屑屑。

「出來吧，可愛的妮娜，佩卡有工作要給妳。」

妮娜見到那個男孩甩動的鍊子末端有副沉重的鐐銬。她最初來到克特丹時，佩卡·羅林斯曾表示要提供她工作機會和某種曖昧可疑的保護，而她選擇和渣滓幫簽訂合約。看來，佩卡似乎不再打算遵守合約或者幫派間的律法，而是啪地拿鍊子將她綑起。也許將她賣給蜀邯，或獻給范艾克，讓他能拿煉粉對她下藥。

妮娜藏匿在第二座筒倉的陰影裡頭，卻無法不暴露自己所在地移動超過半步。她又想起口袋裡的毒藥丸。

「女孩，別逼我們去抓妳喔。」那個男孩對其餘一角獅成員比了比手勢，示意他們散開。

就妮娜推測，她有兩個優勢：第一，掛在那條鍊子末端的鐐銬表示佩卡可能要活捉她，他絕不會想犧牲一名無價的格里沙破心者，所以他們不會開槍。第二，這群天才不曉得煉粉擾亂了她的力量。她說不定能爲自己和伊奈許爭取一點時間。

妮娜甩開頭髮，拚命擠出體內每一分勇氣，慢慢走入可見處，立刻聽見了扳機扳起的聲音。

「慢點，」她一手扠在臀部上。「如果你們把我掃射得活像撒鹽器那樣滿身彈孔，我對佩卡可能就沒什麼屁用了。」

「噢，妳好啊，格里沙小妞，妳是打算開我們玩笑嗎？」

看你怎麼定義開玩笑囉。「漂亮小子，你叫什麼名字？」

男孩微笑，露出一顆金牙與意外有魅力的一個酒窩。「愛蒙。」

「挺不錯的開利名字呢。*Ken ye hom?*」

「我老媽是開利人，我不說那土話。」

「噢，不如你叫你這些朋友放輕鬆點，把武器放下，我來教你一些新字如何？」

「最好是。我知道那些破心者的力量是怎麼運作的，我才不會讓妳控制我的器官。」

「眞可惜，」妮娜說：「聽好，愛蒙，今晚沒必要這麼麻煩，我只想知道佩卡的條件，如果要我背叛凱茲，我得確定付出的慘痛代價夠值得——」

「凱茲·布瑞克早就和死了沒兩樣，親愛的，佩卡也沒提供什麼條件，總之妳得跟我們走，上不上鍊子都一樣。」

妮娜舉起雙臂，馬上見到周圍的人渾身一僵，似乎打算無視佩卡命令開火。她立刻將動作一轉，變成伸個懶洋洋的懶腰。「愛蒙，你應該知道吧？在你把我用鍊子綁起來之前，我就能把在場一半的朋友體內的內臟變成爛泥。」

「妳才沒那麼快。」

「我快得夠讓你永遠——」她意有所指地瞥向他的皮帶釦下方，「在西埠無法重振雄風。」

現在換愛蒙臉刷白了。「妳做不到的。」

妮娜喀啦一聲凹響指節。「是嗎？」

他們上方某處傳來輕輕一聲噹，所有人都朝天空舉起槍。*該死，伊奈許，妳安靜點！*但當妮娜抬頭看，腦中原本斷續的思緒在驚恐的瞬間停止——伊奈許又回到了鋼索上，而且不是獨自一人。

有一瞬間，妮娜還以為那個跟著伊奈許上鋼索的白色身影是自己出現了幻覺。女孩看起來活像飄浮在上空的一縷幽魂，接著，她猛力擲出某個東西劃破了空氣。妮娜瞥見金屬光亮一閃，沒見到它命中，卻看見伊奈許腳步搖晃。伊奈許轉正身體，姿態堅決，伸長了雙臂力求平衡。

一定有方法能幫助她。妮娜想對那個白衣女孩伸手施展力量，尋找對方的脈搏、肌肉纖維，一些她能控制的事物。然而，她又一次感到那可怕的盲眼狀態、空洞感受。

「不打算去幫妳朋友？」愛蒙說。

「她可以照顧自己。」妮娜說。

愛蒙嘻嘻一笑。「妳根本沒人家說得那麼強，光會賣弄嘴皮子，什麼也不行。」他轉向手下。「第一個抓到她的人，我幫他付整晚的酒錢。」

他們沒催促她……至少沒有笨到幹這種事。他們緩慢前進，高舉起槍。妮娜一伸出手，他們便立刻停步，加強警戒。不過，當什麼事情也沒發生，她就看到他們面面相覷，幾個人在笑。現在，他們靠近的速度快了些，不再害怕，準備要拿走大獎。

妮娜冒險往上偷看，不知怎麼，伊奈許仍在努力保持平衡。她似乎打算回第一個筒倉，可是很顯然受傷了，步伐搖晃不穩。

綱子。但就她目前孤身作戰的狀況，實在不利。如果她能用一點煉粉——只要一點點，就能逼迫這些大白痴幫她，而且他們想都不想就會服從。

她搜索枯腸，拚命想抓住點什麼，什麼都好。她絕對不要就這樣無助地站在這裡束手就擒，眼睜睜看伊奈許死掉。但是，她只能感受到一個巨大的黑色真空。這裡沒有好用的骨頭碎片，沒有可抓起的沙塵。曾一度充滿著生命、心跳、呼吸、血流湧動的世界，現在被剝奪乾淨，淨是黑色沙漠、沒有星星的夜空、光禿的土地。

其中一名一角獅成員往前衝，接著他們全撲向她，將她拖到愛蒙面前。他的臉上咧開一個笑容，露出半月形的酒窩。

妮娜怒吼，發出一股純然的憤怒，像頭野生動物般瘋狂扭動。她並非無力反擊——她拒絕無力反擊。*妳是我認識最強大的戰士，無論有沒有格里沙的力量。*

然後她就感覺到了——在那裡，在那黑色沙漠中，一小塊冰冷到簡直和燒起來沒兩樣的地方。就在那裡，筒倉再過去，在運河的縫隙間，在前去港口的路上——疫病船，上頭高高堆疊著屍體。那瞬間，頓悟感搏動著傳遍她全身。妮娜感覺不到心跳或血流，卻能感覺到一些別的，一些其他事物。她想起那些骨頭碎片，記起她在黑幕島被墳墓圍繞時感到的輕鬆自在。

愛蒙試圖將一副鐐銬扣到她手腕上。

「也把項圈套到她身上！」另一名一角獅的人喊著。

她感到有隻手抓住自己的頭髮，她的頭被往後扳，露出了頸子。妮娜知道正在自己腦中轉的事根本是瘋了，但此時她實在沒有所謂正常的選擇。她用剩餘的力量狠狠踢向愛蒙，掙脫他的箝制，然後揮動雙臂，畫出一個大弧，專注在這股詭異又前所未有的覺醒上——感覺駁船上的屍體升起。她緊握起拳。**過來吧**。

一角獅抓住她兩手手腕，愛蒙狠狠揍了她的嘴巴，但是她持續捏緊拳頭、專注心神。這不是她用煉粉時感受到的愉悅，那種灼熱、火焰和光芒；這是道冷火，低溫且青藍地燒著。她感到屍體浮起，一個接一個回應她的召喚。妮娜清楚感覺到壓著自己的那些手，鍊子緊緊綑繞雙手手腕，然而，那股冷意此時加深，有如湍急的冬日河流，陰暗、快速、表面參差戳出破碎的冰塊。

妮娜聽見尖叫和槍聲隆隆，然後是金屬扭轉的聲音。抓著她的手鬆開，鍊子敲在鵝卵石上，發出近乎悅耳的叮噹聲。妮娜將手臂往自身收，更進一步探入那河水的冷意。

「搞什麼鬼，」愛蒙說，轉朝向守衛室。「搞什麼鬼！」

一角獅現在全往後退，忘了任務，臉上滿是恐懼，而妮娜完全看得出爲什麼。有一排人正在推籬笆，抓著柱子搖動。有老有少，但所有人看起來都很美麗——臉頰緋粉、嘴唇紅潤、頭髮閃動光澤，它們一波波擁來，某些生長在水裡的東西在臉周遭輕輕擺盪著。它們美麗，卻也恐怖。因爲，雖然有些人毫無受傷跡象，但其中一位卻被棕色血跡和嘔吐物潑了整身洋裝，另一個則有已腐爛轉黑的刺穿傷口。兩個裸著身體，一個腹部有既深且寬、切口大開的傷，腫脹的粉紅皮膚順著翻開的傷口往下垂。所有人的眼睛都閃爍著如冬天河水般深沉、呆板的暗灰。

妮娜感到想吐的感覺排山倒海而來。她覺得怪異，也有些羞恥，好像看進了一扇沒有資格偷看的窗戶，但她別無選擇——其實是她不想停手。妮娜伸展手指。

在金屬被扯破的尖銳刺耳聲響中，籬笆往前破開，一角獅的人開火，可是屍體繼續前進，毫不在意，也沒有恐懼。

「是她！」愛蒙尖叫著踉蹌後退，然後摔倒，在他的人逃入夜色時拚命拖著腳想站起來。

「它們是來找那個格里沙賤貨的！」

「我賭你恨不得我們剛剛有好好談判。」妮娜吼道，但她才不在乎一角獅。

她抬起頭。伊奈許仍在鋼索上，但白衣女孩已在第二個筒倉頂部，伸手去抓鉗子。

網子，她發號施令。**現在**！眾屍體以爆發性的速度飛奔向前，快得甚至看不清楚，接著突然停下，好像在等待指示。她集中注意力，讓它們服從命令，注入所有力氣和生命到它們體內。轉眼間，它們已把網子拿在手中跑了起來，速度之快，妮娜簡直跟不上。

高空鋼索鬆掉，伊奈許掉落，妮娜放聲尖叫。

伊奈許的身體撞擊在網上，高高彈起，又一次撞擊在網上。

妮娜奔向她。「伊奈許！」

她躺在網子中央，身上滿滿散發著邪惡的銀色星星，血不斷從傷口湧出。

把她放下，妮娜命令道，屍體服從照做，將網子朝著鋪石子地垂下。妮娜磕磕絆絆地跑向伊奈許身旁，跪了下來。「伊奈許？」

伊奈許伸出手緊緊抱住妮娜。

「再也、不准、這麼做了。」妮娜啜泣著說。

「網子？」有個輕快的聲音說道：「感覺不太公平啊。」

伊奈許身體僵硬，白衣女孩已下到第二個筒倉底部，正大步走向她們。

妮娜立刻伸出雙臂，屍體擋在她和伊奈許面前。「小雪花，妳確定想打這一場嗎？」

女孩瞇起那雙漂亮的眼睛。「我贏了妳，」她對伊奈許說：「妳心知肚明。」

「也祝妳晚安。」伊奈許回答，但聲音好虛弱，有如磨損的繩線。

女孩看著列站在面前的那批腐爛屍體大軍，明顯在評估她的勝率。她鞠了個躬。「幻影，我們會再見的。」她轉往愛蒙和其餘一角獅逃亡的方向，一躍跳過殘存的籬笆，消失無蹤。

「有夠愛演的，」妮娜說：「我說真的，拿刀戰鬥時誰會穿白衣服啊？」

「白刃丹亞莎或什麼之類的……她是真的想殺了我——或所有人。」

「妳能走嗎？」

伊奈許點點頭，雖然面如死灰。「妮娜，這些……是死人嗎？」

「妳這樣一說就眞的很毛骨聳然了。」

「但妳沒有用——」

「沒有，沒用煉粉。我不知道這是什麼。」

「格里沙眞的能——」

「我不知道，」此時，遭到埋伏與伊奈許墜落的恐懼減退，妮娜感到作嘔。她做了什麼？她操弄了什麼？

妮娜還記得在小行宮時問過其中一個老師，格里沙的力量從哪裡來。她那時還不過是個小小孩，相當敬畏那些執行重要任務、在行宮裡來來去去、年紀較長的格里沙。

這股力量以普通人永遠無法理解的方式，將我們和生命連接起來，她的老師說，就是因爲這樣，使用天賦才會使我們更強壯，而不會耗損身體。我們和宇宙萬物的力量綁在一起，也就是世界最核心的要素。對軀使系格里沙而言，那羈絆交纏得甚至更緊密，因爲我們處理的是生命，以及取命。

當時老師舉起雙手，妮娜感到自己的心跳稍微慢下了些。其他學生全倒抽了一口氣，轉頭相互打量，所有人都感覺到同一種狀況。感受到了嗎？老師問道。你們每個人的心臟在共同的時間

中跳動、與世界的節奏緊緊相繫？

那是種奇怪到不行的感覺，她的身體彷彿融解，好像他們並不是在教室椅子上扭來扭去的學生，而是單一生物，只有一顆心臟、一個目的。這感覺只停留了一會兒，但她從未忘記那種相互連接的感受，而且突然頓悟這分力量將代表她永遠不是一個人。

但她在今晚用的這個力量……與那完全不同。這是煉粉造成的產物，並非世界的核心要素。這是個錯誤。

不過之後會有時間擔心這件事的。「我們得離開這裡。」妮娜說。她扶伊奈許站起來，看著圍繞身邊的屍體。「諸聖啊，它們臭死了。」

「妮娜，要是它們能聽到我們呢？」

「你們能聽到我嗎？」她問。不過屍體毫無回應，而當她用自己的力量朝它們探去，它們感覺起來也不是活的。不過那裡有些什麼，正用著生者再也無法使用的方式向她傾訴。她再次想到那條冰寒的河，仍能感覺它圍繞著自己、圍繞著一切。而今，它形成一股緩慢的漩渦移動著。

「妳要拿它們怎麼辦？」伊奈許問。

妮娜無奈地聳了個肩。「我想放回去原來的地方吧？」她舉起雙手。**去吧**，她盡可能清楚地對它們說，**安息吧**。

它們再次移動。伊奈許突然一陣恐慌，不禁想開口禱告。妮娜看著它們退去，成爲黑暗中的模糊形體。

伊奈許微微發了個顫，將肩上尖刺的銀色星星拔出來，掉在地上發出響亮的噹聲。血流速度似乎慢了下來，但她絕對需要繃帶。「在市警隊出現前我們快走。」她說。

「走去哪？」朝運河前進時，妮娜問。「要是佩卡．羅林斯找到我們——」

由於逐漸領悟這個事實，伊奈許的腳步慢了下來。「如果黑幕島已經曝光，凱茲……凱茲有告訴我如果出差錯該去哪裡，但是……」

這個句子懸宕在她們之間。佩卡．羅林斯橫空殺出，不僅僅代表計畫潰敗。

要是黑幕島被炸了呢？要是馬泰亞斯出了什麼事呢？佩卡．羅林斯會饒了他的命，還是直接先開槍再說，就這麼收走他的獎品？

那些格里沙。要是佩卡跟蹤賈斯柏和馬泰亞斯到大使館呢？要是他們帶著難民前往碼頭，結果卻被抓了呢？她再次想到自己口袋中的黃色藥片，想到塔瑪充滿殺氣的金色眼睛，柔雅傲慢跋扈的眼神，娟雅帶些戲謔的笑。她們都很信任她，如果她們出了什麼事，她永遠不會原諒自己。

妮娜和伊奈許沿原路回到船停泊的碼頭，她冒險騰出一眼，看見最後一批屍體正在躺下，移回駁船上的原位。現在它們看起來不一樣了，顏色又變回能使她聯想到死亡的灰敗與斑駁的白。

但也許，死亡不只一個面相。

「我們要去哪裡？」妮娜問。

在那瞬間，她們看到兩道身影朝這裡奔來。伊奈許伸手想拿刀，妮娜也舉起雙臂，準備再次呼喚她的詭異士兵。她知道這次一定會比較容易。

凱茲和韋蘭出現在街燈的光裡，衣服凌亂，頭髮上蓋著一點灰泥——外加可能是肉汁的東西。凱茲沉沉地倚著枴杖，但步伐堅定，臉上的鮮明輪廓顯現堅決神情。

「我們會一起殺出一條路。」伊奈許低聲說。

妮娜從伊奈許瞥到凱茲，看見兩人臉上都掛著同一副表情。妮娜認得那眼神，那是經歷船難才會有的眼神，當潮水與你相背，天空已陷入漆黑；那是終於看到陸地、有希望找到避難處的眼神，甚至救贖可能等在遙遠岸上的眼神。

23 韋蘭

我會死掉，這樣就不會有任何人能幫她。甚至不會有人記得瑪萊雅·漢卓克斯。

韋蘭想勇敢一點，但他好冷，又全身瘀青，更糟的是——在他身邊的是他認識最勇敢的一些人，而他們似乎全嚇壞了。

他們非常緩慢地走過運河，當市警隊小組打雷般的靴聲在頭頂或沿水路踏過，就停在橋底或深暗的陰影中等待。今晚他們傾巢而出，船隻沿路慢慢巡邏，船首打著明亮的提燈。從善女橋那次攤牌的短暫時間後有些什麼改變了，整個城市活了起來，而且充滿憤怒。

「那些格里沙——」妮娜試圖開口。

但凱茲迅速打斷她。「他們要不是安全待在大使館，就是陷入我們幫不了忙的狀況。他們有辦法照料自己，我們得躲起來。」

然後韋蘭就知道他們惹上多大麻煩，因爲妮娜沒有反駁，只是把頭埋進手中，陷入沉默。

「他們會沒事的，」伊奈許說，一手攬著她的肩膀。「他會沒事的。」但她的動作有所猶豫，而韋蘭能看到她衣服上的血。

在那之後，沒人說一個字。凱茲和羅提只有零星划幾下，帶他們進入更平靜、更狹窄的運河，安靜地漂向未知，直到轉過美好街附近的彎，凱茲才開口說：「停。」他和羅提將槳深插入水中，撐到和運河側同高，卡進小販船的貨物後面。不管這些水上商店賣些什麼，攤位都緊緊鎖了起來，以保護貨物。

他們能看見大批市警隊在前頭紛擁過橋面，兩艘警隊船遮蔽了底下的通道。

「他們在設路阻。」凱茲說。

他們把船丟在那兒，接下來徒步前進。

韋蘭知道他們要前往另一個安全屋，但是凱茲自己也說了：沒有什麼安全。他們還可以藏在哪裡？佩卡．羅林斯和韋蘭的父親合作，這兩人加起來絕對擁有半個城市，韋蘭會被抓住。但然後呢？沒人會相信他是范艾克的兒子。也許韋蘭．范艾克受父親鄙視，但他擁有蜀邯罪犯盼都盼不到的權利。最後他會落到地獄門嗎？他的父親會想辦法來目睹他被處決嗎？

他們離製造工廠區和巴瑞爾越遠，巡邏就漸漸變少，而韋蘭很清楚市警隊一定會將全部力氣集中在城市較鄙下的區域。不過他們仍時停時走地移動，行經那些韋蘭從不曉得存在的巷子，時而進入空盪的店面，或無人居住、較低樓層的公寓，好切到下一條街。凱茲彷彿握有一張克特丹的祕密地圖，顯出城市中各個被遺忘的空間。

等他們終於抵達要去的某個地方，賈斯柏會等在那裡嗎？還是說，他會受傷躺在墓窖地上流血，沒有任何人去救他？韋蘭不願意相信。情況越糟，賈斯柏在戰鬥中就表現得越好。他想起賈斯柏對寇姆的請求。**我知道我讓你失望了，只要再給我一次機會就好**。韋蘭對自己的父親說過多少次同樣的話？而且每一次都希望自己能履行承諾？賈斯柏一定要活下來。他們都要。

韋蘭還記得自己第一次看到狙擊手的時候，對方簡直像來自另一個世界的動物，穿著萊姆綠加檸檬黃，步伐既寬且大，每一步都好似從細頸瓶潑出的水。

韋蘭在巴瑞爾的第一晚，從一條街晃蕩到另一條街，覺得自己一定會被搶，又因天冷而牙齒不停打顫。最後，當他皮膚開始轉藍，感覺不到手指，便擠出勇氣問了一個正在某棟房屋前方階梯抽菸斗的男人。「你知道哪裡可能有房間出租嗎？」

「那兒牌子上就寫了有空房啊，」他拿菸斗比了比對街。「你是怎樣？瞎了嗎？」

「我一定是沒注意到。」韋蘭說。

公寓很髒，不過很幸運非常便宜。他用十克魯格租了房間，也付錢洗了熱水澡。他知道自己得省著點用，但要是第一晚就染上肺炎，就會有比現金不足更嚴重的問題。他拿著那一小條毛巾進入廳堂盡頭的浴室，迅速洗完。雖然水夠熱，他仍因爲在一個門上沒鎖的地方、全身赤裸地縮在浴缸裡而覺得十分脆弱。他盡可能弄乾衣服，穿回去時卻還是感覺潮濕。

那晚，韋蘭躺在薄得和紙一樣的床墊上注視天花板，聽著周遭寄宿房屋的聲音。在黃金運河，夜晚靜得能聽見水拍在船塢側邊的聲音。但在這裡，晚上就和正午差不多。音樂透過骯髒的窗戶流洩進來，人們談話、笑鬧、甩門。他上方房間的情侶在吵架，底下房間的情侶絕對在做些別的事。

韋蘭用手指碰觸喉嚨上的瘀青，想著，眞希望能拉鈴要杯茶。就在這個瞬間，他才眞的開始恐慌。他到底可以有多可悲？父親試圖殺了他，他簡直口袋空空，而且躺在一張爲了除床墊虱子而滿溢化學藥劑氣味的小床。他應該想個計畫，甚至規畫復仇，努力集中所有智慧和資源。結果他現在在幹什麼？想著能不能拉鈴叫杯茶？也許他在父親的家中過得不快樂，可是從來不用做任何事。他有僕人，有熱呼呼的餐食，乾淨的衣服。無論想在巴瑞爾活下來要有什麼條件，韋蘭知道自己都沒有。

他躺在那裡時還在給發生的事找解釋。這當然要怪米格森和派爾，他的父親並不知情。又或者，米格森和派爾誤會了指示，那是個嚴重的錯誤。韋蘭起身，手伸到外套濕答答的口袋。他要去貝蘭德音樂學校的就職文件還在原處。

他一將那個厚厚的信封抽出來，就知道自己的父親並非清白。雖然它濕得透頂，聞起來有運河的味道，然而顏色是改不了的。從所謂的文件裡頭，沒有滲出任何墨水。韋蘭無論如何還是打開了信封，那綑摺起來的紙黏在一起，變成濕答答一團，不過他一張張剝開——全部空白。他父親甚至連搞個幾可亂眞的詭計都懶，他知道韋蘭根本不會試著去讀文件，他那容易受騙的兒子也永遠不會想到要懷疑父親。**可悲至極**。

韋蘭待在房內兩天，心驚膽戰。但在第三天早晨，他餓到不行，街上飄上來的炸馬鈴薯香氣逼他離開安全的房間。韋蘭買了裝得滿滿的一整個紙筒，貪婪地狼吞虎嚥，甚至燙到了舌頭。然後，他逼自己動起來。

他的錢只夠再多租那房間一個禮拜，如果他打算買東西吃，那麼時間就更少了。他得找工作，卻完全沒有頭緒該從何著手。他個子不夠大，也不夠壯，沒辦法找倉庫或造船廠的工作。較輕鬆的差事就會要求他能閱讀。長笛還在他手上，有沒有可能某家賭場或甚至風月場所，要個音樂家在接待室彈奏樂器呢？他在東埠沿著光線比較明亮那側的街道到處走。當天色開始轉暗，他又回到公寓，覺得被徹底打敗。那名拿著菸斗的男人依舊在階梯上抽菸。在韋蘭印象中，他從沒離開那個位置。

「我在找工作，」韋蘭對他說：「你知不知道有誰可能在找人？」

男人透過煙雲注視著他，「像你這樣白白嫩嫩的年輕人應該能在西埠賺到不少銀子。」

「我是說正派的工作。」

男人一直笑到開始乾咳，但最終，他給韋蘭指了個方向，朝南去皮革廠。

韋蘭靠著混合染料和清理染缸的工作得到微薄薪資。其他工人大多是女人和小孩，也有少數像他這樣乾巴巴的男孩。他們話說得很少，除了真的太累，也因為那些化學藥劑病得很重。除了做完工作、領取薪資，做不了太多別的事。他們沒有手套或口罩，韋蘭很確定，他還來不及擔心帶著賺這麼少的錢該去哪裡前，就會被毒死。

一天下午，韋蘭聽到染料師傅抱怨因為鍋爐燒得太熱，他們蒸乾了好幾加侖染料，他瘋狂咒罵自己花了一筆錢修其中兩個，結果根本沒什麼用。

韋蘭有些猶豫，然後提出建議往水缸加海水。

「我天殺地為什麼要這麼做？」染料師傅說。

「可以升高沸點，」韋蘭說，不禁懷疑他為什麼覺得把這件事說出來是個好主意。「染料會要更高溫才能沸騰，這樣就可以少蒸發掉一點。但因為鹽水會快速增加，你得調整一下配方，而且鹽會有點腐蝕性，得更頻繁地清理染缸。」

染料師傅只是朝地板噴了一口豹韃唾沫，直接忽視他。但下週，他們試著在其中一個染缸使用鹽水，幾天後，他們在所有染缸使用混合海水的液體。染料師傅開始帶著更多問題來問韋蘭：要怎麼讓紅色染料不會把皮革弄僵硬？該怎麼縮短處理和弄乾的時間？韋蘭有辦法做個不滲色的樹脂染料嗎？

一週後，韋蘭拿著木頭攪拌棒站在染缸前面，因爲染料頭暈目眩直流淚，思考幫染料師傅的忙是不是代表他可以提出加薪。此時，有個男孩靠近他。男孩個子很高，身材瘦長，皮膚是贊米人的深棕色，看起來和染料工廠八竿子打不著。不只因爲他的萊姆格紋背心和黃色褲子，更因爲他似乎散發出一股愉悅，好像除了這座悲慘又難聞的皮革廠，他再也不想去世上其他地方；彷彿他只是走進一場迫不及待參加的派對。雖然他又乾又瘦，身上卻像是裝配了某種靈活而自在的特質。染料師傅通常不喜歡有陌生人來染料工廠，但對於這名將左輪掛在臀部位置的男孩，卻一句話都沒說，只是恭敬地壓一下帽沿就倉皇跑走。

韋蘭的第一個念頭是：這男孩擁有他這輩子見過最完美的唇型。第二個念頭是：他父親又新派了人來殺他。他緊抓住攪拌棒。這男孩會在光天化日下對他開槍嗎？一般人會這麼做嗎？

然而男孩卻說：「聽說你很懂那些化學有的沒的。」

「什麼？我……對，會一點。」韋蘭勉強說出口。

「只會一點？」

不知怎麼，韋蘭覺得自己的下一個答案非常重要。「我有相關背景。」他沉溺於科學和數學，並且勤奮不懈地鑽研，希望能在某種程度上彌補其他方面的失敗。

男孩遞給韋蘭一張摺起的紙。「那你今晚下班後就來這地址，我們可能有個工作給你。」他打量四周，好像剛剛才發現這些染缸，以及伏在上頭、死氣沉沉的工人。「——眞正的工作。」

韋蘭注視著那張紙，字母在眼前糾結成一團。「我——我不知道這在哪裡。」

男孩吐出惱火的嘆息。「你不是本地人對吧？」韋蘭搖搖頭。「好吧，我會來接你，因爲呢，很顯然我除了給這城裡新來的小菜鳥當護衛沒其他事打發時間。你叫韋蘭對吧？」韋蘭點點頭。「姓什麼？」

「韋蘭……漢卓克斯。」

「韋蘭．漢卓克斯，你很懂爆破嗎？」

「爆破？」

「劈里啪啦，碰碰碰，炸爛全世界。」

韋蘭完全不曉得他什麼意思，但感覺要是承認不會，等同犯下嚴重錯誤。「當然。」他帶著盡可能擠出來的自信說。

男孩對他投以質疑眼神。「等等就知道了。六點鐘響就出現。除非你想招惹麻煩，否則不准帶槍。」

「當然。」

男孩翻了一下灰色眼珠，囁囁著說：「凱茲絕對是瘋了。」

六點鐘響時，賈斯柏抵達，護送韋蘭去巴瑞爾一家釣魚用具店。韋蘭因自己綯巴巴的衣服尷尬不已，但他就只有這個了。只不過，他太擔心這只是父親精心打造的另一個陷阱，整個人怕到幾乎癱掉，完全分散了對衣服的憂心。在釣魚用具店後面的房間，韋蘭見到了凱茲和伊奈許。他們說要閃光彈，也許再加一些稍微強一點的。韋蘭拒絕了。

那晚，他回到公寓，發現第一封信，而他唯一認得的字就是寄件人：楊·范艾克。

他徹夜無眠，非常確定派爾隨時會破門而入，用厚實的雙手勒住自己脖子。他想過逃跑，但身上的錢只勉強能付房租，更別說買票離開城市。而且，他到了鄉下又能有什麼指望？沒人會雇他當農場工人。第二天，他去見凱茲，而那晚，他就為渣滓幫做了第一個炸藥。他知道自己做的事是違法的，可是才工作幾小時就賺到比皮革廠一禮拜還要多的錢。

父親的信件持續送來，一週一次，有時兩次。韋蘭不知該怎麼看待它們。是威脅，還是嘲弄？他把信都塞在床墊下的空間，有時在晚上，他覺得自己彷彿能感到墨水透過紙頁，往上穿越床墊，猶如暗黑的毒藥那樣滲入他的心臟。

但是時間越是經過，他幫凱茲工作得越多次，他就越不怕。他會賺到自己的錢、離開城裡、再也不提起范艾克三個字。如果父親在那之前打算解決掉他，韋蘭也不能怎麼辦。他的衣服破爛，身體變得乾瘦，甚至得在皮帶打上新洞。但是，與其去求父親憐憫，不如先在西埠的風月場所把自己賣了。

韋蘭那時還不曉得，凱茲老早知道他的眞實身分。髒手隨時盯著來到巴瑞爾居住的每一個人，而他將韋蘭納入渣滓幫羽翼底下，確保未來這個富商之子能派上用場。

對於凱茲照顧自己的原因，韋蘭沒有太多幻想，但他也知道自己要是沒有凱茲幫忙絕不可能存活這麼久，而凱茲不在意他能不能讀字。凱茲和其他人會開他玩笑，但也給他機會證明自己。他們用他能做到的事來評價他，而非以他做不到的事懲罰他。

韋蘭曾相信凱茲能替母親的遭遇復仇，相信儘管父親那麼富有、那麼有影響力，這幫同伴——他的同伴——依舊能與范艾克分庭抗禮。可是現在，他父親又再次對他露出嘲笑。

當他們抵達金融區，午夜已過去好久。他們抵達這城市最富有的區域之一，距離交易所和市政廳不遠。在這裡，他父親感覺更近了，而韋蘭不禁疑惑凱茲爲什麼帶他們到這一區。凱茲領著他們穿過一條巷子，來到一棟巨大建築的後方，有扇門被撐開，他們進入一座樓梯井，位於中央的是一座巨大的鐵升降梯，眾人拖著腳進入升降梯，羅提留在後頭，應該是要監視著入口。升降梯的門噹地關起，他們乘著升降梯一路直上十五層，來到建築物的頂樓，接著進入一條以上了亮漆的硬木鋪成的走道，高聳的天花板漆成蒼白的薰衣草色，有些起泡。

我們在旅館，韋蘭恍然大悟。那是僕人用入口，工作人員的升降梯。

他們敲響一扇寬大的白色雙開門，寇姆．菲伊應了門，他身穿長長的睡袍，外頭披了一件外套。他們在拜金者旅館。

「其他人在裡面。」他疲倦地說。

寇姆沒問他們任何問題，只是指著浴室，在他們於紫色地毯拖出看來悲慘的泥痕時給自己倒了杯茶。當馬泰亞斯見到妮娜，立刻從那張巨大的茄紅色沙發跳起來，緊緊把她抱在懷中。

「我們沒辦法突破道路封鎖到美沙洲，」他說：「我做了最壞的打算。」

然後他們就全抱在一起，而韋蘭驚恐地發現自己眼中竟充滿淚水。他眨眼想壓下去。他最不想要的就是又讓賈斯柏看到自己哭。狙擊手全身覆蓋煤灰，聞起來有如森林大火，但臉上掛著那副雙眼放光的喜悅神情，是每次經歷一場熱戰都會顯現的模樣。韋蘭一心只想盡量站離他近一些，曉得他安然無恙。

在這一刻之前，韋蘭都不知道他們對他有多重要。他父親一定會蔑視這些流氓小偷、失去榮譽的士兵、總是負債累累的賭徒。可是這些人是他第一批朋友，也是唯一的朋友。而韋蘭知道，即便能在一千個同伴中自由選擇，他們也會是他的首選。

只有凱茲站得遠遠，靜靜望著窗外下方的漆黑街道。

「凱茲，」妮娜說：「也許你對於我們活得好好沒什麼感覺，但我們都很高興你還活著——過來！」

「別管他。」伊奈許低聲輕輕說道。

「諸聖啊幻影，」賈斯柏說：「妳在流血。」

「我該叫醫生嗎？」賈斯柏的父親問。

「不要！」他們異口同聲。

「好好，我不叫，」寇姆說：「那麼拉鈴叫個咖啡？」

「麻煩你了。」妮娜說。

寇姆點了咖啡、鬆餅和一瓶白蘭地。等待的時候，妮娜請他們幫忙找把大剪刀，好將旅館的毛巾剪一剪當繃帶。一找到剪刀，她就把伊奈許帶進浴室，檢查傷口。

門上傳來敲響聲時，他們全僵住了——但來的只是餐點。寇姆開門迎接女僕，堅持自己就能推餐車，這樣她才不會看到在他房中聚集的詭異團體。門一關上，賈斯柏就跳起身，幫他把裝滿食物的銀托盤和一疊疊精緻得幾乎透過去的瓷盤推進來。打從離開父親家中，韋蘭就沒再吃過裝在那種盤子裡的食物。他知道賈斯柏一定穿了寇姆的衣服，因爲衣服肩膀太寬，袖子又太短。

「是說這到底是什麼地方？」韋蘭到處打量這間幾乎全裝飾成紫色的大房間。

「我想應該叫克特丹套房，」寇姆邊搔著頸背邊說：「這裡比我在大學區的客棧房間華麗太多了。」

妮娜和伊奈許從浴室現身。妮娜往盤中堆滿食物，一屁股往沙發上的馬泰亞斯身旁坐下，把一塊鬆餅對半折，咬了一大口，幸福地扭動腳趾。

「不好意思，馬泰亞斯，」她嘴裡邊塞滿食物邊說：「我決定要和賈斯柏的父親私奔，我完全被他提供的美食寵壞了。」

伊奈許已經脫了短上衣，只穿鋪棉背心，裸著兩條棕色手臂，一邊肩膀、兩條上臂、右大腿和左小腿綁了一條條毛巾。

「妳到底發生什麼事？」賈斯柏用精美杯碟將咖啡遞給父親，問道。

伊奈許窩在古維安坐的地板旁一張扶手椅上。「我交了個新朋友。」

賈斯柏則在靠背長椅上四肢大張，韋蘭坐了另一張椅子，膝上擺了一盤鬆餅。套房的餐廳明明就有上好桌椅，顯然沒有任何人對它們感興趣。只有寇姆在那裡就坐，咖啡在旁，外加一瓶白蘭地。凱茲依舊在窗邊，而韋蘭不禁猜想，他到底從窗外看到什麼如此吸引人。

「所以，」賈斯柏往咖啡裡加糖。「除了伊奈許交了新朋友，外頭究竟發生什麼鬼？」

「我想想喔，」妮娜說：「伊奈許從二十層樓掉下來。」

「我們在我父親的餐廳天花板弄出一個超大的洞。」韋蘭表示。

「妮娜有辦法讓死人活過來。」伊奈許說。

馬泰亞斯的杯子在杯碟敲出喀的一聲。那玩意兒在他的熊掌中看起來有夠可笑。

「我沒辦法讓它們活過來好嗎？我是說，它們是起來了，可是並不是活過來——反正我覺得不是——唉，我也不知道啦。」

「妳認眞的嗎？」賈斯柏說。

伊奈許點點頭。「我沒辦法解釋，但我看到了。」

馬泰亞斯皺起眉頭。「我們在拉夫卡區的時候，妳也能召喚那些碎骨頭。」

賈斯柏喝了一大口咖啡。「但湖邊小屋呢？妳不是控制了沙子？」

「什麼沙子？」伊奈許問。

「她不只除掉了守衛，還用一團沙子嗆死他。」

「漢卓克斯湖邊小屋旁有家族墓園，」韋蘭想起毗連西牆一小塊設有閘門的土地。「要是那些沙子其實是……骨頭呢？人的遺骨？」

妮娜放下盤子。「太超過了，差點害我失去食欲，」但她再次拿起。「差點而已。」

「所以你才問我煉粉會不會改變格里沙的力量。」古維對馬泰亞斯說。

妮娜看著他。「所以會嗎？」

「我不知道。妳只用了一次，妳撐過了停藥。妳這種人很稀有。」

「我眞好運。」

「這樣很不好嗎？」馬泰亞斯問。

妮娜從腿上捏起一些屑屑，放回盤子上。「我要引用某金髮肌肉笨蛋的話——這樣違背自然。」她的語氣失去了原來暖暖的開心感覺，簡直悲傷了起來。

「也許的確是吧，」馬泰亞斯說：「軀使系格里沙不是屬於死生法師團嗎？」

「格里沙的力量不該這樣作用。」

「妮娜，」伊奈許溫和地說：「煉粉使妳在鬼門關走了一遭，也許也讓妳帶回了些什麼。」

「唔，那這個紀念品還眞是滿爛的。」

「又或許，喬爾神熄滅了一盞光，又點燃了另一盞。」馬泰亞斯說。

妮娜斜斜瞪他一眼。「你是被敲到腦袋了嗎？」

他伸出手握住妮娜的手，韋蘭突然覺得自己闖進了一個頗爲私密的場景。「妳還活著，我很感激，」他說：「妳在我身邊，我很感激；妳在吃東西我也很感激。」

她把頭靠在他肩上。「你比鬆餅還要好，馬泰亞斯·赫佛。」

那名斐優達人的唇邊揚起小小微笑。「吾愛，口是心非的話就別說了吧。」

門上傳來輕敲的聲音，他們立刻伸手去拿武器。寇姆在椅子上渾身僵硬。

凱茲比了手勢，要他待在原地不動，無聲地朝門走去，從窺孔察看。

「是史貝特。」他說。他們全鬆了一口氣，凱茲把門打開。

當凱茲和史貝特來來回回低聲交談，他們全安靜地看著。接著史貝特點點頭，又離開前往升降梯。

「這層樓有路能通到鐘塔嗎？」凱茲問寇姆。

「在走道盡頭，」寇姆說：「我沒上去過。樓梯太陡了。」

凱茲一句話都沒說就離開了。他們則面面相覷一會兒才跟上去，一個個從寇姆身旁走過，他則用疲倦的眼神目送他們離開。

他們一到走道上，韋蘭就發現整層樓彷彿要對克特丹套房的奢華致敬。如果他真的要死，最後一晚在這裡度過也不算太差。

他們一個接一個爬上蜿蜒曲折的鐵樓梯到鐘塔，推開一扇活板門。最頂層的空間既大又冷，大半被巨大時鐘的齒輪占據，鐘塔四面照看著克特丹與灰濛濛的拂曉天空。

向南，黑幕島升起一團煙雲；向東北，韋蘭能看到黃金運河，消防隊的船隻和市警隊包圍了他父親住處附近的區域。他還記得他們落在父親餐廳桌子正中央、見到父親臉上震驚的表情。如果他不是怕得要死，很可能會爆笑出聲。將人吞噬殆盡的是羞恥心。如果他們有在屋子其餘地方放火就好了。

遠處港口被市警隊的船和馬車擠滿。整座城有如染上某種疾病，斑斑點綴著市警隊的紫色。

「史貝特說他們關閉了港口、暫停船隻，」凱茲說：「正在封鎖城市，沒有人能進出。」

「克特丹不會坐視，」伊奈許說：「人們會暴動。」

「他們不會怪范艾克。」

韋蘭覺得有點不舒服。「他們會怪我們。」

賈斯柏搖搖頭。「就算他們把市警隊所有巡邏兵派到街上，也沒有封鎖城市外加搜索我們的人力。」

「沒有嗎？」凱茲說：「你再看看。」

賈斯柏走到凱茲站的那扇面西的窗戶。「我去他的諸聖和你家夏娃阿姨。」他猛抽一口氣。

「怎樣？」他們透過玻璃察看時，韋蘭問。

有一群人正從巴瑞爾出發，朝東橫過銀之區。

「暴民？」伊奈許說。

「更像遊行。」凱茲說。

「市警隊怎麼不阻止他們？」一波人潮暢行無阻地從一座橋前進到下一座橋，跨越每一道路障，韋蘭不禁問。「他們為什麼讓這些人通過？」

「很可能是因為你父親叫他們這麼做。」凱茲說。

大批人群一面靠近，韋蘭一面聽見歌聲、唱誦、鼓聲……聽起來還真像是遊行。他們擁過銀之橋，一路朝著面對交易所的廣場前進，川流行經旅館前方。韋蘭認出佩卡．羅林斯的幫派正帶領這批行軍。最前面的不曉得是誰，不過那人披了件腦袋上縫了金色假王冠的獅皮。

「剃刀海鷗，」伊奈許說，指著一角獅後方。「還有利德幫。」

「哈雷之針，」賈斯柏說：「黑尖幫。」

「所有人都來了。」凱茲說。

「那個代表什麼？」古維說：「那些紫色帶子？」

底下的每個暴民左上臂都綁著一條紫色的布。

「他們受指定擔任代理人，」凱茲說：「史貝特說，話已經傳得巴瑞爾到處都是。好消息是現在他們要我們的活口——甚至馬泰亞斯。壞消息是，他們對和我們一同行動的蜀邯雙胞胎加了賞金。所以古維——和韋蘭的臉也被漂漂亮亮地貼到了城市牆壁上。」

「你們的商會就直接批准？」馬泰亞斯說：「要是他們開始搶劫或發生暴動呢？」

「他們不會的，羅林斯知道自己在做什麼。要是市警隊試圖封鎖巴瑞爾，幫派就會轉去攻擊他們。現在他們還和法律站在同一邊，范艾克有兩支軍隊，他要把我們釘死在這裡。」

伊奈許狠狠倒抽一口氣。

「怎麼了？」韋蘭問。不過，他一低頭看廣場就立刻理解了。遊行的最後一個團體映入眼簾，一名戴了插羽毛帽子的老人領著他們，那些人彷彿要喊破肺臟似地不斷嘎嘎叫——就像烏鴉。渣滓幫，凱茲的幫派。他們背叛了他。

賈斯柏狠狠一拳打向牆壁。「這些忘恩負義的混帳。」

凱茲什麼也沒說，只是看著人群在旅館下方擁動流過。各色幫派形成一群一群，相互叫罵，彷彿什麼節慶似地大聲歡呼。即便他們離開後呼聲仍餘音繞梁。說不定他們會這樣一路行軍到市政廳。

「現在會怎麼樣？」古維問。

「我們會被城裡所有市警隊巡邏兵和巴瑞爾的惡棍獵捕，他們不找到人不會罷休。」凱茲說：「現在沒有任何方法能離開克特丹，拖著你更是不可能。」

「不能就這樣等著嗎？」古維說：「在這裡和菲伊先生一起等？」

「等什麼？」凱茲說：「等別人來救我們嗎？」

賈斯柏頭靠在玻璃上。「我父親……他們也會逮捕他的。他會被控窩藏罪犯。」

「不行，」古維突然說：「不行，把我交給范艾克吧。」

「絕對不可以。」妮娜說。

男孩的手猛地在空中一劃。「你們已將我從斐優達人手中救出來了。現在如果我們不行動，我最後還是會被抓。」

「讓所有辛苦全變白工？」韋蘭問，因爲自己的憤怒感到訝異。「我們冒的那些險？在冰之廷做到的那些事蹟？伊奈許和妮娜爲了救我們出來經歷的一切折磨？」

「但要是我把自己交給范艾克，你們就都能得到自由。」古維堅持。

「孩子，不是這樣幹的，」賈斯柏說：「有整個巴瑞爾當佩卡後盾，他就有機會除掉凱茲，而范艾克不知道我們會做出什麼事，他媽的絕不會想放我們自由。現在已經不是你一個人的事了。」

古維呻吟一聲，靠著牆無力倒下。他哀傷地看了妮娜一眼。「在冰之廷時妳該殺了我的。」

妮娜聳聳肩。「如果我那麼做，凱茲一定會殺了我，馬泰亞斯就一定會殺了凱茲，整件事情就會變得超級混亂。」

「眞不敢相信我們逃出了冰之廷，卻困在自己的地盤。」韋蘭說。這實在太不對了。

「眞的，」賈斯柏說：「我們眞心完蛋了。」

凱茲用戴了手套的一根指頭在窗上畫了個圈。「不盡然，」他說：「我可以讓市警隊解除戒備。」

「不行。」伊奈許說。

「我會把自己交出去。」

「但是古維——」妮娜說。

「市警隊不知道古維存在，他們以爲自己在找韋蘭，所以我告訴他們韋蘭死了——我告訴他們是我殺了他。」

「你瘋了嗎？」賈斯柏說。

「凱茲，」伊奈許說：「他們會把你送上絞刑台。」

「他們要先讓我接受審判。」

「在那之前你就會先死在監獄，」馬泰亞斯說：「范艾克不會給你任何上法庭說話的機會。」

「你眞的認爲他們能建造出關得住我的牢房嗎？」

「范艾克知道你有多擅長撬鎖，」伊奈許很憤怒。「你在到監獄前就會死掉。」

「這實在是太扯了，」賈斯柏說：「不准你幫我們揹鍋，誰都不可以。我們要分散開，兩兩一組，找方法通過路障，去鄉下找個地方躲。」

「這是我的城市，」凱茲說：「我不會夾著尾巴逃走。」

賈斯柏挫敗地吐出一聲怒吼。「如果這是你的城市，你又剩下什麼？你放棄了在烏鴉會和第五港口的股分；你再也沒有幫派。就算眞的逃脫，范艾克和羅林斯也會唆使市警隊和半個巴瑞爾去追捕你。你不可能對抗所有人。」

「看看我能不能。」

「該死，凱茲，你向來是怎麼對我說的？苗頭不對就走人？」

「我是在提供你一條出路，收下吧。」

「你爲什麼當我們是一堆膽小的可憐蟲？」

凱茲轉向他。「想拔腿逃走的人是你，賈斯柏，你只是想要我和你一起跑，這樣才不用於心不安。儘管你那麼熱愛戰鬥，卻每次都是第一個說要逃跑找掩護的人。」

「因爲我還想留一口氣在。」

「爲了什麼？」凱茲說，雙眼閃閃放光。「好在牌桌上再玩一局？好再找一個方式令你和你的朋友失望？你有告訴父親是因爲你才害他丟了農場嗎？你有告訴伊奈許，就是因爲你，她才差點死在巫門刀下、我們都差點死掉嗎？」

賈斯柏聳起肩膀，但是沒有退縮。「我犯了錯，我讓自己的缺點勝過優點，但是——諸聖啊，凱茲——你到底要逼我爲了一點點寬恕付出多久代價？」

「你覺得我的寬恕値多少錢，約迪？」

「該死的約迪是啥鬼？」

在極短暫的一瞬間，凱茲一臉呆滯，漆黑的眼中滿是困惑，眼神近乎驚懼——上一秒還在、下一秒消失——快得韋蘭不禁以爲是自己想像出來的。

「你想從我這裡得到什麼？」凱茲咆哮著說，神情一如往常地封閉、無情。「我的信任？你曾經擁有過，但被打成碎片了，因爲你管不了自己的嘴。」

「就一次。我在戰鬥中罩了你多少次？我又有多少次是正確的？那都不算嗎？」賈斯柏舉起雙手。「反正我贏不了你，沒人可以。」

「沒錯，你贏不了我。你自以爲是賭徒，但只是個天生的輸家。戰鬥、紙牌、男孩女孩。你永遠都要一直玩到輸爲止，所以我說，這輩子就這麼一次，你走吧。」

賈斯柏先揮出拳，凱茲往右閃躲，他們便打了起來。兩人往牆上撞，腦袋互敲，亂七八糟一陣拳頭和抓撓之後又抽身退開。

韋蘭轉向伊奈許，期待她出手阻止，期待馬泰亞斯把他們隔開，期待有人做點什麼。可是其他人只是退後騰出空間，只有古維稍微露出苦惱的神情。

賈斯柏和凱茲轉了方向，撞進時鐘的機械裝置，再重新回正。這不是戰鬥，只是在扭打——不怎麼優雅、拳打腳踢的一團亂。

「我說格森和他的神蹟啊，拜託來個人阻止他們！」韋蘭絕望地說。

「賈斯柏沒對他開槍。」妮娜說。

「凱茲沒用他的枴杖。」伊奈許說。

「你覺得他們赤手空拳就不會殺了對方嗎？」

他們都在流血——賈斯柏從嘴唇上的裂傷流出血，凱茲則是額頭附近。賈斯柏的衣服半卡在頭上，凱茲的袖子從接縫處扯開。

活板門彈開，寇姆·菲伊的腦袋冒出來，紅潤的臉頰甚至更紅。

「賈斯柏·勒維林·菲伊！你鬧夠了沒有？」他吼道。

賈斯柏和凱茲都嚇了一跳，然後，韋蘭訝異地見他們從對方身上退開，一臉罪惡。

「這裡到底是怎麼回事？」寇姆說：「我以為你們是朋友。」

賈斯柏一手撫過頸背，彷彿想直接穿過地板消失。「我們……呃……我們有點意見不合。」

「看得出來。賈斯柏，我一直很努力對這一切保持耐性，但是我已到忍耐極限了。我要你在我數到十之前下來，否則我會拿鞭子揍你屁股，揍到整整兩週沒辦法坐。」

寇姆的腦袋下降，往樓梯消失，死寂則持續延伸。

妮娜咯咯笑了出來。「這下你麻煩大了。」

賈斯柏黑著一張臉。「馬泰亞斯，妮娜讓康尼利斯．斯密特摸她屁股。」

妮娜的笑容立刻消失。「我要把你的牙齒翻到外面。」

「生理上這是不可能的。」

「我連死人都復活了，你真的要和我辯嗎？」

伊奈許歪了歪頭。「賈斯柏．勒維林．菲伊？」

「閉嘴啦，」賈斯柏說：「那是家族名字。」

伊奈許嚴肅地鞠了個躬。「隨你怎麼說，勒維林。」

「凱茲？」賈斯柏試探著。

然而，凱茲正瞪著不遠不近的某處。韋蘭覺得自己好像知道那眼神。

「那是不是——」韋蘭問。

「陰謀臉？」賈斯柏說。

馬泰亞斯點點頭。「絕對是。」

「我知道怎麼做了，」凱茲慢慢說道：「怎麼把古維弄出去、把格里沙弄出去、拿到我們的錢、打敗范艾克，讓狗養的佩卡·羅林斯自食惡果。」

妮娜揚起一眉。「沒了嗎？」

「怎麼做？」伊奈許問。

「我們從頭到尾都照范艾克的遊戲規則走。我們一直在躲，眞的是躲夠了。我們要布置一場小小的拍賣——在光天化日之下。」他轉過去面對他們，雙眼有如鯊魚那樣閃著單一且深黑的顏色。「既然古維這麼想自我犧牲，我們就讓他成爲大獎。」

第五部
王與后

24 賈斯柏

在鐵樓梯井底部，賈斯柏努力弄平衣服，把血從唇上沾掉……雖說都到了這個地步，就算他身上除了內衣什麼也沒穿地出現，也無所謂了。他父親不是笨蛋，韋蘭編造來掩蓋賈斯柏過錯的那個荒謬故事，簡直比便宜的衣服破得更快。他父親看到了他們的傷、聽見他們拙劣的計畫，知道他們不是學生也不是受到詐騙的受害者。所以，現在怎辦？

閉上眼睛，祈禱行刑隊百步穿楊，他陰鬱地想。

「賈斯柏。」

他轉過身，伊奈許就在身後。他沒聽見她靠近，不過這也沒什麼好驚訝。你有告訴伊奈許，就是因為你，她才差點死在巫門刀下？好吧，賈斯柏覺得今天早上雖然已經道了很多次歉，不過最好再繼續道歉下去。

「伊奈許，很對不起——」

「我不是來要道歉的，賈斯柏。你有弱點，我們都有弱點。」

「那妳的是什麼？」

「我一起混的同伴。」她輕輕笑了一下。

「妳眞的不曉得我幹了什麼。」

「那就告訴我。」

賈斯柏低頭看著鞋子，那鞋磨損到一個慘不忍睹。「我欠佩卡・羅林斯天文數字的克魯格，他雇的打手對我施壓，所以我……我告訴他們我要離開，但做完這趟會大賺一筆。我發誓，關於冰之廷的事我一個字都沒說。」

「但是那已夠讓羅林斯將一切拼湊起來、準備埋伏。」她嘆氣。「而凱茲從那時就一直在懲罰你。」

賈斯柏聳聳肩。「也許我就是活該。」

「你知道蘇利人沒有代表『對不起』的詞語嗎？」

「那你們要是踩到別人的腳要說什麼？」

「我不會踩到別人的腳。」

「妳知道我意思。」

「我們什麼也不會說。我們知道疏忽並不是故意。我們是緊密生活在一起、旅行在一起的群體，沒時間一直爲當下的事道歉。但是，如果有人做錯——當我們犯錯——我們不會說對不起，我們會承諾做出補救。」

「我會的。」

「*Mati en sheva yelu*。此舉無反響。意思是我們不重複同樣的錯誤，不會繼續加深傷害。」

「我不會再害妳被刺傷。」

「我被刺傷是因爲放鬆了警戒，而你是因爲背叛了同件。」

「我不是故意——」

「如果你是故意背叛我們可能還好一點，賈斯柏，我不要你的道歉，在你能保證不再犯下同樣錯誤之前，我不接受道歉。」

賈斯柏輕輕踩著腳跟前後晃。「我不知道該怎麼做。」

「你體內有個傷口，牌桌、骰子、紙牌——像某種藥，能撫慰你、暫時讓你正常。可是它們其實是毒，賈斯柏。你每次賭博，就是又喝一口毒藥。你得找別的方法治療那個部分。」她將一手放在他胸口。「別再把你的痛苦裝成只是想像。如果你把傷口當成眞的，就能把它治好。」

傷口？他張口想否認，卻有什麼阻止了他。即使在牌桌前及戒除賭博之間掙扎，賈斯柏依然認爲自己運氣很好，快樂又隨和，是大家喜歡相處的那種人。但要是他從頭到尾只是在虛張聲勢呢？火大，又怕得要死——那個斐優達人就是這樣說他的。馬泰亞斯和伊奈許到底從他身上看到了什麼他不瞭解的部分？

「我……我盡量，」他目前最多只能這麼說了。他握住她的手，對著指節壓上一吻。「在我能說出那些話前可能得花上一段時間，」他咧嘴綻開笑容。「不只是因爲我不會說蘇利語。」

「我知道，」她說：「但你想一下。」她朝著起居室望去。「賈斯柏，就告訴他眞相吧。如果能弄清楚你現在的狀況，對你們都是好事。」

「我每次只要想到這件事，就好像被狠狠丟出窗外，」他遲疑著。「妳會告訴妳父母眞相嗎？妳會把妳做的一切……遭遇的一切告訴他們嗎？」

「我不知道，」伊奈許承認：「但我願意付出一切換取這個選擇。」

□

賈斯柏在紫色的起居室裡找到父親，他大大的雙手中有杯咖啡，碟子已經被一個個疊回銀色托盤了。

「老爸，你不用幫我們收拾善後。」

「總有人得做，」他啜了一口咖啡。「賈斯，坐下。」

賈斯柏很不想。那股嚴重的癢絲絲感覺劈啪竄過全身。他只希望這雙腿帶著他能跑多快、就跑多快，直奔巴瑞爾，一頭衝進找到的第一間賭場。如果不是覺得跑不到半途就會被逮或槍殺，他很可能就眞的衝了。賈斯柏坐下來。伊奈許把沒用上的幾瓶化學象鼻蟲留在桌上。他拿起一個，玩弄著塞子。

父親往後靠，用嚴厲的灰眼睛看著他。在清晰的晨光中，賈斯柏把他臉上每條皺紋、每顆雀斑看得一清二楚。

「根本沒有詐騙對不對？那個蜀邯男孩幫你撒謊，他們都是。」

賈斯柏緊扣雙手，以免躁動起來。**如果能弄清楚你現在的狀況，對你們都是好事。**賈斯柏不確定那是不是眞的，不過也沒別的選擇。「詐騙很多，但我通常是騙人的那一個；打鬥很多——我通常是贏的那一個；牌局很多，」他低頭看著指甲上的白色半月。「我通常是輸的那一個。」

「我讓你去唸書的貸款呢？」

「我欠了很多債——而且都欠不該欠的人。我在牌桌上輸錢，一直一直輸，所以一直一直借。我以爲能找到讓自己翻身的方法。」

「你爲什麼不停手？」

賈斯柏好想笑出來。他曾懇求過自己，對著自己大喊著停下。「不是那樣的，」**你體內有個**

傷口。「不是爲了我自己；我不知道爲什麼。」

寇姆捏著鼻梁，這名能從日出工作到日落都毫無怨言的男子看起來是那麼疲倦。「我實在不該讓你離開家。」

「老爸——」

「我知道農場不適合你，我希望你能擁有更好的。」

「那爲什麼不送我到拉夫卡？」賈斯柏沒多思考就說出口。咖啡從寇姆杯中潑出。「絕不可能。」

「爲什麼？」

「我爲什麼要把自己的兒子送到外國去幫他們打仗犧牲？」

賈斯柏想起一個回憶，清晰得就像被騾子踢了一腳。那個渾身塵灰的男人又站到了門口，身邊有個女孩——那個因爲他母親死去才能活下來的女孩。他要賈斯柏和他們一起走。

「里歐妮是柔瓦，她也有天賦，」他說，「西方那裡，過了邊境的地方，有老師可以訓練他們。」

「賈斯柏沒有。」寇姆說。

「但他的母親——」

「他沒有，你沒有資格來這裡。」

「你確定嗎？他有接受過測試嗎？」

「要是你再回來這塊土地，我就當作你主動要我往你眉心送一顆子彈。你想去就自己去，帶上那個女孩子。這裡沒有人有什麼天賦，也沒人想要那東西。」

他當著那個渾身塵灰的人的面將門甩上。

賈斯柏還記得父親站在那裡，粗重地呼吸著。

「老爸，他們想要什麼？」

「沒想要什麼。」

「我是柔瓦嗎？」賈斯柏那時問。「我是格里沙嗎？」

「不准在這個家裡說那個字，永遠不准。」

「但是──」

「就是那個害死你媽媽的，你明白嗎？就是那東西把她從我們身邊奪走。」他父親的聲音好凶狠，灰色雙眼剛硬得像是石英。「我不會讓你也被這個奪走。」然後他垮下肩膀，好像十分勉強才能吐出這些句子。他說：「你想跟他們走嗎？你可以去，如果你眞的想要，我不會生氣。」

賈斯柏那時十歲，想像父親孤單待在農場，每天回到空蕩蕩的家，每晚自己一人坐在桌邊，沒人做燒焦的小麵包給他。

「不，」他說：「我不想跟他們走，我想和你在一起。」

而今，他再也沒辦法好好坐著。賈斯柏從椅子上站起，慢慢走過房間，感到自己無法呼吸。他再也沒辦法待在這裡，他心臟好痛、頭好痛。罪惡感、愛、憤慨，全在體內糾纏打結，每一次他嘗試去解腹底的那個死結，總會變得更糟。他對自己搞出的一團亂、送到父親門前的大麻煩，感到深深羞愧。可是他也很氣——但他怎能對自己的父親生氣呢？全世界最愛他的這個人，努力工作、給他想要一切的人。無論何時，賈斯柏都願意爲他吃子彈。

此舉無反響。「我要……我會找到方法彌補的，老爸。我想當個更好的人、更好的兒子。」

「賈斯柏，我養你那麼大不是要讓你去當賭徒，絕對也不是讓你當罪犯。」

賈斯柏苦澀地噴出一個笑聲。「老爸，我很愛你。雖然我又撒謊又偷東西、一無是處，但是你的確那樣做了。」

「我做了什麼？」寇姆噴出唾沫。

「你教了我撒謊。」

「我是爲了保護你的安全。」

賈斯柏搖搖頭。「我有天賦，你應該讓我使用的。」

寇姆狠狠一拳砸在桌上。「那不是天賦，是詛咒，會像害死你母親一樣也把你害死。」

所謂真相也不過如此。賈斯柏大步朝門走去。如果他不快點離開這地方，心神也要衝出這副皮囊了。「反正我死定了，老爸，不如就慢慢來吧。」

□

賈斯柏大步走在走道上。他不知道該去哪裡，或該拿自己怎麼辦。*去巴瑞爾、遠離埠頭。別的地方也有牌可以玩，低調點就好……*最好是，一個贊米人，高得像棵對天空懷抱野心的樹——而且項上人頭還被懸賞——怎麼會有人注意到呢是不是？他還記得古維說過，不使用力量的格里沙會疲倦生病。他身體上沒有病徵，這樣其實就夠了。可是，假使馬泰亞斯是對的……賈斯柏患的也許是另一種病？假使體內的一切力量正在到處彈撞、拚了命想找個地方排遣呢？

他經過一扇打開的門口，又折回來。韋蘭正坐在角落一架塗上亮漆的白色鋼琴前，無精打采地敲著單一琴鍵。

「我喜歡，」他說：「節奏不錯——你可以用來跳舞。」

韋蘭抬起頭，賈斯柏一派從容地晃進房間，雙手在身側一刻不安寧地晃著。他在這空間轉了一圈，將室內陳設看過一遍——絲滑的紫色壁紙上有群群銀魚，銀色吊燈，滿是玻璃吹製小船的櫃子。「諸聖啊，這地方眞是太噁了。」

韋蘭聳聳肩，又彈了另一個音符。賈斯柏靠在鋼琴上。「想離開這裡嗎？」

韋蘭抬頭看他，眼神像在思索。他點點頭。

賈斯柏稍微站挺一點。「眞的嗎？」

韋蘭的眼神沒有動搖。房間中的氣氛似乎改變了，彷彿隨時會燃燒起來。

韋蘭從鋼琴長椅起身，朝賈斯柏上前一步。他的雙眼是清澈、發著光的金色，有如透過蜂蜜所見的太陽。賈斯柏想念原來的藍色、長長的睫毛，以及一團亂的鬈髮。但要是這個小商人得住在完全不同的皮囊中，賈斯柏承認，這一個他也算看得很喜歡。然而，當韋蘭那樣看著他，還有什麼重要的嗎——他的頭微側，唇上帶著一抹輕輕笑意，看起來幾乎……無畏無懼。是什麼改變了？他之前是否擔憂賈斯柏無法活著從黑幕島上的危機脫身？又或者只是因爲能活下來而覺得幸運？賈斯柏不確定自己是否在乎。他要有事情讓自己分心，這就是讓他分心的理由。

韋蘭笑得更燦爛，眉毛又揚起一些，如果這還不算邀請……

「噢，該死。」賈斯柏低聲說，收近了兩人之間的距離，雙手捧住韋蘭的臉。他的動作慢慢緩緩、不慌不忙，讓那個吻悄悄地、微乎其微刷過他嘴唇，給韋蘭機會抽離——如果他想的話。

但他沒有，他靠得更近。

賈斯柏能感到韋蘭貼著他身體的熱度。他一手溜到韋蘭頸子後方，讓他的頭往後仰，更進一步索求。

他一陣貪婪。打從第一次看到韋蘭在那個恐怖的皮革廠攪化學顏料，賈斯柏就想吻他了——臉紅紅的小鬈髮，因爲熱氣而顯得潮濕，皮膚之好，像是只要吹氣太用力就會瘀青。他彷彿走錯了故事，是不小心變乞丐的王子。從那時起，賈斯柏就陷入掙扎，既想把這個嬌縱的小商人嘲弄得不斷臉紅，又因爲想知道會發生什麼事，有個衝動想一面調情一面把他逼進安靜角落。但在冰之廷的某個時刻，那股好奇心變質了。他感到更多其他力量的拉扯——因爲韋蘭出人意料的勇氣、大睜的雙眼，以寬容角度看這世界的方式而得到生命的一些事物。那使賈斯柏覺得自己像拴線上的一面風箏，先被吹得老高，接著又一頭墜下，他很喜歡。

所以現在那感覺去哪兒了？一股失望流竄過全身。

*是因爲我嗎？*賈斯柏想，*是我疏於練習嗎？*他推得更近，加深這個吻，尋找那個高飛又墜落的魯莽感受，往後將韋蘭抵上鋼琴，聽見琴鍵一個個叮噹響起——輕輕、不和諧的樂聲。*恰如其分*，他想。接著——*如果我在這種時刻還能想什麼譬喻之類的鬼玩意兒，情況絕對錯得非常離譜*。

他抽身，放下雙手，感到筆墨難以形容的尷尬。在一個糟糕的吻後該說什麼好？他向來不必思考這種事的。

就在這個時候，他看到古維站在門口，瞠目結舌、嚇得傻眼。

「怎樣？」賈斯柏問：「蜀邯人不過中午不親嘴嗎？」

「我哪會知道。」古維酸溜溜地說。

他不是古維。

「噢，諸聖啊。」賈斯柏呻吟道。門口的人不是古維，是韋蘭．范艾克，初出茅廬的爆裂物專家、叛逆富家子，而那表示他剛剛吻的是……

真正的古維在鋼琴上敲著同一個無精打采的單音，厚顏無恥地透過濃密的黑色睫毛咧嘴抬眼笑著看他。

賈斯柏轉頭看門。「韋蘭——」他起了個頭。

「凱茲要我們去起居室。」

「我——」

但韋蘭已經走了。賈斯柏瞪著空蕩蕩的門口。他怎能犯這種錯？韋蘭比古維高，臉也比較窄。如果不是賈斯柏在和凱茲打架又和父親爭執後那麼火大又那麼煩躁，絕對不會弄錯他們兩個。現在他把一切都毀了。

賈斯柏指控似地用手指著古維。「你也該出個聲音吧！」

古維聳聳肩。「你在黑幕島上那麼英勇，畢竟我們可能都要死了——」

「該死。」賈斯柏咒罵一聲，大踏步朝門走去。

「你很會接吻。」古維在他身後喊。

賈斯柏轉過身。「你的克爾斥語到底有多好？」

「非常非常好。」

「那麼，我希望你完全理解我這句話的意思：比起你的身價，你帶來的麻煩絕對更多。」

古維露出燦笑，一副自得其樂。「不過凱茲似乎認爲我身價變得超級高呢。」

賈斯柏的白眼翻到天際。「你實在太適合這裡了。」

25 馬泰亞斯

他們再度於套房起居室集合。應妮娜要求，寇姆又點了一疊鬆餅和一碗草莓醬加奶油。一面鏡子覆蓋了套房遠端牆面的大半，而馬泰亞斯的眼神總忍不住往那裡瞟，感覺就像看進另一個現實。

賈斯柏拔掉了靴子，正坐在地毯上，兩膝緊貼胸口，對韋蘭投去鬼鬼祟祟的眼神，而韋蘭落坐沙發，似乎刻意忽視他；伊奈許棲身窗台，她的平衡感之佳，幾乎顯得毫無重量，像隻將要起飛的鳥兒。古維把自己卡進靠背長椅的彎曲處，他的一本筆記本打開在身邊。凱茲則坐在紫色高背椅上，跛的那條腿撐著低矮桌子，枴杖靠著大腿。不知怎麼，他處理好了衣服上撕破的袖子。

妮娜挨著馬泰亞斯蜷在沙發上，頭靠在他肩上，雙腳墊在身下，指頭上沾得都是草莓汁。這樣坐著讓他覺得很怪。在斐優達，就算是丈夫和妻子，在公共場合還是不怎麼表達感情。他們會牽手，也許最多在公開舞會共舞。但他喜歡這樣，而雖然他無法太放鬆，卻也無法忍耐得要她離開的念頭。

而寇姆眞確的存在改變了鏡中整個畫面。他讓倒影中的人們變得沒那麼危險，好像不是那批闖進冰之廷、單靠智慧與膽識擊敗斐優達軍隊的人馬，只是一群經歷了特別激烈生日派對後精疲力盡的孩子。

「好，」妮娜把草莓汁從手指舔掉，這動作徹底摧毀馬泰亞斯理性思考的能力。「你說拍賣，應該不是真的指——」

「古維要賣掉自己。」

「你瘋了嗎？」

「如果瘋了我可能會高興點，」凱茲將戴了手套的一手放在枴杖上。「克爾斥的任何居民，以及旅遊到克爾斥的自由居民都有權將自己的契約拿來賣。這不只是法律，而是買賣，而在克爾斥，沒有什麼比這更神聖。古維．育．孛有神聖不可侵的權力——由格森神，也就是產業與商賈之神批准的權力——將自己的人生轉交市場意志決定；他能將自己的服務拿出來販賣。」

「你要他把自己賣給最高出價者？」伊奈許不敢相信。

「給我們的最高出價者。我們要操縱最後結果，這麼一來，古維最大的願望就能成真——在拉夫卡過著用保溫茶壺喝茶的人生。」

「我父親絕不會允許。」韋蘭說。

「范艾克沒有能力阻止。競價拍賣契約受這個城市最高法律保護——無論是世俗或宗教律法。一旦古維宣布開放自己的合約，直到競價結束，沒有人能阻止這場拍賣。」

妮娜搖頭。「如果我們宣布拍賣，蜀邯就一定會知道要在什麼時候，去什麼地方找他。」

「這裡不是拉夫卡，」凱茲說：「是克爾斥，買賣是神聖、受法律保護的。商會有責任確保拍賣在不被干擾下進行。市警隊會全面出動，而拍賣的法規中要求浪汐工會也要提供協助。商會、市警隊、浪汐工會——全都得保護古維。」

古維放下筆記本。「蜀邯手上可能還有煉粉和造物法師。」

「沒錯，」賈斯柏說：「如果是真的，他們想做出多少金子就做多少，你根本贏不過他們出的價。」

「那是假設他們已有造物法師在城裡。但范艾克已經幫了我們一把，封鎖了港口。」

「就算這樣——」

「蜀邯交給我來擔心，」凱茲說：「我可以控制競價，但我們要再去和拉夫卡人聯繫。他們得知道我們在計畫什麼——至少知道一部分。」

「我可以聯繫大使館，」伊奈許說：「如果妮娜願意負責寫訊息。」

「街道都被路障封鎖起來了。」韋蘭表示異議。

「但屋頂沒有。」伊奈許回答。

「伊奈許，」妮娜說：「妳不覺得妳應該向他們多提一下妳的新朋友嗎？」

「對啊，」賈斯柏說：「那個在妳身上戳一堆洞的新閨密是誰啊？」

伊奈許的眼神望出窗外。「有新人——一個佩卡・羅林斯雇用的傭兵，加入了這場遊戲。」

「妳在單挑中被打敗了？」馬泰亞斯驚訝地問。他見過幻影戰鬥，要贏過她可沒那麼簡單。

「說傭兵有點太保守，」妮娜說：「對方跟著伊奈許上了高空鋼索，然後對她扔飛刀。」

「嚴格來說不是刀。」伊奈許說。

「奪人性命的小星星？」

伊奈許從窗台起身，手伸進口袋，讓一堆看起來像銀色小太陽的玩意兒叮鈴鐺啷落於桌上。

凱茲往前傾身，拿起一枚。「她是誰？」

「她叫丹亞莎，」伊奈許說：「自稱白刃——還有一堆其他稱號。她很強。」

「多強？」凱茲說。

「比我強。」

「我聽過，」馬泰亞斯說：「獵巫人蒐集的拉夫卡情報裡，其中一份報告提過她的名字。」

「拉夫卡？」伊奈許說：「她說自己是在安瑞特淵接受訓練的。」

「她宣稱自己有藍索夫家血統，是拉夫卡王位的候選人。」

妮娜吐出輕蔑的笑聲。「你一定是在開玩笑。」

「我們考慮過要爲她的聲明撐腰，好慢慢破壞尼可萊．藍索夫的政權。」

「眞是聰明。」凱茲說。

「眞是邪惡。」妮娜說。

馬泰亞斯清清喉嚨。「他是新王，還很不穩，關於他的血統尚有爭議。但報告裡提出丹亞莎詭異難測，甚至有些妄想。我們最後決定這人太難預料，不適合冒這麼大的風險。」

「昨晚佩卡可能是讓她從黑幕島一路跟蹤我們。」伊奈許說。

「知道佩卡是怎麼找到那個藏身處的嗎？」妮娜問。

「一定是他手下看到了我們的人，」凱茲回答。「只要這樣就很夠了。」

馬泰亞斯不禁想，不確定誰該負責會不會比較好。這麼一來就不用有任何人去扛下那份罪惡或責怪。

「丹亞莎是因爲出人意料才占上風，」伊奈許說：「如果旅館還沒被滲透，我可以在沒人看見之下來回大使館一趟。」

「很好。」凱茲說，不過他的回答不如馬泰亞斯預期那麼快。**他擔心她，**馬泰亞斯想，**而他不喜歡那樣。**就這麼一回，他能與這個惡魔感同身受。

「還有另一個問題，」妮娜說：「馬泰亞斯，耳朵蓋起來。」

「不要。」

「那好，那我就等下再來確認你的忠誠。」她悄悄對著他的耳朵說：「主臥室有個超級大的浴缸。」

「妮娜。」

「只是我的觀察，」妮娜把剩餘的鬆餅從托盤拿下來。「拉夫卡贏不了拍賣的——我們破產了。」

「噢，」馬泰亞斯說：「這我知道。」

「你才不知道。」

「妳以為斐優達沒注意到拉夫卡國庫空虛嗎？」

妮娜臉一沉。「你至少可以假裝驚訝。」

「拉夫卡的財政問題不是祕密，財富都因為藍索夫一系的國王長年管理不善，外加邊界兩方皆有戰爭耗損，內戰也沒什麼幫助，新王向克爾斥銀行借貸重金。如果我們進行這場拍賣，拉夫卡完全沒有能力出價。」

凱茲移動著跛腿。「就是因為這樣，克爾斥商會才要資助他們。」

賈斯柏爆出大笑。「眞是太棒了，那他們有沒有可能順便買頂純金打造的禮帽給我？」

「那樣不合法，」韋蘭說：「商會得負責拍賣，不能干涉最後結果。」

「當然不能，」凱茲說：「而且他們也明白。古維和他父親之前聯繫商會尋求幫助，但他們太怕會破壞自己的中立地位，所以拒絕行動。范艾克看到機會，從那時起就背著他們行動。」凱茲又往椅子裡坐得深一點。「這麼久以來，范艾克都在計畫什麼？他狂買約韃農場，這樣一來，當約韃煉粉的祕密曝光，他就控制了約韃供貨。無論誰獲得古維，他都是贏家。所以我們用他的方式——用商人的方式思考。當古維．育．孛——也就是孛．育．拜爾的兒子公開招標，商會就會曉得煉粉的祕密變成隨時都能公開。最終他們會能自由行動，而且將去找尋機會確保自己的財產，以及克爾斥在世界經濟中的位置。他們自己不能涉入拍賣，但是可以保證不管結果如何都能大賺一筆。」

「靠著買光約韃。」韋蘭說。

「沒有錯。我們弄個國際約韃同盟，給心甘情願的投資者一個機會，從即將墮入地獄的世界大撈一筆，我們給商會機會，讓他們的貪婪幫我們完成其餘收尾。」

韋蘭點點頭，臉上的飢渴漸增。「錢不會進入同盟，我們要把錢轉流給拉夫卡，他們就能負擔古維的價碼。」

「之類的，」凱茲說：「而我們就拿少許抽成，像銀行那樣。」

「但誰要當誘餌？」賈斯柏說：「除了妮娜和史貝特，范艾克看過我們所有人的臉，就算我們其中之一不知怎麼做了塑形，或找另一個人加入，商會也不會就這樣把他們的錢交給沒有眞正憑證的新來者。」

「一個躲藏在克特丹最昂貴套房中、種約韃的農夫如何？」寇姆．菲伊從咖啡抬起頭。「我嗎？」

「凱茲，想都別想，」賈斯柏說：「絕對不行。」

「他很懂約韃，他說克爾斥語和贊米語，而且光是看起來就很適合這角色。」

「他有一張正直的臉，」賈斯柏苦澀地說：「你不是爲了保他安全才把他藏在這個旅館，而是要陷害他。」

「我是在給我們弄條出路。」

「你所謂的防備措施？」

「沒錯。」

「不准把我父親捲進來。」

「他已經捲進來了，賈斯，在你揮霍掉他用抵押農場讓你唸書的錢時，就被捲進來了。」

「不行，」賈斯柏重複道：「范艾克會把寇姆．菲伊和賈斯柏．菲伊連起來。他不是白痴。」

「但入住拜金者的人裡面沒有寇姆．菲伊。寇姆．菲伊在大學區一個小客棧租了房間，而根據港務長清楚表示，他幾個晚上前就離開城市了。這裡的房客登記的名字是約拿斯．瑞維德。」

「那是什麼鬼？」妮娜問。

「他是來自里居附近小鎮的農夫，家人在那裡住了很多年。他在克爾斥和諾維贊都有股分。」

「但這個人到底是誰？」賈斯柏說。

「那不重要，把他想成商會想像出來的虛構角色，一個美夢成真的現實，幫他們從這場約韃災難中搜刮點油水。」

寇姆放下杯子。「我答應。」

「老爸，你不知道自己答應了什麼。」

「我窩藏了罪犯，手都髒了，其他還有什麼差嗎？」

「如果出了差錯——」

「賈斯，我還有什麼能失去？我的人生就是你和那座農場。這是我唯一能保護你和那些東西的方法。」

賈斯柏從地板撐起身子，在窗前來回踱步。「這眞是瘋了，」他一手猛撓頸背。「他們絕對不會受騙上當。」

「我們不會對他們要求得太過分，」凱茲說：「訣竅就在這裡。我們設一個投資基金的最低底線，就說兩百萬克魯格吧，然後讓他們等。蜀邯人在這裡，斐優達人、拉夫卡人也在。商會會開始驚慌。如果要我賭，我會說，等我們表演完畢，可以從每個商會成員那裡各拿到五百萬。」

「商會成員一共有十三個，」賈斯柏說：「那就是六千五百萬克魯格。」

「也許更多。」

馬泰亞斯皺眉。「就算有全部市警隊外加浪汐工會在現場，我們眞能保證古維的安全嗎？」

「除非你有頭獨角獸能給他騎著離開，否則沒有任何情況能保證古維的安全。」

「我也不會仰賴浪汐工會的保護，」妮娜說：「他們有出現在大眾場合過嗎？」

「二十五年前。」凱茲說。

「而你認爲他們此時會現身保護古維？我們不能讓他一個人去進行公開拍賣。」

「古維不會一個人，馬泰亞斯、我會和他一起。」

「那裡每個人都認得你的臉，就算你做了某種變裝——」

「不變裝。商會是公認的代表，但古維有權爲自己的拍賣選擇保護者。我們會和他一起站在台上。」

「台上？」

「拍賣辦在巴特教堂，就在祭壇正前方。還有什麼比這更神聖？完美到不行——一個有多方向進出口、容易通往運河，又全然隔絕的空間。」

妮娜搖搖頭。「凱茲，馬泰亞斯一走上那個台子，半個斐優達代表團都會認出他來；而你是克特丹最大通緝犯。如果你們出現在那場拍賣，兩人都會被逮捕。」

「到拍賣結束前他們都不能動我們。」

「可是之後呢？」伊奈許說。

「會有個驚天動地的調虎離山之計。」

「一定有別的方法，」賈斯柏說：「如果我們試著和羅林斯協議呢？」

韋蘭摺著餐巾邊緣。「我們什麼也拿不出來。」

「再也不協議了，」凱茲說：「我打從一開始就不該去找羅林斯。」

賈斯柏揚起眉毛。「你剛剛是眞的承認自己犯了錯嗎？」

「我們需要資金，」凱茲說，眼神短暫飄向伊奈許。「而我並不因此感到抱歉，但那不是正確舉動。打敗羅林斯的招數就在於永遠不要和他坐下來談。他是莊家，有資源可以玩到你的好運全用完。」

「都一樣，」賈斯柏說：「如果我們真要對上克爾斥政府、巴瑞爾幫派、蜀邯——」

「還有斐優達，」馬泰亞斯補充，「和贊米——以及開利——還有每一個在公開拍賣時冒出來的人。大使館人滿為患，而我們不曉得約韃的謠言傳到了多遠的地方。」

「我們會需要幫助。」妮娜說。

「我知道，」凱茲整整袖子。「所以我要去巢屋。」

賈斯柏停止動作，伊奈許搖起頭。他們全瞪大了眼睛。

「你在說什麼？」妮娜說：「有人懸賞你的腦袋，巴瑞爾所有人都知道這件事。」

「你也在那底下看到沛．哈斯可和渣滓幫了，」賈斯柏說：「整座城市就像整袋磚塊往你身上倒一樣撲上來，這種時候你可能說服老頭替你撐腰嗎？你知道他沒種這麼做。」

「我知道，」凱茲說：「但就這項任務，我們要有更大的團隊。」

「惡魔，這個風險不值得冒。」馬泰亞斯說，驚訝地發現他是出自真心。

「等這一切結束，等范艾克明白輪不到他作主，等羅林斯開始逃亡、錢都付清，這裡就會是屬於我的街道。我不能住在我無法抬頭挺胸的城市。」

「如果你還有頭可以抬的話。」賈斯柏說。

「我挨過刀，中過槍，被揍的次數多到數不出來，全是爲了這城市的這一小部分，」凱茲說：「這是我爲之流血流汗的城市，如果問我克特丹教了我什麼，那就是——永遠都可以再多流一點血。」

妮娜去握馬泰亞斯的手。「凱茲，那些格里沙還困在大使館。我知道你懶得管，但我們得把他們救出這城市——還有賈斯柏的父親和我們全部。不管是誰贏得拍賣，范艾克和佩卡．羅林斯都不會簡單打包回家。蜀邯人也一樣。」

凱茲起身，靠著烏鴉頭手杖。「但是，我曉得這城市更恐懼什麼——比蜀邯人、斐優達人，以及巴瑞爾所有幫派全加起來還恐懼。而妮娜，妳要奉上這種恐懼。」

26 凱茲

凱茲彷彿在椅子上坐了好幾小時，不斷回答他們的問題，將每片計畫移往正確位置。他在心中見到謀略最後成形的樣貌、爲了讓它們移到那兒得採取的步驟，以及無數可能不順遂或遭揭穿的方式。這計畫是頭瘋狂且棘手的怪物，然而，也是成功必經的過程。

約拿斯．瑞維德。他說的是某種程度的眞相。約拿斯．瑞維德從不存在。多年前，凱茲用了約迪的中間名和他們家族的姓氏創造了這個農夫身分。

他不確定自己爲何買下他長大的農場，或者爲何繼續用瑞維德這個姓氏交易並獲得資產。還是說，約拿斯．瑞維德其實是他的雅各．賀琮？一個受人尊敬的身分，就像佩卡．羅林斯打造出來讓容易受騙的肥羊更容易被騙的形象？又或者這是某種能讓他失去的家庭復活的方式？而這眞的重要嗎？約拿斯．瑞維德存在於紙上和銀行紀錄，而寇姆．菲伊是扮演這角色的完美人選。

當終於散會時，咖啡冷卻，時間已近中午。儘管明亮的光線透過窗戶傾洩而入，但他們會嘗試休息幾小時，他則否。*我們不會停*。凱茲全身都因疲倦而發疼，腿已不再陣陣抽痛，現在那股痛只是整個擴散開來。

他知道自己蠢得多麼無藥可救，從巢屋回來的機率又有多低。凱茲這輩子都是一連串不斷的閃躲與假動作。那麼，在分明能以其他方式進行時，爲何要直面問題？你永遠都能找到切入點，而他絕對是這方面的個中好手。而今，他要像套上牛軛犁地的公牛那樣用力踏地往前衝。如果運氣好，他可能會挨打、渾身是血地直接被拖過巴瑞爾街頭，來到佩卡・羅林斯的門前階梯。但他們掉入了一個陷阱，如果非得斷手求生，那麼他會這麼做。

首先他得找到伊奈許。她正坐在套房鋪張的白金色浴室梳妝台前，剪毛巾當新繃帶。

他大步經過她，脫下外套，丟到洗手台上的洗臉盆旁。「我要妳幫忙設計去巢屋的路徑。」

「我和你一起去。」

「妳知道我得獨自面對他們，」他說：「他們一定會找出所有弱點的跡象，幻影。」他轉動水龍頭，在幾聲嘎吱呻吟後，水龍頭汩汩湧出水來。也許，等到他能在克魯格中打滾，就會爲巢屋安裝上熱水。「但我無法從地面靠近。」

「你根本就不該靠近。」

他脫下手套，雙手泡進水中，然後往臉上潑水，手指穿過頭髮。「告訴我最佳路徑，不然我就自己想辦法去。」

如果能用走而非用爬的最好。該死，他乾脆期望駕四馬馬車到那裡算了。不過，要是他想直接穿越巴瑞爾街道，還沒靠近巢屋就會被逮。此外，如果他眞想有任何成功機會，就要從高處。

他在外套口袋裡挖找，拿出一張在套房起居室找到的克特丹觀光地圖。雖然不如他期望那樣有細節，但是眞正的城市地圖被留在黑幕島上了。

他們把地圖攤開在洗臉盆旁，伊奈許在屋頂畫出一條線，一面講解橫越運河的最佳位置，一面俯身專注於任務。

在某一刻，她點了點地圖。「這條更快，不過比較陡。」

「我可以繞遠路。」凱茲說。他想專注在接下來的戰鬥，避免被注意到，並且希望自己不要摔下去見閻王。

等他滿意自己能單靠記憶將路線走過一遍，便收起地圖，從口袋拿出另一張紙。上面有甘曼銀行淺綠色的封蠟。遞給她。

「這是什麼？」她問，雙眼掃過紙張。「這不是……」她的指尖拂過那些文字，好像期望著它們能消失。「我的契約。」她喃喃地說。

「我不要妳欠沛・哈斯可──或我。」又是只有一半眞相。他在心中編造了一百個將她綁在身邊、留在這城市的方案。但她這輩子已有太多時間被債務和義務囚禁，她離開對他們兩個都好。

「怎麼會？」她說：「那些錢——」

「解決了。」他清算了手上所有資產，用上累積的最後存款、偷拐搶騙的每一分錢。她把信封壓在胸口，心臟上方。「我不知道該怎麼感謝你。」

「蘇利語應該有上千種諺語可形容這種事情吧？」

「沒有任何言語能形容這種事情。」

「如果我最後上了絞刑台，妳可以對我的屍體說些好話，」他說：「等到六點鐘響，如果我沒回來，盡量讓大家逃離城市。」

「凱茲——」

「烏鴉會後面牆上有一塊褪色的磚塊，妳會在那後面找到兩萬克魯格。不多，但應該夠買通一個市警隊巡邏員。」他知道他們的機會將非常渺茫，而那都是他的錯。「妳自己走成功機率比較高——現在就離開的話甚至更高。」

伊奈許瞇起眼睛。「我會假裝你沒說這句話。他們是我的朋友，我哪裡也不會去。」

「對我說說丹亞莎。」他說。

「她身上的刀子很高級，」伊奈許從梳妝台拿了大剪，開始從其中一條毛巾剪下一條條布塊。「我想她可能會成爲我的暗影。」

「如果她能丟飛刀，的確是滿具體的暗影。」

「蘇利人相信，當我們做了錯事，就會給我們的暗影生命。每一樁罪行都會讓暗影更強壯，最終，暗影將變得比你更強。」

「如果這是眞的，我的暗影早讓克特丹陷入永夜了。」

「也許吧，」伊奈許說，將陰暗的目光轉向他。「又也許你是某人的暗影。」

「妳是說佩卡。」

「如果你成功從巢屋回來會怎麼樣？如果拍賣按照計畫進行，然後我們成功完成這次壯舉？」

「妳就能得到妳的船和未來。」

「那你呢？」

「我會不斷興風作浪到運氣用完；我會把我們分到的錢拿來建立帝國。」

「再之後呢？」

「誰曉得。也許我會放把火把它燒光。」

「是因爲這樣你才和羅林斯不同嗎？什麼都不留下？」

「我不是佩卡．羅林斯，也不是他的暗影；我不把女孩賣到妓院，也不會騙光無助孩童的錢財。」

「你看看烏鴉幫裡面，凱茲，」她的語調溫和，很有耐性——爲什麼這讓他好想放火燒個什麼？「想想你幹的每個非法勾當、每場牌局和竊盜。那些男人女人難道活該得到那種下場，或被奪走自己的東西？」

「人生從來和活不活該無關，伊奈許，如果——」

「你的哥哥是活該嗎？」

「不是。」但他的否認感覺好空洞。

他爲什麼拿約迪的名字喊賈斯柏？當他檢視過去，用過往那個仍是孩子的自己的雙眼看著哥哥——勇敢、聰明，絕對不會錯——被打扮成商人的惡龍擊敗的騎士。然而現在他會如何看待約迪？看成靶子嗎？另一個想找發財捷徑的蠢肥羊？他將雙手靠在洗手台邊緣。他不再憤怒了，只是精疲力盡。「我們是笨蛋。」

「你們還是孩子。那時都沒有人能保護你們嗎？」

「難道就有人能保護妳？」

「我的父親，我的母親。他們願意不擇手段讓我不被抓走。」

「那麼他們就會被奴隸販子殘殺。」

「那麼我猜我很幸運，不必看到那一幕。」

她怎麼還能用那種方式看世界？「十四歲就被賣到妓院，妳還說自己幸運。」

「他們很愛我，現在還是愛我。我深深相信。」他見她又靠近鏡子一些，黑髮如墨，在白色磁磚牆上散開。她停在他身後。「你也保護了我，凱茲。」

「妳的血都滲出繃帶了，所以我想正好相反。」

她低頭去看，一朵紅色血花從纏繞肩膀的繃帶綻開。她不自然地扯著那條毛巾布。「得找妮娜幫我處理一下了。」

他不是故意要這麼說；他本該放她走的。「我可以幫妳。」

一瞬間，她在鏡中將目光轉向他，滿懷警戒，有如在估量對手。**我可以幫你**。那是她對他說出的第一句話，就站在艷之園的招待室，身披紫色絲綢，雙眼描了墨眼線。她的確幫了他，而她幾乎將他毀滅。也許，他該讓她有始有終。

凱茲可以聽見水龍頭在滴水，以不規則的節奏擊打著洗臉盆。他不確定自己希望她說什麼。**叫她出去**，他心裡有個聲音強硬地說，**求她留下**。

但伊奈許什麼都沒說，反而收拾了梳妝台上的繃帶和剪刀，放在洗臉盆旁邊，然後手掌往桌上一貼，不費吹灰之力以槓桿力量一撐、坐了上去。

現在，他們視線平齊。他朝她靠近一步，就那麼站在那裡，動彈不得。他沒辦法這麼做。他們兩人間的距離好似不存在，又像數哩遠。

她伸手去拿大剪，一如往常優雅自在，像個身在水面下的女孩，以刀柄為先將剪刀遞給他。剪刀在手中感覺起來很冷，金屬堅硬且令人心安。他踏入由她的雙膝形成的空間。

「該從哪裡開始？」她問。臉盆升起的蒸氣使得包住她臉龐的一綹綹頭髮捲了起來。

他真要這麼做嗎？

他對著她的右前臂點點頭，沒有信心開口說話。他的手套躺在洗臉盆另一側，黑色與有著金色脈絡的大理石形成對比。

他專注在剪刀上，那是手中一把冰冷的金屬，和皮膚完全不同。要是雙手在抖，這件事就做不成。

我可以克服，他對自己說。這與對別人拔出武器沒有兩樣。暴力是很容易的。

他小心地將刀刃滑到她手臂的繃帶底下。毛巾遠比紗布厚得多，但剪刀十分鋒利，喀擦一聲繃帶就掉了下來，露出刺得很深的傷口。他把那些布丟到一邊。

他拿起一條新毛巾，站在那兒，要自己堅強點。

她抬起手臂，他小心翼翼地將乾淨的布塊繞在她的前臂，指節掠過那肌膚，恍若有電流劈啪竄過全身，使他站在原地動彈不得。

他的心臟不該發出那種聲音。也許他永遠到不了巢屋，也許這會把他害死。他逼自己動起雙手，給繃帶打結。一次，兩次。好了。

凱茲深吸一口氣。他知道自己接下來應該換她肩膀上的繃帶，只是還沒做好心理準備，因此他先對左手臂點了點頭。繃帶很乾淨，而且綁得很牢，但她沒有多質疑，只是將手臂伸給他。

這次稍微簡單了些。他動作很慢，有條不紊。剪刀、繃帶、沉思片刻，接著任務完成。

他們什麼也沒說，陷入漩渦般的死寂，沒有碰觸，她的膝蓋在他身軀兩側。伊奈許的眼睛大而漆黑，像迷失的行星、黑色的月亮。

她肩上的繃帶在臂下繞了兩次，於關節附近綁起。他稍微貼近一些，但這角度頗爲尷尬，他沒辦法直接將剪刀塞進毛巾下，得先把布塊邊緣掀起來。

不，這房間太明亮了，他的胸口像只捏緊的拳頭。**停下**。

他併起兩根手指，滑進繃帶底下。

他體內的一切都在抗拒。水在腿上感覺很冷，他的身體麻木，然而依舊能感到雙手底下濕濕的，喚起有如他哥哥腐爛身軀的觸感。**將人吞噬殆盡的是羞恥心**。他溺於其中，溺於克特丹的港口。凱茲的視線模糊。

「這對我也不容易。」她那曾一度將他從地獄帶回的聲音，語調低沉而平穩。「即使到現在，有男孩在街上衝著我笑，或賈斯柏用手摟著我的腰，我都覺得自己好像就要消失。」房間似乎傾斜了，他緊緊抓住她彷彿繫繩的聲線。「我一直活在恐懼中——怕我會在街上看見她或我的客人。有好長一段時間，我以爲無論在哪裡都會看見他們。但有時，我認爲他們對我做的事還不是最糟的。」

凱茲的視線又重新聚焦。水退去了，他站在旅館浴室，手指貼在伊奈許肩上。他能感到她皮膚底下精實的肌肉，下巴下方淺淺的凹弧，喉嚨上的脈動正劇烈跳著。他意識到她閉上了雙眼，抵著頰骨的睫毛漆黑，彷彿要抵消他的顫抖，她更靜止了。他該說點什麼，卻什麼也說不出來。

「希琳姨並不總是那麼殘酷，」伊奈許繼續說：「她會抱妳，抱得好緊，再狠狠捏妳，捏到破皮。永遠不曉得她會給妳個吻，還是抽妳一巴掌。前一天，妳是她最棒的女孩，後一天，她就把妳帶到她辦公室，告訴妳，她要把妳賣給她在街上碰到的一群男人，讓妳乞求她把妳留下。」伊奈許吐出近似於笑的一聲輕嘆。「妮娜第一次抱我的時候，我整個人瑟縮起來。」她睜開眼睛，迎上他的目光。他聽見水龍頭的滴水聲，看見從她原本盤起的髮髻中鬆脫、落在肩上的鬈曲辮子。「繼續。」她平靜地說，好像只是要他繼續把故事講下去。

他不確定自己有沒有辦法。但是，如果她能在這回音反響的空間說出那些話，那麼他該死地至少該嘗試一下。

他非常小心地舉起大剪、掀起繃帶，製造出一些間隔。離開她皮膚的瞬間，他同時感到後悔與鬆一口氣。他剪過繃帶，覺得手指上屬於她的暖意好像在發熱。

破損的繃帶落下。

凱茲用右手拿起另一長條毛巾。他得靠近些才能把布繞到她身後。此時此刻，他是那麼近，他意識到她的耳廓，頭髮塞在後頭，急急跳著的脈搏在她頸上拍振。活人，活人，活人。

這對我也不容易。

他再次纏著繃帶。赤裸裸的碰觸，無可避免。肩膀、鎖骨、膝蓋一次。水面彷彿升起，將他包圍。

他把結打好。退後。可是他沒退後。他站在那兒，聽著自己和她的呼吸，代表這空間唯有他們存在的節奏。

反胃感仍在，想逃跑的衝動也是，但也有想要其他事物的衝動。凱茲以為自己對痛的語言十分嫻熟，但這種痛前所未有。站在這裡，距她的臂彎那麼近，真的非常痛苦。**這對我也不容易。**她承受了那一切，最後證明他才是軟弱的那個人。她永遠不會知道那對他而言是什麼感覺——看著妮娜拉她過來擁抱、看賈斯柏和她勾著手，他卻站在門口、靠著牆壁，知道自己永遠不能再靠近一些。**可是我現在就在這裡**，他狂亂地想。他抱過她、與她一同作戰、整晚趴在她身邊，用望遠鏡窺看、監視某座倉庫或商人的宅邸。這和那些截然不同。他覺得想吐又驚恐，全身因汗水而滑溜溜。可是，他在這裡。凱茲看著那脈搏，那是她心臟的證明，與他自身焦慮的心跳節奏相合。他看著她頸子濕濕的彎弧處，棕色肌膚的光澤。他想……他想要。

他甚至還不清楚自己想做什麼，已低下了頭。她深吸一口氣，他的嘴唇停在她肩膀與頸間溫暖的相接位置，等待著。**叫我住手，把我推開**。

她吐了口氣。「繼續。」她重複道。**把故事說完**。

他大著膽子，嘴唇拂過她皮膚——溫暖、滑順，有著一滴滴水珠。欲望流竄全身，他幾乎不敢去想像藏在心中的上千幅畫面——她的深色髮絲從辮子鬆開、垂下，他的一手恰好握著她輕巧的腰窩；她的嘴唇微張，低喃他的名字。

前一刻這個瞬間還在，下一刻馬上消失。他又在港口溺了水，她的四肢就如屍體四肢，雙眼毫無生氣且呆然，反胃與渴望兩股情緒在他腹中相互攪纏。

凱茲東倒西歪地退後，一陣痛楚從跛著的腿炸開。他的嘴巴像著了火，整個房間搖擺晃蕩。他撐靠著牆壁，努力要喘過氣。伊奈許下了地，靠近他，滿臉擔憂。他舉起一手阻止她。

「別。」

她站在磁磚地板中央，被一堆白色與金色包圍，有如一幅鍍金的畫像。「凱茲，你到底發生了什麼事？你哥哥發生了什麼事？」

「那無所謂。」

「告訴我，拜託。」

告訴她，他體內有個聲音說。**把一切都告訴她**。但他不知道該如何開始，或能從哪裡開始。他又爲什麼要這麼做？好讓她赦免他犯下的罪？他不要她憐憫，不必解釋自己，只要找到放她離開的方法。

「妳想知道佩卡對我做了什麼嗎？」他在咆哮，聲音在磁磚上反響彈射。「不如我告訴妳，我找到那個裝成他老婆的女人後做了什麼？還有那個裝成他女兒的女孩？又或者，不如我告訴妳那個在第一個晚上用發條玩具狗引誘我們的男孩，他後來什麼下場？這可是非常精采。他的名字叫菲力，我發現他在凱爾街經營賭紙牌，整整折磨了他兩天，把他丟在一條小巷，任他流血，還把發條小狗的鑰匙塞進他喉嚨深處。」凱茲看到伊奈許縮了一下，刻意不理會心中的刺痛。

「沒有錯，」他繼續說：「把我們資訊交出去的那個銀行行員、假的律師、在賀琮的假辦公室免費給我們熱可可的人。我把他們都幹掉了，一個接一個，一步一步來，而羅林斯會是最後一步。這些事物不會慢慢被祈禱沖淡，幻影。在我前方不會有任何平靜，也沒有寬恕；這輩子沒有，下輩子也不可能。」

伊奈許搖搖頭。她怎麼還有辦法用那種良善的目光看著他？「寬恕不是要來的，凱茲，是爭取來的。」

「那就是妳的打算嗎？追殺奴隸販子？」

「追殺奴隸販子，根除利用他們賺取利益的商人和巴瑞爾的雇主，變成比下一個佩卡．羅林斯更好的人。」

那是不可能的，再也沒有了。即使她看不見真相，他卻能。伊奈許遠比他能力所及更強。即使這世界試圖用貪婪雙手將之奪走，她仍堅持了自己的信仰和良善。

他一如過往，雙眼掃視過她的面容，仔細而飢渴，像他的盜賊本性那樣意圖努力奪去她身上每個細節——均齊的深色眉毛、雙眼裡飽和的棕、上揚的嘴唇。他不值得平靜，也不值得寬恕。但如果他今日要死，也許唯一想爭取帶往另一個世界的，就是關於她的記憶——那比他有資格擁有的一切都更明亮燦爛。

凱茲大步走過伊奈許身旁，從洗手台拿起丟在那裡的手套戴上。他扭動肩膀穿上外套，枴杖塞到臂下，對著鏡子整好領結。如果要去見閻王，至少得人模人樣。

當他朝她轉回身，已經準備完畢。「不管我發生什麼事，別被這城市打敗。弄到妳的船、去復妳的仇，在他們的骨頭刻上妳的名字——但一定要從我害你們惹上的麻煩中活下來。」

「別這麼做。」伊奈許說。

「如果我不做，一切就結束了。沒有任何出路，沒有獎賞，什麼也沒有。」

「什麼也沒有。」她重複道。

「找出丹亞莎的小動作。」

「什麼？」

「戰士永遠會有小動作。舊傷的跡象、出拳時會壓一邊肩膀。」

「那我有小動作嗎？」

「妳行動前會調正雙肩，好像將要開始表演，在等待觀眾集中注意力。」

她似乎有點受到冒犯。「那你的呢？」

凱茲想到飛格陸那時差點讓他賠上一切的瞬間。

「我是個瘸子，那就是我的小動作。從沒有人聰明得想到要去找其他跡象。」

「凱茲，別去巢屋。我們一起找其他方法。」

「閃邊，幻影。」

「凱茲——」

「如果妳是真的關心我，就別跟來。」

他硬從她身邊擠過，大步離開房間。他想不到會有什麼結果，或還能失去什麼。而伊奈許弄錯了一件事。他離開時，其實非常清楚自己想留下什麼。

那就是傷害。

27 伊奈許

她還是跟著他了。

如果妳是真的關心我。

伊奈許躍過一座煙囪，真心嗤了一口氣。那也太冒犯人了。她有無數機會能脫離凱茲、得到自由，而她一次都沒那麼做。

好，他不適合過普通人生，那麼難道她就註定要找個善良的丈夫、給他生孩子，然後在他們入睡後才去磨利她的刀嗎？她要怎麼解釋她因艷之園而無法擺脫的夢魘，又或是她手上沾的血？

她仍能感到凱茲手指壓在皮膚上的感覺，以及如鳥翅般輕拂過頸子的嘴唇，清楚看見他擴大的瞳孔。他們明明是巴瑞爾最致命的兩人，可是只要稍微碰到對方，就十之八九會倒地不起。但他們嘗試了——他嘗試了。也許他們能再試一次。這實在是愚蠢的願望，是人生最精華時刻沒被偷走的女孩感情用事的希望。這個女孩從未感受過希琳姨的鞭子，身上沒有蓋滿傷口，也沒遭到通緝。凱茲一定會嘲笑她的樂觀。

她想到丹亞莎，她的暗影。她有什麼樣的夢想？是馬泰亞斯提過的王位，或是為她的神祉獻上另一條命？伊奈許知道自己無疑一定會再見到那個一身象牙白加琥珀色的女孩。當那個時刻來臨，她想相信自己能夠凱旋歸來。她承認丹亞莎有天賦。也許她眞的是公主，一個接受過殺人特訓、血統高貴的女孩，註定如故事中的女主角成就偉大命運。這樣一來，伊奈許會是什麼？她路上的一個障礙嗎？死亡祭壇上的獻祭品？打架和普通街頭混混沒兩樣、髒兮兮的蘇利雜技演員。又或者，是她的諸聖將丹亞莎帶到這些街道。誰會記得像妳這樣的女孩呢，葛法小姐？也許，因爲伊奈許奪去了那些生命而將被如此稱呼。

也許吧。但還沒。她還有債要償。

伊奈許從排水管滑下時嘶了一聲，感到纏在大腿上的繃帶扯了開來。她將在天際線留下一條血痕。

他們逐漸靠近巢屋，而她一直藏在陰影中，確認自己和凱茲保持適當距離。他自有其他人學不來的一套，能感覺到她存在。他常會暫停片刻，毫無意識自己正被觀察。他腿不適的程度比表現出來的更糟糕，可是她不會在巢屋出手干涉。至少在這件事上，她會遵照他的希望。因爲他說的沒有錯：在巴瑞爾，唯一重要的貨幣是力量。如果凱茲不能獨自面對這個挑戰，可能會失去一切——不只是獲得渣滓幫支持的機會，更是他能再次自由走在巴瑞爾街上的機會。她常想稍稍挫一點他的傲氣，卻無法忍受可能見到凱茲拋下驕傲。

他按照他們一起計畫出來的路線，在果恩街屋頂上方邊躲邊前進。沒有多久，巢屋後方就映入眼簾——細窄且歪倒地靠在鄰居身上，蓋上屋瓦的山牆因煤灰而黑漆抹烏。

她有多少次從這個角度靠近巢屋？對她來說，這是回家的路。她曾見凱茲位於最頂樓的窗戶。她曾棲在那窗台無數小時，餵食聚集在那兒的烏鴉，聽他策畫謀略。在那底下稍微往左，她見到屬於她小小臥室的一小塊窗戶，突然像是遭到當頭一擊：不管這場拍賣最後成功或失敗，這可能都會是她最後一次回到巢屋。也許，她永遠不會再見到凱茲坐在桌前，或聽從巢屋搖晃失修階梯傳下的枴杖咚咚聲響，讓她單從敲響的節奏就能知曉今晚是好或壞。

她看著他用不自然的動作從屋頂邊緣爬下，撬開他自己窗戶的鎖。凱茲一離開視線範圍，她就繼續翻過陡峭的山牆尖端，來到巢屋的另一邊。她無法跟著他進去卻不洩露自己行蹤。

房子正面，屋頂輪廓線下方，她發現用來拖起沉重貨運的一只舊鐵鉤，便一把抓住，不顧那些嚇到的鴿子發出不悅的鳴叫，直接用腳輕推開窗戶，因爲鳥屎的臭味不禁皺起鼻子。她溜進裡頭，在屋頂橫梁移動，從陰影中找到一個位置靜靜等待，不太確定接下來該做什麼。如果有人抬頭，很可能會看到她名符其實像隻蜘蛛棲在角落，但怎麼會有人想到要抬頭呢？

下方入口處因爲各種活動而吵雜不已。很顯然，早上那場遊行帶來的節慶情緒延續了一整天。人們從前門進進出出，彼此大喊大笑、大聲唱歌。幾名渣滓幫坐在嘎吱響的木頭樓梯上，來來回回遞著威士忌酒瓶。席哥——沛・哈斯可最愛的打手之一——不斷用錫口笛吹著同樣三個音符。他也只會這些了。一群無賴突然衝過門，摔進門口，像群蠢蛋般嘎嘎尖叫、踏跺地板，有如一群飢餓的鯊魚撞來撞去。他們拿著飾有生鏽鐵釘的斧柄、棍棒、刀和槍，還有些人往瘋狂的雙眼周遭以黑色畫上烏鴉翅膀。伊奈許在他們身後瞥到少數幾個並不參與這股興奮的渣滓幫成員——黃髮剪成平頭的安妮卡，沛・哈斯可之前叫凱茲用來替代她的另一隻蜘蛛、結實瘦削的洛德，塊頭更大的打手奇格和皮恩。他們畏縮不前地靠在牆上，在其他人又是吶喊又是裝模作樣時相互交換不快的眼神。**這些人是凱茲最有希望得到的支持**，她想，這是渣滓幫最年輕的成員，凱茲親自帶進來、親自組織的孩子，因爲資歷最嫩而最拚命、總幹最棘手差事的人。

但凱茲心裡究竟在打什麼主意？他進他的辦公室是有原因的嗎？或者只是因爲那是屋頂最容易進入的點？他打算單獨和沛・哈斯可談話嗎？從入口看，這一整條樓梯都毫無遮蔽，凱茲絕不可能從這裡下去卻不被任何人注意到，除非他打算披著僞裝下去。可是帶著那條跛腿，他又要怎麼成功走下樓梯，不讓任何人認出那個走路姿勢？這完全超出她的想像了。

聚集在底下的人們傳出一陣歡呼。沛・哈斯可從他的辦公室冒出，灰溜溜的腦袋在人群中前進。他穿著爲了今日慶典準備的極度俗艷衣服——緋紅加銀色的格紋背心、千鳥紋褲子——儼然一副渣滓幫統治者的派頭，雖然這基本上是凱茲從無到有打造出的幫派。他一手拿著那頂當成心頭肉的羽毛帽到處揮動，另一手則拿著一根枴杖，有人在頂上糊了個紙漿做的卡通烏鴉。這令她作嘔。凱茲曾比哈斯可的兒子更親——雖然是個殺人如麻的邪惡兒子，但還是一樣。

「老頭，覺得我們今晚能抓到他嗎？」巴斯提拿了根看起來頗醜惡的短棍在腿上敲。

哈斯可舉起枴杖，有如高舉權杖。「如果有人能得到獎賞，一定會是我手下的人！大家說對不對！」

他們高聲歡呼。

「老頭。」

凱茲那道彷彿岩鹽的沙啞嗓音切穿群眾的吵雜，使得喋喋不休的喧鬧靜了下來，伊奈許瞬間抬頭。

他站在樓梯最上方，從四道搖晃不穩的木頭樓梯之上俯瞰。她注意到他抽空換了件外套，那件衣服完美貼合他身形製作。凱茲站在那裡，靠著枴杖，頭髮整整齊齊從蒼白的額頭往後梳，恍如黑色玻璃製成、鋒利致命的男孩。

哈斯可臉上的驚訝近乎滑稽。接著，他開始大笑。「噢，布瑞克，太陽打西邊出來啦。你絕對是我這輩子見過最瘋的混帳。」

「這我就當作讚美了。」

「你不該來這裡的——除非你和我想的一樣聰明，是來自首的。」

「我受夠幫你賺錢了。」

沛・哈斯可的臉因憤怒而整個皺起。「你這無知的小混蛋！」他怒吼道。「好大膽子，以爲是商人進自己家嗎？」

「布瑞克，你老是擺出一副比我們都強的模樣。」席哥拿著錫口笛喊道，少數幾個渣滓幫的也在點頭。沛・哈斯可鼓勵似地拍著手。

確實如此。凱茲總和所有人保持距離，他們想要同志羈絆和友誼，但他只按自己的規則，從不照他們的玩。也許這場清算是在所難免。伊奈許知道凱茲不會打算永遠當沛・哈斯可的副官。他們在冰之廷的凱旋本該讓他成爲巴瑞爾之王，但這被范艾克搶走了。渣滓幫完全不知道幾個禮拜前他成就了多麼了不起的事，包含從斐優達人那裡奪走的大獎，以及也許仍能納入掌中的贓款。他獨自一人面對他們，盟友寥寥無幾，儘管他聲名狼籍，在大多數人眼中卻與陌生人無異。

「你在這裡沒有朋友！」巴斯提喊道。

牆邊，安妮卡和其他人不禁怒火中燒，皮恩交扠雙臂、搖著頭髮蓬亂的腦袋。

凱茲微乎其微地聳起一肩。「我不是來找朋友，也不是來這裡找堆早就完蛋的騙子和懦夫，或認爲自己過苦日子是巴瑞爾本來就欠他們。我是來找殺手，找強者，找飢渴的人——像我這種人。這是我的幫派，」凱茲開始走下樓梯，手杖咚咚敲在木板上，「而我受夠了聽人命令。」

「小子們，去拿你們的獎賞！」哈斯可喊道。有短短的一刻暫停。在那瞬間，伊奈許希望沒人會聽從，他們會反叛哈斯可。但下一刻，就像水閘打開，巴斯提和席哥第一個衝上階梯，恨不得對髒手出擊。

但是席哥因爲威士忌而動作緩慢，等到他們終於在第三階樓梯對上凱茲，早就已經喘不過氣。凱茲以枴杖劃出兩道凌厲的弧線，粉碎了席哥雙臂的骨頭。他沒有正面迎擊巴斯提，而是竄過對方身旁——儘管一腿跛著，速度卻快得異於常人。巴斯提還來不及轉身，凱茲已用手杖刺進巴斯提大腿和膝蓋間的柔軟部位。他發出一聲有如被扼住的喊叫，癱倒下去。

哈斯可的另一個馬屁精已衝上前迎向他——那是個叫茶壺的打手，因爲他每次呼吸都會從鼻子發出口哨的聲音。凱茲往左一閃，茶壺掃來的棍子擦過肩膀。他將枴杖一揮，直接靠烏鴉頭的重量擊中打手的下巴。伊奈許看見大概是牙齒的東西從茶壺口中飛出。

凱茲仍占高處優勢，卻寡不敵眾。現在他們一波波攻來。瓦里安和史旺衝上三樓樓梯平台，紅菲力跟進，米羅和戈卡緊隨在後。

凱茲的跛腿吃了一記，腳步踉蹌，勉強及時恢復平衡，躲開瓦里安鍊子的一擊。伊奈許不禁抿緊雙唇。鍊子砸進距凱茲腦袋只有幾吋的樓梯扶手，使得木頭碎片四處飛散。凱茲抓住瓦里安的鍊子，借力使力讓他衝過破損的樓梯扶手。當他摔落入口地面，群眾急忙後退。

史旺和紅菲力從兩側包夾凱茲。紅菲力抓住凱茲的外套，將他往後扯。凱茲就像在東埠表演逃脫束縛衣的魔術師那樣輕易脫身。

史旺瘋狂揮動著釘上尖東西的斧柄，凱茲則用手杖頭摑中史旺側臉。即便身在遠處，伊奈許都能看見他的顴骨陷了一窪血淋淋的窟窿。

紅菲力從口袋掏出灌鉛橡皮袋，狠狠搥中凱茲右手。那一擊雖然草率，但凱茲的手杖哐噹落地並滾下樓梯。比特——他瘦削得像頭雪貂，長相也相去不遠——蹦跳上階梯，一把抓住枴杖，在沛·哈斯可那些好友的歡呼中扔給了他。凱茲以雙手扣住樓梯扶手兩側，兩腳靴子一提，大力踹進紅菲力胸口，讓他一路往後翻滾下樓。

凱茲沒了手杖，於是大大展開戴著手套的雙手。伊奈許再次想起魔術師——**我的袖子裡什麼也沒有。**

又來三名渣滓幫——米羅、戈卡，以及生了張詭異小臉和油膩頭髮、細瘦如蘆葦的比特——越過紅菲力身邊，集中朝他衝去。伊奈許鼓起勇氣眨了眼，頃刻間，米羅已將凱茲逼到牆上，朝他肋骨和臉面落下雨點般的重擊。凱茲的頭猛往後一仰，接著前額撞上米羅前額，發出令人反胃的碎裂聲。米羅昏沉沉退後一步，凱茲立刻利用了這優勢。

但他們人實在太多了，而凱茲只用赤手空拳戰鬥。血從他臉側汩汩流下，嘴唇裂開，腫起的左眼閉了起來。他的動作變慢了。

戈卡一臂扣住凱茲喉嚨，凱茲用一肘擊中戈卡肚子，掙脫開來。他搖晃前傾，比特卻抓住他的肩膀，棍棒揮中凱茲腹部。凱茲身體一折，吐出鮮血。戈卡以粗厚的鍊環狠擊凱茲頭側，伊奈許看見凱茲的雙眼往上一翻。他腳步踉蹌，接著便倒地。入口的群眾發出吼叫。

伊奈許還沒來得及細想，已先動作。她不能就這樣看著他死，她不能。現在他們把他弄了下來，沉重的靴子在他身上胡亂踢踩。她的刀在手中，她要把他們全殺光，讓市警隊去發現高高堆到屋椽的屍體。

然而，在那個瞬間，透過樓梯平台扶手寬寬的木板條，她看見他的眼睛張著，目光甚至與她對上——他從頭到尾都知道她在。當然了。他向來曉得該怎麼找到她。凱茲血淋淋的腦袋非常輕地搖了一下。

她好想尖叫，**我去你的驕傲，去你的渣滓幫，去這一整座無恥的城市**。

凱茲試圖起身。比特又把他踢回去。他們全都在笑。戈卡舉起腿，一大隻靴子懸在凱茲頭顱上方，對著群眾作勢玩鬧。伊奈許見到皮恩轉過頭，安妮卡和奇格吼叫著誰快來阻止他們。戈卡的腳降下——然後發出尖叫——高頻且帶著咕嚕響的長聲尖叫。

凱茲正抓著戈卡的靴子，那腳以恐怖的角度扭往另一邊。他用單腳跳動，試圖保持平衡，詭異又刺耳的哀嚎不斷搭配他跳動的節奏，可憐兮兮地從口中冒出。米羅和比特狠狠踢了凱茲肋骨，可是凱茲縮也不縮一下。他用伊奈許難以估測的力量將戈卡的腿往上擠推，當那名大個子的膝蓋從膝蓋窩中脫出時，他不禁尖叫。戈卡往旁邊頹倒，哽咽著說：「我的腿！我的腿！」

「我推薦你用柺杖。」凱茲說。

可是伊奈許只看見米羅雙手中的刀，細長且放光，是他全身上下最乾淨的東西。

「別殺了他，你這蠢貨！」沛．哈斯可吼道，無疑仍一心想著獎賞。

不過米羅顯然已聽不進去。他舉起刀，直往凱茲胸口刺去。凱茲在最後一秒打了個滾躲開。刀子發出噹的巨響刺入地板。米羅抓住刀子，想撬起來，但凱茲動作未有稍停，伊奈許見他指間塞了兩根生鏽鐵釘，有如爪子——他不知怎麼把釘子從其中一根斧柄拔了下來。凱茲往前一射，釘子刺進米羅喉嚨，嵌進氣管。倒下去前，米羅發出鯁住似的微弱嗖嗖聲。

凱茲用扶手撐著自己站起來。比特好像忘了自己仍拿著棍棒，而凱茲才是手無寸鐵地舉起雙手。凱茲一把抓住比特頭髮，將他的腦袋往後扯，再喀地敲在扶手上，聲音恍若槍響。當比特的頭像顆橡皮球在木頭上反彈，帶來的效應已足夠鮮明。他像隻渾身無力的雪貂癱倒在地。

凱茲用袖子抹臉，擦過鼻子和前額上的血，啐了一口，調整一下手套，低頭從二樓的樓梯平台看著沛·哈斯可，露出微笑，一口牙又紅又濕。此時人群遠比鬥毆開始時還要多很多。凱茲轉轉肩膀。「接下來換誰？」他問，一副等下還得去別處赴約的模樣。「誰要來？」伊奈許眞不知道他怎麼有辦法讓語調這麼平穩。「我無時無刻都這樣做。我打鬥。你們上次看到沛·哈斯可挨揍，還有帶著大家幹大事是什麼時候？該死——你們上次看到他在中午前離開床是什麼時候？」

「你以爲能挨個幾下打我們就會爲你拍手嗎？」沛·哈斯可冷笑。「這也彌補不了你搞出的麻煩，竟然把那些條子弄到巴瑞爾、綁架商人的兒子——」

「我說過那不干我的事。」凱茲說。

「佩卡·羅林斯不是這麼說的。」

「原來如此，你這麼相信一角獅說的話，卻不相信自己人。」

一陣不自在的竊竊私語像風吹樹葉那樣沙沙穿過底下人群。你的幫派就是你的家人，羈絆濃如血緣。

「你就是太瘋才會對商人黑吃黑，布瑞克。」

「我的確太瘋，」凱茲退一步說，「但並不笨。」

這時，一些渣滓幫的人開始相互小聲咕噥，彷彿從沒想過范艾克可能會捏造罪名——他們當然沒想過。范艾克是上流人士。如果不是眞的，一個正直商人爲什麼要針對運河老鼠捏造這種指控？此外，凱茲也花了漫長時間精力證明自己什麼都做得到。

「有人目擊你在善女橋和商人的太太在一起。」沛．哈斯可堅持。

「是他太太，不是他兒子。他太太現在安安全全地在家裡，在她那個偷雞摸狗的丈夫身邊，織著嬰兒的小鞋子、和她的鳥說話。哈斯可，你稍稍用一下腦子就好。想想我抓那個商人的崽子可能有什麼用處？」

「賄賂、贖金——」

「我對范艾克黑吃黑，是因為他之前也這麼對我。現在，他利用這城市的忠實子民、佩卡．羅林斯，以及你們所有人來報仇雪恨。就這麼簡單。」

「我一點也不想惹麻煩，小鬼。不想主動惹，也從來不想要。」

「但我送到你面前的其他東西你都要，哈斯可，要不是我，你還在玩同樣那個賺不了多少子兒的詐騙，喝摻了水的威士忌。這些牆壁會直接倒在你頭上。我交給你的每一分錢，每一分好運，你都拿了，好像本來就是你應得的，你把第五港口和烏鴉會的獲利吃乾抹淨，讓我去幫你打架、幹你的髒活兒。」他緩緩順著底下的渣滓幫看過去。「你們都得了利，都得到獎賞，結果一有機會，馬上為了往我脖子套絞繩的一時快樂靠向佩卡．羅林斯。」旁觀者又是另一陣不自在的騷動。「但我不憤怒。」

至少有二十名渣滓幫抬頭看著凱茲，那些人都全副武裝。然而，伊奈許發誓感受到他們鬆了一口氣，然後她就懂了：這場架只是開場表演。他們都曉得凱茲強悍，不用他特別證明。這只是爲了凱茲的需要。假使他想對沛·哈斯可發起政變，就得單獨去找渣滓幫的人，不但浪費時間，又得冒著在巴瑞爾街上被逮的風險。現在，他有了觀眾，而沛·哈斯可樂得來個一勞永逸——來點娛樂、羞辱髒手，讓凱茲·布瑞克這人戲劇化地畫下句點。但這不是一場廉價喜劇，而是血淋淋的儀式，沛·哈斯可就這麼讓大家聚集起來，渾然無覺眞正的表演尚未展開。凱茲站在他的布道壇上，傷痕累累、渾身瘀青，但已準備要開始傳教。

「我不憤怒，」凱茲再次開口，「不會因爲這樣憤怒。但你們知道最讓我火大的是什麼嗎？眞的把我惹毛的是什麼嗎？看到烏鴉會的人對一角獅言聽計從，看你們很驕傲地跟在佩卡·羅林斯後面到處遊行。巴瑞爾最不好惹的幫派之一，結果卻像初來乍到的小傻瓜一樣任人差遣。」

「小鬼，羅林斯有權力，」沛·哈斯可說，「他有資源。等你多混個幾年再來對我說教。我的職責是保護這個幫派，我就是在這麼做。我保護他們不被你的魯莽害死。」

「你以爲你對佩卡·羅林斯翻肚就安全了嗎？你以爲他會開開心心實踐這個停戰協定？他就不會對你的東西流口水？這聽起來像是你認識的佩卡·羅林斯嗎？」

「媽的當然不像。」安妮卡說。

「當獅子餓了，你希望是誰站在那個門口？是烏鴉，還是只會嘎嘎叫、趾高氣昂走來走去的敗陣公雞。然後他會投靠一角獅和一些骯髒商人，和自己人打對台？」

伊奈許能從上方看見，站最靠近沛．哈斯可的人現在稍微傾身離他遠了些。有幾人正仔細打量著他，看他帽子上的羽毛，以及雙手中的楞杖——他們看著凱茲用招招見血的精準度揮動的手杖，以及哈斯可設計出來嘲弄他的假烏鴉手杖。

「在巴瑞爾，我們不拿安全交易，」凱茲那副彷彿擦傷燒灼的嗓音傳遍人群。「只有有力的人和軟弱的人。尊敬不是要來的，是爭取來的。」**寬恕不是要來的，是爭取來的。**他偷她的台詞，伊奈許幾乎要笑出來。「我不是你們的朋友，」他說：「也不是你們的父親，我不打算給你們威士忌，或拍你的背一下，說聲好孩子。但我會保住我們金庫裡的錢，會讓我們的敵人只要看見你們手臂上的刺青，就怕得急忙逃跑。所以，當佩卡．羅林斯來叫陣的時候，你希望是誰站在門口？」

死寂迅速膨脹，滴滴答答餵養著即將降臨的一場腥風血雨。

「怎麼樣？」沛．哈斯可氣勢洶洶，用力挺出胸膛，「回答他啊？你們想要一個合法的老大，還是某個走路都走不直的自大瘸子？」

「也許我是走不直，」凱茲說：「但至少面對打架不會逃跑。」

他低頭望著階梯。

剛剛滾下去的瓦里安已站了起來，雖然似乎還沒能站穩，卻朝樓梯走去，伊奈許不得不佩服他對哈斯可的忠心。

皮恩離開牆邊，擋住瓦里安的路。「你死定了。」他說。

「去找羅林斯的人，」沛·哈斯可命令瓦里安。「拉起警報！」但安妮卡抽出一把長刀，站到入口門前。

「你是一角獅的？」她問：「還是渣滓幫的？」

凱茲雖然明顯瘸跛，背依舊打得挺直。他慢慢走下最後一階樓梯，沉沉地靠上扶手。當他來到最底下，剩餘的人群分了開來。

哈斯可灰斑橫生的臉因恐懼和氣憤漲得通紅，「你撐不久的，小鬼。想超越佩卡·羅林斯，你要有比現在更多的力量。」

凱茲從沛·哈斯可手中搶回手杖。

「你有兩分鐘可以從我的房子離開，老頭，這城市要的代價是血，」凱茲說：「而我非常樂意拿你的來付。」

28 賈斯柏

賈斯柏從沒見過凱茲這麼血淋淋又被揍得慘兮兮——鼻子斷了，嘴唇綻開，一眼腫得睜不開。他抓著身側，那動作讓賈斯柏覺得至少有一根肋骨斷掉。而當凱茲對著手帕咳嗽，塞回口袋前，賈斯柏見到白色布塊上面有血。他跛行的姿勢前所未有地慘烈，可是仍站著，安妮卡和皮恩陪著他。顯然他們在巢屋留下最低所需的全副武裝成員，以防佩卡收到凱茲叛變的消息，決定放手掠奪領地。

「諸聖啊，」賈斯柏說：「所以我想應該是一切順利？」

「完全如我預期。」

馬泰亞斯用介於佩服和難以置信的方式搖著頭。「惡魔，你到底有幾條命啊？」

「希望還有一條。」

凱茲蠕動身體脫下外套，勉力扯掉上衣，靠著浴室的洗臉盆。

「諸聖啊，讓我們幫你。」妮娜說。

凱茲用牙齒緊緊咬住繃帶末端，撕下一條。「我不用妳幫忙，繼續去教寇姆。」

「他是有什麼問題？」他們回到起居室繼續幫寇姆熟悉臥底背景時，妮娜不禁發牢騷。

「還不就是那個，」賈斯柏說：「凱茲・布瑞克就是最大的問題。」

□

一個多小時後，伊奈許溜入房中，遞給凱茲一張紙條。此時是傍晚，套房的窗中燃燒著奶油金的光芒。

「他們要來嗎？」妮娜問。

伊奈許點點頭。「我把妳的信交給門口守衛，很有用。他們直接帶我去見三巨頭的兩個成員。」

「妳見了誰？」凱茲問。

「娟雅・沙芬和柔雅・納夏蘭斯基。」

韋蘭往前坐。「傳說中的塑形者？她在大使館？」

凱茲揚起一眉。「妮娜，妳竟然忘了提起這件事，眞有意思。」

「當時這件事是無關的。」

「當然有關！」韋蘭憤怒地說，而賈斯柏有點驚訝。韋蘭起初似乎不在意戴著古維的五官，甚至好像因能和父親拉開距離而樂於接受。但那是在他們去聖赫德之前，也是在賈斯柏親了古維之前。

妮娜微微瑟縮一下。「韋蘭，我以爲你要去拉夫卡。一旦上船，你就可以見到娟雅了。」

「我們都很清楚妮娜效忠的是誰。」凱茲說。

「我沒對三巨頭提起古維的事。」

凱茲唇邊出現一抹淡淡微笑。「如我所說。」他轉身面對伊奈許，「妳開出我們的條件了嗎？」

「有，她們會在一小時內到旅館浴場。我告訴她們要確保沒人看見她們進來。」

「只希望她們有辦法處理了。」凱茲說。

「她們能統御一個國家，」妮娜說：「就那麼幾個指示，不會有問題的。」

「她們走在街上不會有危險吧？」韋蘭問。

「她們大概是克特丹唯一不會有危險的格里沙，」凱茲說，「就算蜀邯吃了熊心豹子膽，敢再進行獵捕，也不會對兩個地位崇高的拉夫卡高官下手。妮娜，娟雅能恢復韋蘭的五官嗎？」

「我不知道，」妮娜說：「她的確被稱爲首席塑形者，也絕對是最有天賦的一位。可要是沒有煉粉……」她不必多解釋。妮娜有辦法將韋蘭奇蹟變身爲古維，唯一原因就是煉粉。但話說回來，娟雅．沙芬蔚爲傳奇，一切還是有可能。

「凱茲，」韋蘭扭絞著衣角。「如果她願意試試看——」

凱茲點點頭。「但是，到拍賣之前你就得加倍小心。你父親絕不會希望你現身，搞爛他對商會和市警隊撒下的漫天大謊。如果你夠聰明，就該等到——」

「不，」韋蘭說：「我已經受夠當另一個人了。」

凱茲聳聳肩，不過賈斯柏不知怎麼覺得這正是他要的答案。至少在這個案例裡，這也是韋蘭想要的。

「浴場裡不會有旅館其他客人嗎？」賈斯柏問。

「我讓他們爲瑞維德先生保留了整個地方，」妮娜說：「因爲他覺得在其他人面前脫去衣物非常不自在。」

賈斯柏發出呻吟。「拜託妳別說什麼我父親脫掉衣服這種話。」

「因爲他趾間有蹼，」妮娜說：「太丟臉了。」

「妮娜和馬泰亞斯會留在這裡。」凱茲說。

「我應該要去才對。」妮娜表示反對。

「妳到底是拉夫卡還是這個團隊的一員？」

「我兩個都是。」

「那就對了。就算沒有妳和馬泰亞斯在那裡攪亂狀況，這次對話也夠棘手了。」

雖然他們又這麼討價還價了一會兒，最終妮娜還是同意如果伊奈許代替她去的話，她會留在這裡。

但伊奈許只是搖搖頭。「我比較希望不去。」

「爲什麼？」妮娜問道：「總得有人盯著凱茲有沒有好好負責啊。」

「妳覺得我做得到嗎？」

「至少得試一下。」

「我很愛妳，妮娜，但拉夫卡政府對蘇利人實在不怎麼好。我對於和他們的領導人相互寒暄實在沒興趣。」賈斯柏從沒有眞正考慮過這件事，而從妮娜臉上受傷的表情，很明顯她也沒想過。伊奈許緊緊抱了她一下，「好了啦，」她說：「我們讓寇姆幫我們叫些墮落美食。」

「妳什麼都這樣回答。」

「妳在抱怨嗎？」伊奈許問。

「我是在重申我超愛妳的原因之一。」

她們手勾著手去找寇姆，但妮娜啃著下唇。她已經很習慣馬泰亞斯批評她的國家，但賈斯柏猜想，這話從伊奈許口中說出來更加刺人。他想對妮娜說，其實妳可以在喜愛某個東西的同時也看見它的瑕疵。至少，他希望那是真的，不然他就真的死定了。

他們分頭去準備和拉夫卡人會面時，賈斯柏跟著韋蘭到走道上。

「嘿。」

韋蘭繼續走。

賈斯柏小跑步越過他，截斷他的路，一面倒退走。「聽著，我和古維那個根本算不上什麼，」他再次嘗試。「我和古維什麼也沒發生。」

「你沒欠我任何解釋，是我煞了風景。」

「沒有！你沒有！誰教古維坐在鋼琴前面，這是合情合理的錯誤。」

韋蘭突然停下來。「你把他當成我了？」

「對！」賈斯柏說：「你看是不是？只是個大錯——」

韋蘭的金色雙眼閃動。「你真的分不出我們兩個？」

「我……我是說，我通常都分得出來，但是——」

「我們一點也不像，」韋蘭憤憤不平。「而且他在科學上根本就沒那麼強！他的筆記本一半全是塗鴉，大多是你，但那些也一樣不怎麼厲害。」

「眞的嗎？他畫我？」

韋蘭翻翻白眼。「還是算了，賈斯柏，你想親誰就親誰。」

「我是這樣沒錯，常親嘴有益健康。」

「所以問題是？」

「沒有問題，我只是想把這個給你。」

他在韋蘭手中放了一小張橢圓畫布，「我們在聖赫德的時候拿的。我想，如果娟雅要把你變回以前那個小商人，也許可以派上用場。」

韋蘭低頭瞪著那張畫布。「這是我母親畫的？」

「在那個裝滿她作品的房間裡。」

那東西很小，沒有裱框，只能當作細密畫【註】。那是韋蘭孩提大約八歲時的肖像。韋蘭抓著畫的邊緣，手指收攏。「這是她記憶中的我；她沒能看我長大。」他皺起眉。「這太久了，我不知道這到底有沒有用。」

譯註：細密畫（miniature），精細的小型繪畫，常當作書籍封面，或鑲在首飾或徽章上。

「但還是你，」賈斯柏說：「一樣的髮髮，眉間一樣有憂心忡忡的小皺折。」

「所以你拿這個只是因爲也許會派上用場？」

「我告訴過你了，我喜歡你那張呆臉。」

韋蘭低下頭，將肖像畫收進口袋。「謝謝你。」

「沒什麼。」賈斯柏遲疑著。「如果你要去浴場，我可以和你一起——如果你想的話。」

韋蘭焦慮地點點頭。「我很樂意。」

賈斯柏新湧上的愉悅心情一路維持到升降梯，但當他們加入凱茲的行列，往下前往旅館三樓時，他便煩躁起來。他們很可能走進陷阱，而凱茲目前並不在能戰鬥的狀態。

有一部分的賈斯柏希望拉夫卡人能對這個瘋狂計畫說不，這麼一來凱茲就會受到阻礙。而即便他們最終全落入地獄門，或吊在絞刑台上晃，至少他父親能有機會毫髮無傷地逃走。寇姆花了好幾小時和妮娜、凱茲一起努力練習他的角色，演練各種不同情境，忍受他們無止境的問題與刺探，毫無怨言。寇姆算不上什麼演員，撒謊技巧大概和賈斯柏跳芭蕾的程度比拚。但妮娜會和他在一起，至少這算得上一點安慰。

升降梯打開，他們進入另一條寬闊的紫白走道，跟著水流聲進入正中央有座巨大圓形水池的空間，周遭圍繞拱門組成的柱廊。穿過它們，賈斯柏看到更多座水池和水瀑、穹頂和凹室，所有表面都裝飾上閃閃發亮的靛色磁磚。是說這一切賈斯柏就很熟悉了：一池池冒著熱氣的水，有如參加派對的賓客那樣汩汩流淌、舞動著的噴泉，一疊疊厚毛巾，氣味香甜的肥皂。這種場所屬於巴瑞爾，它能在那裡得到應有的尊重，而非金融區。

他們接到的通知是只會和三巨頭中的兩人見面，池邊卻站了三個人。賈斯柏知道那個身穿紅藍柯夫塔的獨眼女孩一定是娟雅・沙芬，那就表示有著一頭色如黑檀木的濃密髮絲、驚人美貌的女孩就是柔雅・納夏蘭斯基。她們身邊跟著一個約二十多歲的狐狸臉男人，身穿藍綠色禮服大衣，戴棕色皮革手套，臀部掛著一對令人眼睛一亮的贊米製左輪。如果這些是拉夫卡端出來的人物，也許賈斯柏應該考慮去拜訪一下。

「我們說過要格里沙單獨赴約。」凱茲說。

「恐怕不可能，」男人說：「雖然柔雅無庸置疑擁有不容小覷的力量，娟雅非凡的天賦卻不適合肢體衝突。另一方面，我則非常適合各種類型的衝突，雖然我特別喜歡肢體上的那種。」

凱茲瞇起眼睛。「史鐸霍恩。」

「他認識我！」史鐸霍恩欣喜地說。他用手肘推了推娟雅。「就告訴妳我很有名。」

柔雅噴出惱火的一口氣。「謝謝你喔，現在他令人難以忍受的程度又加倍了。」

「史鐸霍恩受命代表拉夫卡國王來進行協調。」娟雅說。

「找個海盜？」

「武裝民船船長，」史鐸霍恩糾正，「你不能期望國王親自參加這種拍賣吧？」

「爲什麼不？」

「因爲他可能會輸，而國王要是輸了，場面會非常難看。」

賈斯柏有點不太相信自己正和傳說中的史鐸霍恩對話。那艘武裝民船可謂傳奇。他以拉夫卡的名義闖過無數封鎖線，還有謠言說……「你眞的有一艘會飛的船嗎？」賈斯柏衝口而出。

「我沒有。」

「噢。」

「是有很多艘。」

「帶我走。」

凱茲連一絲稍微覺得好笑的表情都沒有。「拉夫卡國王讓你幫他協調國家相關事務？」他質疑。

「有的時候囉，」史鐸霍恩說：「特別是沒什麼大人物要參與的話。布瑞克先生，你名號很響呢。」

「你也一樣。」

「那算扯平。所以就說吧，我們都是靠實力讓自己的名號在最黑的圈子裡到處流傳，國王不會盲目帶著拉夫卡加入你那些陰謀詭計。妮娜的紙條宣稱你手上有古維・育・孛。我要能證明這件事的證據，以及你計畫的所有細節。」

「可以，」凱茲說：「讓我們去日光浴室談。我希望盡量別讓汗把衣服弄得濕透。」其餘人要跟上時，凱茲停住腳步回頭望。「就我和船長兩個人。」

柔雅將那頭完美而濃密的黑髮一甩，「我們是三巨頭，不聽頭髮剪得亂七八糟的克爾斥街頭老鼠命令。」

「如果能讓妳不要怒髮衝冠，我可以把上述當疑問句看待。」凱茲說。

「你這傲慢無禮的——」

「柔雅，」史鐸霍恩從容地說。「新朋友還沒機會背叛我們前，先別激起他們的敵意。布瑞克先生，請。」

「凱茲，」韋蘭說：「你能不能——」

「小商人，自己去協調。你也該學學了。」他和史鐸霍恩再次消失在走廊。

他們的腳步聲漸漸遠去，死寂降臨。韋蘭清清喉嚨，發出的聲音活像一頭稚嫩小馬在畜欄撒潑，在這個藍色磁磚的空間彈來撞去。娟雅似乎覺得相當有趣。

柔雅交叉雙臂。「怎樣？」

「女士……」韋蘭嘗試道：「娟雅小姐——」

娟雅露出微笑，疤痕隨著嘴角扯動。「噢，他眞可愛。」

「妳向來喜歡流浪動物。」柔雅挖苦。

「你就是那個被妮娜塑形成古維的孩子，」娟雅說：「你希望我幫你看看，能不能復原她的成果？」

「對，」韋蘭說，這個字簡直涵蓋了全世界的希望。「但我沒有任何東西能拿出來講價。」

娟雅翻了翻琥珀色的獨眼。「爲什麼克爾斥什麼都要提錢呢？」

「你們國家還破產了咧。」賈斯柏小聲地說。

「你說什麼？」柔雅厲聲說道。

「什麼都沒有，」賈斯柏說：「我只是說克爾斥是個道德破產的國家。」

柔雅上上下下打量著他，彷彿正在考慮要不要把他扔進池裡活活煮死。「如果你想浪費時間和天賦在這些可悲的人身上，請自便。諸聖很清楚進步空間還有多大。」

「柔雅——」

「我要去找個裡面有深池的黑漆漆房間，盡可能洗掉這城市的骯髒。」

「別溺水啊。」當柔雅斷然離去，娟雅喊完後，意有所指地說：「說不定她會爲了造反刻意那麼做呢。」她用評估的目光打量著韋蘭。「這會有點難，如果能讓我知道你改變之前的模樣——」

「這裡，」韋蘭焦急地說：「我有肖像畫，雖然很舊，但是——」

她從他那裡接過那幅細密畫。

「還有這個。」韋蘭說，拿出他父親做的那張海報，上頭承諾只要他平安歸來就能得到獎賞。

「嗯，」她說：「我們找個光線充足的地方。」

他們在這個設施裡到處摸索，把腦袋探進那些滿是泥浴和牛奶浴的空間，還有個熱呼呼的房室，全由玉石打造。最後終於決定落腳在一個冷冷的白色房間，裡面有缸貼著牆冒出詭異氣味的黏土，另一面則全是一扇扇窗。

「去找張椅子，」娟雅說：「從主要大池那裡拿我的工具過來。很重，放在毛巾附近。」

「妳把妳的工具帶來了？」韋蘭說。

「那個蘇利女孩建議的。」娟雅說，噓聲驅趕他們快去執行她的命令。

「就和柔雅一樣跋扈呢。」賈斯柏和韋蘭遵命照做時他不禁抱怨。

「但聽力更好喔！」她在他們身後喊。

賈斯柏從主要大池附近拿到了箱子。這玩意兒打造得像座小櫥櫃，雙開門用精美細緻的金色鉤釦扣起。當他們回到那個黏土房間，娟雅用手勢示意韋蘭坐近窗戶，那裡的光線最好。她的手指抵在他下巴底下，將臉左歪右歪地看。

賈斯柏放下她的工具。「妳在找什麼？」他問。

「接縫。」

「接縫？」

「不管塑形者的技藝多精巧，只要仔細就能看見接縫，也就是一處結束、另一處開始的地方。我在找原始結構的痕跡，肖像畫確實有幫助。」

「眞不知道我怎麼會那麼緊張。」韋蘭說。

「因爲她可能會搞砸，把你弄得像隻長鬈髮的黃鼠狼。」

娟雅揚起一邊火焰色澤的眉毛。「搞不好像田鼠。」

「不好笑。」韋蘭說。他的雙手在大腿上捏得好緊，指節彷彿變成了白色星星。

「好，」娟雅說：「我可以試試看，但無法承諾你什麼。妮娜的作品幾乎沒有瑕疵，而很幸運，我也一樣。」

賈斯柏微笑。「妳讓我想到她。」

「我想你的意思應該是『她』讓你想到『我』。」

娟雅動手打開工具箱，把東西拿出來。這比賈斯柏看妮娜使用的還要複雜很多。裡面有裝染料的膠囊、一罐罐染料粉末、一排排看起來像裝了透明凝膠的玻璃匣。「那些是細胞，」娟雅說：「針對這類型的工作，我會要用上人體組織。」

「真的一點都不噁心呢。」賈斯柏說。

「還有可能更糟，」她說：「我認識一個女人會拿鯨魚胎盤抹在臉上，希望看起來更年輕，而她又拿猴子口水來做什麼……我就不說了。」

「人體組織聽起來真的好棒。」賈斯柏修正。

「我也是這麼想。」

她捲起袖子，賈斯柏看見和她臉上一樣的疤痕也蜿蜒爬在雙手上，一路竄上雙臂。他實在難以想像到底是什麼類型的武器，竟能將組織扭曲成那樣。

「你看到了。」她沒看他，直接說道。

賈斯柏驚跳了一下，臉頰湧上熱度。「對不起。」

「沒事，人們都愛盯著看……好吧，也不是總這樣的。我第一次遭受攻擊時，沒有人願意看著我。」

賈斯柏聽說過她在拉夫卡內戰時受到折磨，但這完全不是能在禮貌交談中講的話題。「現在我不知道該看哪裡了。」他承認道。

「看哪裡都行，只要安安靜靜，讓我不會把這可憐的男孩弄得醜兮兮就好。」韋蘭露出害怕的表情，她因此笑了出來。「我開玩笑的，但眞的，不要亂動。這是慢活兒，一定得有耐心。」

她說得沒錯，這活兒慢到賈斯柏簡直不確定眞的有什麼事情發生。娟雅會將指尖放在韋蘭雙眼下方或眼皮上，退後檢查成果——而就賈斯柏看來，就是什麼都沒做。然後她會伸手去拿其中一個玻璃匣或瓶子，在指尖沾點什麼，再去碰觸韋蘭的臉，接著退後。賈斯柏的注意力逐漸渙散。他在房裡繞來繞去，拿手指去沾黏土——立刻後悔，跑去找毛巾。但當他從稍微有點距離的位置注視韋蘭，可以發現的確有什麼改變了。

「有用了！」他喊出聲。

娟雅冷冷瞥他一眼。「這是當然。」

這名塑形者會不時規律地停下來，伸展一下，給韋蘭鏡子，好讓他能討論一下某處看起來對不對。一小時後，韋蘭的虹膜從金色變成藍色，眼睛的形狀也改變了。

「他的眉毛應該再細一點，」賈斯柏越過娟雅的肩膀打量。「就那麼一點。還有，他睫毛更長。」

「我都不曉得你有在注意。」韋蘭囁嚅著說。

賈斯柏咧嘴一笑。「我當然有。」

「我的老天，他臉紅了，」娟雅說：「對血液循環非常好。」

「你們在小行宮會訓練造物法師嗎？」韋蘭問。

賈斯柏臉一沉。他為什麼非得要開這個話題？

「當然。行宮裡有學校。」

「如果學生比較老呢？」韋蘭仍繼續追問。

「任何年紀的格里沙都能受教，」娟雅說：「阿利娜・史塔科夫一直到十七歲前都沒發現自己的力量，而她……是有史以來最強大的格里沙之一。」娟雅對著韋蘭左邊鼻孔推了一下。「年紀輕點是會比較容易，但什麼都是這樣的。孩子學語言會比較輕鬆，數學也是。」

「而且他們不害怕，」韋蘭靜靜地說：「極限是其他人教他們的。」韋蘭的目光越過娟雅肩頭，與賈斯柏的雙眼對視，像同時挑戰了賈斯柏和他自己。他說：「我看不懂字。」他的皮膚立刻冒出點點斑痕，但語調很平穩。

娟雅聳聳肩，說：「那是因為沒人花時間教你，拉夫卡有很多農民都看不懂字。」

「有很多人花時間教我，也嘗試過非常多方法。我擁有各式各樣的機會，但總之，那就是我做不到的事。」

賈斯柏能從他臉上看到焦慮，看見他爲了說出這些話付出的代價。這讓他覺得自己簡直是個懦夫。

「不過你似乎調適得不錯，」娟雅說：「撇開和這些街頭混混及狙擊手糾纏不清。」

韋蘭揚起眉毛，賈斯柏知道韋蘭是在挑戰他敢不敢開口，不過他保持安靜。**那不是天賦，是詛咒。**他走回窗邊，突然發現自己對底下街道產生濃厚興趣。**就是那個害死你媽媽的，你明白嗎？**

娟雅交替著進行改造，讓韋蘭拿鏡子引導她調整和改變。賈斯柏看了一陣子，然後上樓看看父親，給娟雅拿點茶，給韋蘭拿杯咖啡。當他回到那個黏土房間，差點掉了杯子。

韋蘭正坐在午後最後一道光中，那是眞正的韋蘭，是他第一次在皮革廠遇見的男孩，那個不小心走錯故事的迷失王子。

「如何？」娟雅說。

韋蘭緊張地擺弄著衣服上的鈕釦。

「就是他，」賈斯柏說：「這就是我們青春洋溢的落跑小商人。」

娟雅伸展身體，說：「非常好，因爲如果我得再多花一分鐘聞那些黏土，可能會發瘋。」她看起來顯然很累，但容光煥發，琥珀色的眼睛閃閃發亮。格里沙使用力量的時候看起來就是這樣。「早上再重看一次，成果會最好，但我得回大使館。而到明天，就……」她聳聳肩。

到明天，拍賣就會公布，一切就會改變。

韋蘭謝過她，一直謝、一直謝，直到她不得不親手把他們推出門外，好去找柔雅。

賈斯柏和韋蘭坐著升降梯默然無語地回到套房。賈斯柏望進主臥室，看見父親在被子上熟睡，胸口因深沉的打鼾而轟然震動。床上，他身旁散落一疊紙張。賈斯柏把紙整齊收成一疊——那是約韃的價碼、諾維贊外圍城市數畝的農場清單。

老爸，你不用幫我們收拾善後。

總有人得做。

回到起居室，韋蘭點亮了燈。「你餓嗎？」

「餓到要死，」賈斯柏說，「但老爸在睡覺，我不知道我們可不可以拉鈴叫食物。」他頭偏一側，望著韋蘭。「你有叫她幫你弄得帥一點嗎？」

韋蘭臉變成粉紅色。「也許是你忘了我有多好看了。」賈斯柏揚起一邊眉毛。「好喔，也許是有一點。」他到窗邊加入賈斯柏，和他一起望著外頭的城市。薄暮正在降下，街燈順著運河邊緣，以井然有序的陣型盞盞綻放。市警隊的巡邏清晰可見地在街道上移動，埠頭再次被各種色彩與聲音點亮。他們能安全地待在這裡多久？賈斯柏不禁猜想，鐵翼兵是否正在追蹤城市裡的格里沙，找上他們簽訂契約的家庭？即使此時此刻，蜀邯士兵依舊可能包圍著大使館——甚至這間旅館。他們能聞到十五樓之上的格里沙嗎？

他們能定時看到埠頭上方炸開煙火，賈斯柏不怎麼驚訝。他很瞭解巴瑞爾，這個地方永遠渴望更多——更多錢、更多混亂、更多暴力、更多欲求。它是老饕，而佩卡・羅林斯要將凱茲和其餘成員當成一道饗宴，一起奉上。

「我知道你剛剛在那裡是什麼意思，」賈斯柏說：「你其實不用告訴她你看不懂字。」

韋蘭從口袋拿出他的細密畫，立在邊桌上。年幼韋蘭那雙眞摯的藍眼回望他們。

「你知道……凱茲是我第一個說出……說出我的情況的人嗎？」

「竟然是他？」

「是不是？我覺得自己好像被那些句子噎住，實在太怕他會嘲笑我，或只是哈哈一笑。但他都沒做。告訴凱茲、面對我父親，讓我心中的一些什麼得到了自由。而每次我新告訴一個人，就感到更自由一點。」

賈斯柏看著一艘小船消失到贊特橋底下；幾乎沒有人了。「我並不以身爲格里沙爲恥。」

韋蘭用一根拇指撫過細密畫的邊緣，什麼也沒說，但賈斯柏看得出他想說點什麼。

「你講，」賈斯柏說：「不管你在想什麼，總之你講。」

韋蘭抬頭看他，雙眼一如賈斯柏印象中那樣清澈，完美無瑕的藍；一座高山湖，贊米無邊無際的天空。娟雅的工夫無懈可擊。「我只是不懂，我花了一輩子想把做不到的事情隱藏起來，你為什麼要逃避你明明做得到的那些厲害的事？」

賈斯柏煩躁地聳了個肩。他一直很氣父親，而原因和韋蘭所講的相去不遠，但現在，他卻豎起了防備。無論對錯，這都是他的選擇，是好久以前就決定好的。「我知道自己是誰，知道自己擅長什麼，什麼能做、什麼不能做。我只是……我就是這樣。厲害的神射手，蹩腳的賭徒。那樣難道不夠嗎？」

「是對我來說，還是對你？」

「少和我玩哲學辯證，小商人。」

「賈斯，我有想到——」

「想到我嗎？半夜三更的時候？我穿什麼？」

「我想到過你的力量，」韋蘭的臉漲得更粉紅。「你有沒有想過，很可能你的格里沙能力就是讓你這麼神準的原因之一？」

「韋蘭，你很可愛，可是喝了一小杯酒就變得超級瘋。」

「也許吧，但我看過你操縱金屬，看過你指揮它們。會不會你之所以百發百中，是因爲你也操縱了子彈呢？」

賈斯柏搖搖頭。這太扯了。他之所以神準，是因爲他在邊境長大，是因爲他很懂槍，因爲母親教他如何穩住雙手、讓心清明，像親見目標一樣去感受。他的母親，一名造物法師，一名格里沙——即使她自己從來不用那個詞。不對，不是那樣運作的。可是萬一其實是呢？

他甩開那個想法，皮膚上燃起一股動起來的需求。「你爲什麼一定要說這種話？你爲什麼就不能讓事情簡單點？」

「因爲這本來就不簡單，」韋蘭用那眞摯而簡潔的方式說。在巴瑞爾沒人這麼說話。「你就繼續假裝一切都好，繼續投入下一場戰鬥或下一場派對。你到底是擔心停下來會發生什麼事？」

賈斯柏再次聳肩。他調整衣服上的鈕釦，兩根拇指去碰左輪。每當他產生這種感覺——怒火上升、無法集中，雙手就好像有了自己的生命。他全身冒出一種癢感；他得離開這個房間。

韋蘭一手放在賈斯柏肩上。「停下。」

賈斯柏不曉得自己是想抽開身體，或把他拉近一點。

「總之，停下來，」韋蘭說：「呼吸。」

韋蘭的目光沉著，賈斯柏無法從那清澈如水的藍色之中移開眼神。他逼自己靜下來，吸入空氣，再吐出來。

「再一次。」韋蘭說，當賈斯柏張開嘴要吸另一口氣，韋蘭往前靠，吻了他。

賈斯柏腦袋一片空白。他沒想過之前發生了什麼，或之後會發生什麼，當下只有韋蘭的嘴緊貼在他唇上的現實，然後是韋蘭頸項精巧的骨骼；賈斯柏捧著他的頸背，將他拉得更近時那些鬈髮絲綢般的觸感。這是他一直等待的吻；是一聲槍響、燎原大火；是瑪卡賭輪的旋轉。賈斯柏感到自己心臟狂敲——又或者是韋蘭的？——在胸膛裡猶如百獸奔竄，而他腦中唯一的念頭，則是一個愉悅而訝異的「噢」。

慢慢緩緩、無可避免地，他們分開來。

「韋蘭，」賈斯柏望進他眼中寬廣而湛藍的天空，「我眞心希望我們能活下來。」

29 妮娜

妮娜得知娟雅不僅幫韋蘭塑形，甚至也協助凱茲時，因為沒能目睹而火大得要命。

他讓那名塑形者調整過鼻子，減輕眼睛上的腫起，讓他能看東西，再處理身上最嚴重的一些傷。但他只願意做到這樣。

「爲什麼？」妮娜問：「她其實可以——」

「她不曉得什麼時候該停。」凱茲說。

妮娜突然懷疑娟雅可能表示過能治好凱茲的跛腳。「好吧，你看起來就像巴瑞爾最爛的那種混混，」妮娜抱怨道：「你至少可以讓她清掉其餘那些瘀青吧。」

「我確實是巴瑞爾最爛的混混，而如果我看起來不像剛剛痛揍過沛・哈斯可手下最強的十個暴徒，就沒人會相信我眞的這麼做了。好了，快點開工，要是沒人收到邀請，派對就開不成。」

妮娜實在不怎麼期待這場與眾不同的派對，但第二天早上，這起公告上了所有每日公告，貼在交易所東西入口的柱子上，也釘上了市政廳大門。

他們走的是簡潔路線：

古維・育・孛，即貝蜀首席化學家孛・育・拜爾之子，受市場與格森之手之號令，在此提供他的服務與他本人的契約。他期望進行招標，並邀請各方人士參與這場自由且公平的拍賣，以四天為期，於巴特教堂遵照克爾斥法律、商會規範，及浪汐工會之監督舉辦。集會將於正午召開。格森聖明，我們於交易中見證其神力行使。

整座城市已陷入沒有任何宵禁、路障和封鎖能壓下的騷亂。八卦如疾風般穿過咖啡屋和酒館，不斷變形，並承接錢之街的沙龍乃至巴瑞爾貧民窟的新一波力量。根據凱茲新的渣滓幫手下，人們飢渴地想得知這位神祕的古維・育・孛的一切情報，而他的拍賣早被人和發生在西埠的詭異攻擊連結起來，也就是幾乎夷平兩間妓院，以及其後更得到目睹了飛人的舉報消息。伊奈許則監視著蜀邯大使館，並帶回消息，表示傳話人一整個早上不斷來回，還看見大使本人風風火火衝向碼頭，要求浪汐工會釋放他們一艘擱淺在那兒的船。

「他想讓造物法師過來，這樣才能製造黃金。」賈斯柏說。

「可憐，港口都封鎖了。」凱茲說。

進市政廳的門對外封閉，據說商會正在開緊急會議，決定究竟要不要批准拍賣。這是一場測試：他們是要遵照這城市的法律呢，還是——基於他們對古維依舊抱持懷疑——放棄並找別的方式否決他的權利？

鐘塔最頂端，妮娜和其他人一起等待，看著交易所的東邊入口。中午時，一名身穿商人黑衣的男子拿著一大疊文件靠近拱門，大批人群擁向他，從他手中搶走傳單。

「可憐的小卡爾・卓登。他很顯然是商會最資淺的成員，才被塞了這項工作。」

一會兒後，伊奈許手上抓了張傳單衝進套房大門。了不起。妮娜一直盯著卓登身旁的人群，卻完全沒瞥到她。

「他們批准拍賣了。」她把紙張遞給凱茲，他傳下去給其他人。

每張傳單上都寫著：**根據克爾斥律法，克特丹商會同意於古維・育・孛本人契約的合法拍賣會上擔任代表。格森聖明，我們於交易中見證其神力行使。**

賈斯柏吐出好長一口氣，然後看著父親。他正盡責地研究商品報告及妮娜和凱茲爲他準備的稿子。「幸好他們點了頭。」

伊奈許一手放在他手臂上。「現在改變做法還不遲。」

「太遲了，」賈斯柏說：「很久以前就已經遲了。」

妮娜什麼也沒說。她喜歡寇姆、關心賈斯柏。但這場拍賣是他們將古維弄到拉夫卡，並拯救格里沙性命最好的機會。

「商人是完美的靶子，」凱茲說：「他們有錢又聰明，也因此很好欺騙。」

「爲什麼？」韋蘭問。

「有錢人總想把自己手上的每一分錢想成是他應得的，所以往往忘了應該歸功運氣。聰明人永遠想鑽漏洞，想獲得和體系賭上一把的機會。」

「那麼最難詐騙的靶子是誰？」妮娜問。

「最難的靶子就是誠實的那種，」凱茲說：「謝天謝地，這種人向來是稀有動物。」他點了點時鐘面上的玻璃，比著卡爾・卓登。人群四散後，他仍站在交易所旁，正拿著帽子對自己搧風。「卓登從他父親那兒繼承了財產。從那時開始，作爲投資者，他膽小得不敢大量增加自己的資產。他恨不得想有機會對商會其他成員證明自己，那我們就給他這個機會。」

「我們還知道他的什麼？」妮娜問。

凱茲幾乎露出一抹微笑。「我們知道代表他的人也是我們的好朋友，也就是愛狗人士康尼利斯・斯密特。」

□

從先前監視過康尼利斯・斯密特的辦公室，他們知道這名律師一整天都有跑腿的人與客戶文件往來，收取必要的簽名，傳遞重要資訊。傳話者拿的酬勞太高，買通不了——尤其，要是一個不小心他們就是那些可怕的老實人，那就完了。

而在某種意義上，凱茲能輕鬆下餌設誘非感謝范艾克不可。安妮卡和皮恩穿上市警隊的制服，穩穩妥妥攔下斯密特的傳話者，一面搜他們的包包，一面要求看身分證件。裡頭是密封起來的機密文件，但他們的目標不是文件——只要往裡頭種下懷疑的種子、慫恿卡爾・卓登就行。

「有時候，」凱茲說，「好賊不光是拿，還會留下東西。」

韋蘭和史貝特通力合作，做出一個能壓印在封緘信封後面的戳章，製造出信封從另一份文件吸到墨水的假象，好像某個漫不經心的職員把紙張留在濕濕的地方。當傳話者送達卓登的文件，只要他稍微有一點好奇心，至少會瞥一下似乎漏墨到他裝紙張信封的字句，並且發現一些非常有意思的訊息——一封來自斯密特其他客戶的信。該客戶的名字無法辨讀，但信件很清楚是在詢問：斯密特是否聽聞過一個名叫約拿斯・瑞維德的農夫，是克爾斥和贊米約韃栽種者國際同盟的首長？他在拜金者旅館單獨和少數幾名經篩選的投資者見面，有可能介紹看看嗎？

若在古維的拍賣公開前，這情報不太能引起多少興趣。但在之後，則是能賺到大錢的情報。

甚至，早在他們用假信件當餌布置陷阱前，凱茲就讓寇姆在拜金者旅館極盡奢華的紫色餐廳與克爾斥貿易與銀行團體的各路成員一同用餐。寇姆總是坐在距所有客人好一段的地方點餐揮霍，並用說悄悄話的語調和他的客人談話。討論的內容其實人畜無害——談收成報告和利率——但是餐廳裡沒有一個人曉得。每個舉動在旅館工作人員眼中都可疑至極，因此，當商會成員來問瑞維德先生多半怎麼打發時間，他們當然說出了凱茲要的答案。

妮娜則參與了所有會議，扮演瑞維德先生的多國語言助理，一名在白玫瑰之家毀了後尋找工作的格里沙破心者。即便她渾身上下滿是用來誤導鐵翼兵感官的咖啡萃取物，光是公開坐在餐廳就使她感到赤裸而無遮掩。凱茲讓渣滓幫成員無時無刻監視旅館周遭街道，注意有無蜀邯士兵的跡象。大家都沒忘記他們在獵捕格里沙，而要是他們得知會議，妮娜絕對會成為吸引力極高的目標。只要得到能強迫服用煉粉的破心者，就表示他們能用激烈手段改變拍賣程序，而且很可能值得放手和浪汐工會敵對。然而，妮娜依舊自信地認爲，得知瑞維德身在旅館的商人一定會閉緊嘴巴。凱茲好好教了她貪婪的力量有多大，這些人必然想把每個子兒的利益都納爲己有。

妮娜也慶幸凱茲對寇姆外表下的工夫。他還是穿得像農夫，但凱茲做了些細微改善——較上等的外套、打上蠟的靴子，以及銀製領帶夾，上頭有一小塊紫水晶原石。這些是商人會注意、在乎的富者特徵——無一絲俗艷與張狂，沒有會挑起懷疑的物品。商人就如大多數男性：永遠想認爲主動發起攻勢的人是自己。

而對於妮娜，娟雅從她的收藏裡拿出耀眼的紅色柯夫塔，將藍色繡線拉出改成黑色。她和娟雅的體型大不相同，但她們想辦法打開接縫，將一些鑲片縫進去。過了這麼久又穿回正式柯夫塔感覺很怪。妮娜在白玫瑰之家穿的不過是戲服，是爲了討委託人歡心的便宜華服。而這件是正牌貨，是給第二軍團的士兵穿的，使用生絲製成，染上只有造物法師能創造出的紅色。現在她眞的有資格穿這樣的衣服嗎？

馬泰亞斯見到她時，在套房門口僵住了，藍眼中滿是驚愕。他們默然無語地站在那裡，直到他終於開口，「妳看起來好美。」

「你應該是想說我看起來好像敵人。」

「這兩者一直以來都是實話。」然後，他只是對她伸出一臂。

關於讓寇姆在這場裝模作樣的表演中扮演主角，妮娜一直很緊張。他幾乎可以算是十足的業餘人士，而在他們一開始幾場與銀行家和顧問的會面中，他整個人簡直和他的豌豆湯一樣慘綠。但隨著時間經過，他自信漸增，妮娜開始感到一絲希望萌芽。

然而仍沒有任何商會成員來見約拿斯·瑞維德。也許卓登完全沒看到假文件的痕跡，或決定不要採取行動，又或許，凱茲只是高估了他的貪婪之心。

接著，距拍賣只剩四十八小時前，約拿斯·瑞維德收到了卡爾·卓登一張紙條，表示他該日將會拜訪瑞維德先生，想來討論一樁也許能對他們雙方都有利的生意。賈斯柏努力讓他父親的心情鎮定下來，同時，凱茲也指示了安妮卡和皮恩。如果想騙卓登上鉤，就得確認有更大的魚也對這個餌感興趣。妮娜和寇姆已在早上如常於餐廳經歷一輪會面，而她盡了全力讓他不要慌張。

十一點鐘響，她瞥見兩名穿著莊重商人黑衣的男人進入餐廳。他們沒停下來問旅館老闆要去哪裡找約拿斯．瑞維德，而是直接走向他的桌子——在在證實他們一直監視著他，並且蒐集資訊。

「他們到了。」她小聲地對寇姆說。當他稍微坐挺，並開始在位置上坐立不安時，妮娜馬上後悔。

她抓住他的手。「看著我，」她說：「問我天氣如何。」

「爲什麼要問天氣？」他說，汗水一顆顆從額頭冒出。

「如果你想，也可以問我最新的鞋子流行。我是要努力讓你整個人自然一點。」而她也正在努力穩定自己的心跳。在從前，這是她連「努力」都不必就直接能做到的事——因爲她認出了和卓登一起來的人。那是楊．范艾克。

那兩人靠近桌子，取下帽子。

「瑞維德先生嗎？」

「是我。」寇姆尖聲說道。這個開頭徵兆不怎麼吉利。妮娜在桌下用能力所及最輕的力道踢了他一下，他咳了咳。「兩位紳士有何貴幹？」

他們準備時，凱茲堅持要妮娜記下所有商會家族的顏色與標誌，而妮娜認出了他們的領帶夾——卓登家是以藍色搪瓷製緞帶束起的金色麥綑，范艾克則是紅色月桂葉。不過就算沒有領帶夾，她也認得出楊・范艾克和韋蘭相似的長相。她注視著他後退的髮際線。可憐的韋蘭，看來他得在生髮藥水上做點投資了。

卓登一派正式地清清喉嚨。「我是卡爾・卓登，這位是可敬的楊・范艾克。」

「卓登先生！」寇姆說，表現出的驚訝有點誇大。「我收到了你的紙條，但很不幸，我每天的約都排滿了。」

「不曉得我們是否能占個幾分鐘談話就好？」

「我們並無意浪費您的時間，瑞維德先生，」范艾克露出意外魅力十足的笑容。「或我們的。」

「非常好，」賈斯柏的父親說，顯露出的不情不願十分有說服力。「請坐。」

「謝謝。」范艾克又露出笑容。「我們得知您是約韃耕作者國際同盟的代表。」

寇姆打量一下周遭，彷彿擔心會被人聽見。「我可能是。你怎麼得到這個訊息的？」

「恐怕就我權力範圍內不能透露。」

「他有所隱瞞。」妮娜說。

卓登和范艾克一致皺眉。

「我從您搭的船的船長那裡得知的。」范艾克說。

「他說謊。」妮娜說。

「這妳怎麼可能知道？」卓登火大地問。

「我是格里沙，」妮娜以戲劇化的抑揚頓挫語調說道：「沒有任何祕密是我不能掌握的。」

搞不好她其實很自得其樂。

卓登緊張地吸著下唇，吸得下唇都要看不到了。范艾克則不太情願地說：「的確，這些敏感資訊『有可能』是從康尼利斯．斯密特辦公室輾轉流到我們手中。」

「我明白了。」寇姆說，一副真心陰鬱的模樣。

妮娜真想給他鼓掌。現在，這兩名商人生起了戒心。

「我們想知道是否可能在您的投資者名單上增添一筆。」范艾克說。

「我用不著更多投資者了。」

「這怎麼可能？」卓登問：「你來這城市才不到一週。」

「不知怎麼，風向改變了，我不是很懂，可是突然冒出大量約韃需求。」

此時，范艾克往前傾身，雙眼稍稍瞇起。「瑞維德先生，那還眞是有意思呢。你怎麼會在如此幸運的時機出現在克特丹？爲什麼還選在這時候創立約韃國際同盟？」

眞是戒心十足呢。不過，凱茲早爲寇姆準備好了這題。

「如果你一定要問的話——幾個月前，有人開始不斷買進克夫頓周遭的約韃農場，可是沒人知道他到底是誰。我們有一些預感，覺得一定有什麼在醞釀，所以決定不賣給他，反過來建立我們自己的企業。」

「匿名買家？」卓登好奇地問，范艾克看起來有點不自在。

「沒錯，」妮娜說：「瑞維德先生和他的伙伴想找出那人的身分，但是未果。不過也許各位紳士運氣會好一點。有傳言說他是克爾斥人。」

范艾克在座位上稍往後陷了些，蒼白皮膚現在冒出些許濕黏光澤。桌上的風向再次轉換。范艾克最不希望的，就是讓任何人去查究竟是誰在買光那些約韃栽種地。妮娜輕輕用手肘推了寇姆一下。他們對商會的錢越不感興趣，商會成員就越想把錢親手奉上。

「其實呢，」寇姆繼續說，「如果你把這人的身分搞清楚，說不定反而能參與他的計畫呢——他說不定還在找投資者。」

「不了，」范艾克說，嗓音有點太過尖銳。「畢竟你就在這裡，又能代表我們的利益，爲什麼還要浪費時間精力做些無意義的搜查？人人都有權賺取自己想要的利益。」

「都一樣，」卓登說，「有可能這個投資者知道一些關於蜀邯的情況——」

范艾克對卓登投去一個警告的眼神，他很顯然不希望商會內務輕率地到處流傳。年輕的商人立刻把嘴閉上。

但接著范艾克就將手指貼在一塊兒，說：「的確，我們當然該把所有能蒐集到的資訊都弄來，我會親力親爲地去調查這所謂的買家。」

「如果是這樣，也許我們不必這麼快行動。」卓登說。

眞的很膽小，妮娜想。她瞥到安妮卡在大廳對側的信號。「瑞維德先生，差不多要到下一個預約了。」她對著大廳意有所指看了一眼。羅提——他穿了商人的黑衣，模樣幹練得出人意料——正領著一群人穿過入口、經過餐廳。

看到賈倫．瑞梅克正走過大廳，范艾克和卓登相互交換了個眼神。那人是全克爾斥最富有的投資者之一。事實上，卓登要求會面的紙條一抵達，數名投資者就受到邀請，參與一場和這位虛構的約拿斯．瑞維德毫無關係、針對贊米油業期貨的發表大會。當然，范艾克和卓登不會知道這件事。重要的是，他們相信自己可能會丟了這個投資機會。沒能去聽賈斯柏對於市場資源誇誇其談整整一小時，妮娜簡直要感到惋惜了。

她在桌下又踢了寇姆一腳。

「啊，」他急忙說道：「兩位，我得走了，很高興能——」

「股價是多少？」卓登問。

「我擔心會議要遲到了，眞的不能再和你們——」

「要是我們一起投入呢？」范艾克說。

「一起？」

「商會認爲約韃價格很快就會改變。直到最近，我們都因身爲人民公僕的角色綁手綁腳，但是將要召開的拍賣容許我們放手追求新的投資。」

「那樣合法嗎？」寇姆皺起眉頭，淋漓盡致地表現出深沉的擔憂。

「百分之百。我們被禁止影響拍賣結果，但是對你的資金投資，則完全落在合法範圍，而且能給我們兩方都帶來利益。」

「我看得出資金能讓你獲利，但是——」

「你一直在招募獨立的投資人，所以，要是商會成爲你的領導投資者呢？要是這份資金變成由我們獨占呢？商會代表克爾斥十三個最古老、最有信譽的家族，有蓬勃交易和充足資金，你同盟裡的農夫再也不會找到比這更好的合夥人。」

「我……我不知道，」寇姆說，「聽起來確實很吸引人，但是，如果我們要用這種方法把自己暴露在風險中，我就要有更認眞的保障。要是商會退出，我們會立刻失去所有投資人。」

卓登氣得頭髮都豎了起來。「沒有任何商會成員會違反合約。我們加入時會蓋上我們自己的封蠟章，並由你選擇的法官擔任見證。」

妮娜幾乎能見到范艾克腦中的齒輪轉動。無庸置疑，諾維贊的確有些農夫拒絕賣地。而今他獲得一個機會，不只能控制他買下的約鞯農地，還能加上他沒能入手的大片田地。妮娜同時也想，基於他為了找兒子讓這城市付出的金錢，有沒有可能，他也感覺到了得為商會帶來賺錢良機的壓力。

「給我們四十八小時——」范艾克開口。

寇姆露出抱歉的表情。「恐怕明晚我就得結束在這裡的事務，我已經訂好船票了。」

「港口關閉了，」范艾克說：「你哪裡也去不了。」

賈斯柏的父親用冷漠的灰眼怒視范艾克，妮娜手臂上的汗毛都豎了起來。「我很確定自己受到了欺凌，范艾克先生，我並不喜歡這樣。」

有一瞬間，范艾克與他對視，毫不動搖，但立刻被貪婪之心壓倒。

「那就二十四小時。」范艾克說。

寇姆佯裝遲疑。「二十四小時。但我不做任何承諾。我得做出對同盟最好的決定。」

「這是當然。」他們起身握手時，范艾克說。「我們只希望在有機會提出充分接手資金的理由以前，您先別做出最終決定。我想您會發現，我們提出的金額非常慷慨。」

寇姆瞥往瑞梅克走的方向。「我想我應該可以做到。各位，順心。」

妮娜轉身跟著他離開餐廳時，范艾克說：「贊尼克小姐。」

「嗯？」

「我聽說妳在白玫瑰之家以外的地方工作。」他的嘴唇微微扭曲，彷彿只是說出那間妓院的名字就等同舉止放蕩。

「我是。」

「我也聽說那裡的破心者有時會為凱茲．布瑞克工作。」

「我是幫布瑞克工作過。」妮娜輕鬆承認，畢竟主動出擊會比較好。她握住范艾克一手，並因為他幾乎整個人畏縮起來的模樣覺得痛快。「但是請相信我，如果我有他藏匿你兒子位置的任何消息，一定會告訴有關單位。」

范艾克一僵，很顯然他沒想過要把對話導往那個方向。「我……那我就謝謝妳了。」

「我真的難以想像您經歷了怎樣的痛苦。布瑞克怎能對那孩子下手？」妮娜繼續說：「我本以為您宅邸的警衛——」

「韋蘭不在家中。」

「不在嗎？」

「他在貝蘭德學音樂。」

「那他的老師對綁架的事怎麼說呢？」

「我……」范艾克不太自在地看著卓登。「他們無法理解怎麼會這樣。」

「說不定他不小心交到壞朋友？」

「說不定吧。」

「我希望他沒和凱茲·布瑞克作對。」妮娜邊說邊顫抖一下。

「韋蘭不會——」

「當然不會，」妮娜甩了甩柯夫塔的袖口，在準備離開餐廳時說：「只有笨蛋才會這麼做。」

30 凱茲

妮娜很累，凱茲看得出來。他們都一樣。即便是他，在打鬥後也別無選擇得休息一下。他的身體不聽使喚，超越了看不見的極限，就這麼直接關閉。他不記得自己怎麼睡著，也沒有作夢。上一刻，他在套房中最小的臥室仰躺休息，順過計畫中一些特別環節，下一刻，他在黑暗中醒來，驚慌不已，不確定自己身在何處，或怎麼到這裡的。

當他伸手將燈打開，感到一陣椎心刺痛。在娟雅照料他的傷時忍下她輕巧的碰觸已夠痛苦難忍，但也許，他是該讓那名塑形者再多治療一點。面前仍有漫漫長夜在等待，而這場拍賣的計謀與以前策畫過的一切都相當不同。

凱茲待在渣滓幫時見過聽過不少，但他與史鐸霍恩在日光浴室的對話則超越了一切。他們將拍賣的所有枝微末節談過一遍，要娟雅做些什麼，以及凱茲預測賭注的發展方式、增額如何。凱茲要史鐸霍恩在五千萬時加入爭奪戰，而且推測蜀邯會用增加一千萬或更多金額作爲反擊。凱茲得知道拉夫卡願意投入多少。一旦拍賣公布，就得繼續，不能有任何退縮反悔。

這位船長步步爲營，逼問他們受雇執行冰之廷任務的相關細節，以及他們是怎麼找到古維並救他出來。凱茲給這位船長足夠資訊，讓他相信古維正是孛．育．拜爾的兒子，但無意洩露他們謀略的運作機制，以及他手下團隊的眞正天賦。就凱茲所知，未來史鐸霍恩那兒可能會有些他想偷的東西。

最後，史鐸霍恩整了整他那件藍綠禮服外套的翻領，說：「好，布瑞克，很顯然你只攤出一半的眞相外加百分之百的謊，所以，看來你是非常適合這任務的人選。」

「還有一件事，」凱茲打量著這位船長斷掉的鼻子和微紅的頭髮。「在大家一起手牽手跳懸崖前，我要知道和我打交道的究竟是誰。」

史鐸霍恩揚起一眉。「我們沒有一起公路旅行，或換穿彼此衣服，但我認爲我們的自我介紹算是很文明開化了。」

「船長，你到底是誰？」

「這是一個存在主義的問題嗎？」

「沒有一個正常的賊說起話像你這樣。」

「你眞是見識淺薄。」

「我認得出富人之子的長相，而我不相信有國王會派一介平民處理這麼敏感的事務。」

「平民，」史鐸霍恩輕笑一聲，「你在政治方面竟然這麼青澀嗎？」

「交易我是熟門熟路。你到底是誰？不說實話，我的團隊就走人。」

「布瑞克，你確定這有可能嗎？現在我知道了你的計畫，身邊有世上最傳奇的兩名格里沙，加上我本身戰鬥能力也不差。」

「而我是將古維．育．孛從冰之廷活著救出來的運河老鼠。告訴我你認為自己有多少勝率。」凱茲的團隊沒那些衣服或頭銜能與拉夫卡人為敵，但他很清楚如果手上還有剩籌碼，應該投注在哪裡。

史鐸霍恩將手在身後一合，凱茲見他整個儀態微乎其微一變，雙眼原先困惑的光芒消失，換上驚人的沉著目光。平民船長個鬼。

「我們這樣講吧，」史鐸霍恩說，眼神沿著底下的克特丹街道掃視，「當然是假設：拉夫卡國王有能深入克爾斥、斐優達及蜀邯內部的情報網絡，而他相當清楚古維．育．孛對他國家未來的重要性。我們就說，這個國王除了自己不信任其他人對這項事務進行交涉，但也明白，當國家正處於動亂，他沒有子嗣，藍索夫王位繼承毫無保障之際，用自己的名字遠行將是多麼危險。」

「所以根據這個假設，」凱茲說：「我想我可以稱呼您為國王陛下。」

「以及——根據這個假設——林林總總各個假名。」這名船長對他拋來評估的眼神。「布瑞克先生，你是怎麼曉得我的身分不是真的？」

凱茲聳聳肩。「你的克爾斥語說得就像當地人——當地的有錢人，一點也不像和水手與街頭流氓混在一起。」

船長的態度微微轉變，開始全心專注在凱茲身上，原先那股悠然自得消失。此時他看起來彷彿能夠號令大軍。「布瑞克先生，」他說：「如果你不介意的話——凱茲？我的地位目前岌岌可危，雖是統御一國的國王，但國庫空虛、強敵環伺。國內也有各種勢力，只要一發現我不在，就會立刻抓住這個能放手一搏、奪取王權的機會。」

「所以你是在表示你是絕佳的人質。」

「我倒懷疑，相較於古維的項上人頭，本人的贖金可能會低很多——而這其實滿傷人的。」

「你看起來不怎麼受傷。」凱茲說。

「史鐸霍恩是我年少時創造的形象，他的名聲對我仍然有用。我不能以拉夫卡國王的身分對古維．育．孛競價。我希望你的計畫能依照你想的去發展。但是如果沒有，用那種價碼敗下陣，將被視爲外交及戰略層面極其羞辱的一大挫敗。我得以史鐸霍恩的名號參與拍賣，否則只能不參與。如果這會成爲問題——」

凱茲將雙手擱在枴杖上。「只要你別試圖誆我，就能像伊斯塔米爾的精靈王后一樣進場。」

「能有其他選項當然非常好，」他又回望城市。「布瑞克先生，這能成功嗎？還是說，我只是冒險將拉夫卡和世上所有格里沙的命運，全賭在一名花言巧語的街頭乞丐的名聲和能力上？」

「不只，」凱茲說：「你拿整個國家冒險，我們則是拿自己的命。這交易聽來頗為公平。」

拉夫卡的國王伸出一手。「一言為定？」

「一言為定。」他們握手。

「要是協定都能簽署得這麼快就好了，」他說，原本悠然自得的船長儀態有如在西埠買的面具，再次歸位。「我要去喝點什麼，洗個澡。身為人，我能承受的泥巴和骯髒程度差不多到頂了。正如反叛者對國君所言，此舉有害健康。」他把翻領上某些看不見的塵埃抖掉，晃悠著離開日光浴室。

此時，凱茲撫順頭髮，穿上外套。一名低下階層的運河老鼠竟與國王達成協議，實在令人難以置信。他想到船長的斷鼻，那讓他散發出一股嫻熟赤手空拳搏鬥的氣質。就凱茲所知，他也確實如此。但他一定經過塑形，偽裝原本的五官。畢竟，如果你的臉就印在紙幣上，要低調實在有難度。總而言之，無論是不是王家貴族，史鐸霍恩不過就是一大騙徒，唯一要緊的只有他和他的人得做好分內工作。

凱茲檢查手錶——已過午夜，比他期望得晚——然後去找妮娜。見到賈斯柏等在走廊讓他有些驚訝。

「怎麼了？」凱茲問，立刻在心中算計著可能在他睡著時出錯的一切。

「沒怎麼，」賈斯柏說：「或者說和平時差不多。」

「那你想要怎樣？」

賈斯柏吞了一口口水，說：「馬泰亞斯給了你剩下的煉粉對不對？」

「所以呢？」

「如果發生任何狀況……蜀邯一定會去拍賣會，鐵翼兵可能也會在。我們在這任務上押了太多，我不能再讓我父親失望了。我要煉粉……作爲某種安全措施。」

凱茲打量了他好長一段時間。「不行。」

「他媽的爲什麼？」

問這個合情合理。畢竟，給賈斯柏煉粉是相當明智且實際的舉動。

「比起幾塊地，你父親更在乎你。」

「但是——」

「我不會讓你把自己變成殉難烈士，賈斯，如果我們之中有誰完蛋，那就全部一起完蛋。」

「這個決定權在我身上。」

「但話說回來，我好像才是做決定的那個人，」凱茲朝起居室走去。他不打算和賈斯柏爭論，尤其是他不太確定自己一開始爲什麼拒絕。

「約迪是誰？」

凱茲停下腳步。他知道這問題遲早會來。然而，聽見自己哥哥的名字仍十分艱難。「一個我以前信任的人。」他回過頭，對上賈斯柏的灰色雙眼。「一個我不想失去的人。」

凱茲在紫色起居室發現妮娜和馬泰亞斯在沙發上熟睡。爲什麼團隊中兩個塊頭最大的人，卻選了個最小的位置睡覺？他毫無頭緒。凱茲用枴杖推了妮娜一下。她眼睛都沒睜，只是試圖把它拍開。

「太陽曬屁股了。」

「左開啦。」她的腦袋埋在馬泰亞斯的胸肌裡。

「走了，贊尼克，死人會等妳，但我不會。」

她終於把自己弄醒，穿上靴子。妮娜拋下她的紅色柯夫塔，換上在美沙洲那場一敗塗地的災難任務時的外套和褲子。馬泰亞斯看著她的每個動作，不過沒有要求陪同。他知道自己在場只會增加他們暴露的風險。

伊奈許在門口現身，他們無聲朝升降梯前進。克特丹街上正實行宵禁，但這件事避不了。他們只能仰賴運氣，以及伊奈許偵察前方路徑有無巡邏市警隊的能力。

他們從旅館後方離開，直朝製造工廠區前進，然而進展很慢。他們採取繞過封鎖的迂迴路徑，時而停下，時而再度邁開步伐，一切根據伊奈許身影消失或重新出現，對他們打信號表示等待，或於再次消失前將手一揮，示意改換路線。

最後，他們抵達停屍間。那是位於倉庫區邊界一間沒有標記的灰色石頭建築，前方有座好一陣子沒人照料的花園。只有有錢人的屍體會被帶到這兒，準備搬運到城市外圍埋葬。這不是死神駁船上一堆堆可悲的人體，然而，凱茲依舊覺得自己彷彿墜入夢魘。他想著伊奈許迴盪在白色磁磚上的嗓音。**繼續**。

停屍間裡空無一人，沉重的鐵門緊閉。他撬著鎖，回了一次頭，看著雜草叢生的花園中移動的影子。他看不見伊奈許，但很清楚她就在那裡。在他們結束這份陰森的差事前，她都會持續看守著入口。

裡頭相當陰冷，只有一盞死魂燈的藍色警示火焰作為照明。這裡有間處理室，再過去一間巨大而冰冷的石室排列著大得能容納屍體的屍櫃。整個地方瀰漫死亡氣味。

他想著伊奈許下巴下方躍動的脈搏，她肌膚在他唇下的暖意，又努力甩開那些念頭。他不希望那些記憶和這充滿腐敗氣味的空間糾纏不清。

凱茲向來無法逃開克特丹港口那晚的恐懼——當他要自己再用力一點踢水、再多吸一口氣，努力浮起來、努力活下去時，他哥哥的屍體緊緊扣在雙臂。他找到上岸的路，全心投入他和哥哥應得的復仇大業。但是夢魘拒絕退讓。凱茲曾一度認爲一定會越來越容易。在他握手或不得不進入狹窄空間時，能不必再考慮在三。然而，情況變得很糟，他甚至只是在街上與某人擦身而過，就會再次想起港口的事。他又回到死神駁船，身旁被死亡圍繞。他踢過水面，緊抓著約迪屍體這艘滑溜溜的小船，因爲太怕溺死而不敢放開。

情況越發危險。有一次，戈卡在藍色天堂喝得太醉，站都站不好，凱茲和茶壺只得把他抬回家。他們拖了他六個街區，戈卡的重心移來移去，先是沉沉地將噁心的皮膚和臭氣緊貼在凱茲身上，再啪地貼上茶壺，離開凱茲片刻——但他仍能感到那人毛茸茸的手臂貼在頸後摩擦的感覺。之後，茶壺發現凱茲在廁所縮成一團，全身是汗，不斷顫抖。他說自己是食物中毒，一面牙齒格格打顫，一面用腳頂住門不讓茶壺靠近。他不能再被人碰到了，不然絕對會完全失去理智。

第二天，他買了這輩子第一副手套——黑色的便宜貨，只要一濕就會染色。在巴瑞爾，弱點會要你的命，人們會像聞到血一樣聞到弱點。如果凱茲打算讓佩卡．羅林斯跪地求饒，就承擔不起再來一次大半夜在浴室地板顫抖。

凱茲從沒回答關於手套的問題，也絕不回應譏諷。他就是這麼戴著，日以繼夜，只在獨自一人時脫下。他告訴自己這是暫時的手段。但即便戴著手套，也沒妨礙他以高超技巧施展出各種手法，甚至比裸著雙手洗牌發牌更爲熟練。手套擋下了水，當那晚的回憶威脅著要將他往下拖，也使他不至溺斃。當他戴上手套，便感覺像將自己武裝起來，好過任何刀槍，直到遇見依茉根。

那時他十四歲，還不是沛・哈斯可的副官，但靠著累積的打鬥和詐騙給自己闖出了名號。依茉根初至巴瑞爾，比他大一歲，和澤佛特的一班人一起混，一天做好幾次吵吵鬧鬧的廉價表演，讓她無聊得要死。打從她到克特丹就一直在埠頭晃，這裡那裡打些小工，試著找門路進巴瑞爾隨便一個幫派。凱茲第一次見她，她正拿瓶子砸在一個毛手毛腳的剃刀海鷗成員頭上。然後，在沛・哈斯可讓他去負責春季打鬥賽的賭注時，她又意外出現。她有雀斑，門牙中間有縫，而且能在打鬥中堅持下來。

一天晚上，他們站在空蕩蕩的打鬥場數算那天的總金額，她用手碰了他外套的袖子，當他抬頭，她抿著嘴唇緩緩展開一個笑容，這麼一來，他就不會看見她牙齒的縫隙。

之後，凱茲躺在他於巢屋共用房間凹凸不平的床墊上，仰頭凝視漏水的天花板，想著依茉根對他微笑的模樣。她的褲子拉得很低，在臀部位置；走路時，她會側著身子，好像無論靠近什麼都稍微切了點角度。他喜歡那樣；他喜歡她。

在巴瑞爾，肉體沒有祕密可言。由於空間太過緊密，只要有機會找點樂子，人們來者不拒。渣滓幫其他男孩時常談論他們的戰績，凱茲則什麼也不說。幸運的是他幾乎是對任何事情都是什麼也不說，就一致性而言於他有利。然而他知道自己該說什麼，以及該想要什麼——而他也確實想要。某些瞬間、一閃而過的那些——身穿鈷藍色洋裝的女孩過街，衣服從肩頭滑落；有個舞者在西埠某場表演，舞動如火；他其實沒說什麼，依茉根卻笑得猶如他講了全世界最有趣的笑話。

他會伸展戴了手套的雙手，聽著室友打呼。**我可以克服**，他對自己說。他能克服這些反胃感，克服將他往下拖的水。當他得學習在賭場裡的工作，他成功了；當他決定自學理財經營，也做得出色。凱茲想起依茉根抿著嘴唇緩緩露出的微笑，做了決定。他會像征服路上每一件事那樣，也征服這個弱點。

他從小地方開始，用一些沒人注意到的動作。脫掉手套發一場三人黑莓果的牌，將手塞在枕頭底下一個晚上。然後，當沛．哈斯可派他和茶壺去修理一個欠錢的傢伙，那人叫班尼，是個微不足道的鬧事者。凱茲一直等到在巷子裡堵到他、茶壺叫凱茲架住班尼雙臂時，才脫掉手套。只是個測試，輕而易舉。

他一碰到班尼的手腕，就被一股強烈反感侵襲。但他早有準備，他會忍下來，忽視扣住班尼揹在背後的雙肘時不斷爆出的冰冷汗水。凱茲逼自己貼著班尼身體，將人固定住，同時茶壺滔滔不絕地點數他和沛．哈斯可的借貸條款，每說一句，就揍班尼的臉或肚子一下當停頓。

我沒事的，凱茲對自己說，**我處理得很好**。然而水便湧上。

這一回波浪之高，有如巴特教堂上的尖塔，抓住他、將他往下拖，強大力道使他無力逃脫。約迪在他的臂彎中，哥哥腐爛如魚肚白的屍體緊貼住他。凱茲將他推開，大口喘著氣想呼吸。

下一刻，他只知道自己靠著磚牆。班尼逃跑時，茶壺對他大吼大叫，整個天空在上方一片灰溜溜，小巷中的臭氣塞滿鼻孔，有灰塵、剩菜垃圾的臭味、強烈濃重的陳年尿味。

「布瑞克，你剛才是怎樣？」茶壺尖聲喊叫，臉因憤怒而一陣青一陣紅，鼻子還發出哨音，這本來應該很好笑的。「你就這樣讓他跑了！要是他身上有刀呢？」

凱茲只有模模糊糊的印象。班尼其實沒什麼碰到他，但不知為何，沒了手套，一切就變得很糟——皮膚的壓迫，另一具人體貼著他的那種軟軟的感覺。

「你到底有沒有在聽我說話，你這乾巴巴的可悲小混蛋？」茶壺抓住他的衣服，指節掠過頸子，讓他全身又爬過另一波反胃感。他一直搖撼到凱茲牙齒格格作響。

茶壺把本來要賞班尼的一頓狠揍轉移到凱茲身上，丟他在小巷逕自流血。你沒有資格軟弱，也不可以半途分心；幹活兒的時候不行，同夥得倚靠你時更不行。凱茲將雙手縮進袖中，一拳都沒反擊。

他費了快一小時才拖著自己離開小巷，花了好幾週才修復這對他名聲造成的損傷。在巴瑞爾，隨便一個失足都能導致重傷。他找到班尼，讓班尼恨不得給自己那頓狠揍的是茶壺。他又將手套戴回去，絕不拿下來。他變得加倍殘忍，打架也加倍凶狠。他不再費神擔心外在的正常，直接讓人目睹由內而外散發的瘋癲，其餘就讓他們去猜。誰靠太近，他就出拳揍人；誰敢出手碰他，他就打斷對方那隻手或雙手手腕，或下巴。**髒手**，他們這樣喊他。哈斯可的瘋狗。他體內的狂怒熊熊燃燒，他學會鄙視那些膽敢抱怨、膽敢乞求、膽敢說他們也受過苦的人。**讓我教教你什麼是真正的痛苦**，他會這麼說，然後用拳頭繪出一幅屬於他的圖畫。

在打鬥場，當依茉根又一次將手放在凱茲袖子上，他便死死瞪著她，瞪到那個抿嘴微笑悄然消失。她放下手，別開眼神。凱茲又回去數錢。

而此時，凱茲正拿枴杖叩著停屍間地面。

「我們快點把這件事了結。」他對妮娜說，聽著自己的字句在冰冷石頭上迴盪出過度響亮的聲音。他想盡快離開這裡。

他們各自從相對側開始，搜索屍櫃上的日期，尋找處於合適腐爛狀態的屍體。即使只是這麼一個念頭，仍一步步將他胸口的緊繃扯得更緊。有如一聲逐漸堆疊的尖叫。然而這是他腦子構想出的計畫，他也深知這會將他帶往此處。

「這裡。」妮娜說。

凱茲橫過房間朝她走去。他們站在一個屍櫃前，兩人都沒去打開。凱茲知道他們見多了死人。在巴瑞爾街頭討生活或成爲第二軍團的士兵，絕對會碰到死亡。但這不一樣。這是種墮落。最後，凱茲用手杖的烏鴉頭勾住握柄、猛地一拉。屍櫃比他預期得重，但毫無障礙地滑開。他往後一站。

「眞的確定這是個好主意？」妮娜說。

「如果有更好的，我洗耳恭聽。」凱茲說。

她吐出一口長氣，將蓋在屍體上的布打開。凱茲不禁想到蛻皮的蛇。

那是名中年男子，雙唇已因腐朽而變黑。

還是孩子時，凱茲只要經過墓園都會憋住呼吸，非常確定只要一張嘴，就會有些可怕的東西爬進去。整個空間恍若傾斜，凱茲努力地淺淺呼吸，逼自己回到現時現地。他的手指在手套中展開，感到皮革繃起，緊緊抓住掌中手杖的重量。

「不曉得他是怎麼死的。」妮娜一面凝視著死去男人臉上灰灰的皺紋，一面喃喃說道。

「孤獨死去。」凱茲望著男人被什麼東西啃了的指尖。在他的屍體被找到前，老鼠或其他寵物先對他下手。凱茲從口袋拿出自娟雅工具箱摸來的密封玻璃匣。「要多少妳儘管拿。」

□

凱茲站在寇姆套房上方的鐘塔，環視他的人馬。整座城市依舊包裹在黑暗之中，但拂曉很快會來，而他們將分頭行動：韋蘭和寇姆去空盪的麵包店等待拍賣開幕式結束；妮娜帶著手上的任務前去巴瑞爾；伊奈許則前往她在巴特教堂屋頂的位置待命。

凱茲會和馬泰亞斯與古維一起下去交易所前方的廣場，和那些全副武裝將護送他們進入教堂的市警隊小組見面。凱茲不禁想，范艾克的手下竟得保護巴瑞爾的混蛋，不曉得他感覺如何。

這是這些天來他最像自己的時刻。范艾克家那場埋伏殺他個措手不及，他完全沒想過佩卡·羅林斯會以那種方式再次登場。此事帶給他的羞辱、約迪的記憶以強大力道重新回歸，這一切都讓他毫無準備。

你讓我失望了。他哥哥的聲音具現腦中，前所未有地響亮。**你像以前那樣又被他給耍了。**

凱茲用他哥哥的名字喊了賈斯柏，眞是嚴重說溜嘴。但也許，他是想懲罰他們兩個。現在，凱茲比約迪被王后的瘟疫女士擊敗那時還要大，能夠回顧他哥哥的自尊、對於一步登天的飢渴。

你讓我失望了，約迪。你明明年紀更大，應該要更聰明才是。

他想到伊奈許問，**都沒有人能保護你們嗎？**他記得約迪在橋上，坐在他旁邊，生氣蓬勃地微笑著，他們的雙腳在下方水中映出倒影，他戴了無指手套的雙手捧著熱可可的杯子，散發暖意。

我們應該要照顧彼此的。

他們曾是兩個農家男孩，想念著父親，迷失在這城市。就是因爲這樣，佩卡才能趁隙而入。不只是錢的誘惑，他給了他們一個新的家。一個做燉菜給他們的假妻子，一個和凱茲一起玩的假女兒。佩卡．羅林斯引誘了他們，用溫暖火光和承諾他們失去的人生。

而最終，也是那個將他們摧毀：對於永遠得不到的事物的渴求。

他掃視那些和他並肩戰鬥、揮灑熱血的人的臉龐。他曾對他們撒謊，也受過他們欺騙；他將他們帶入地獄，又再將他們拖出來。

凱茲雙手擱在手杖上，背對著城市。「對於這一天，我們想要的都不同。自由、贖罪——」

「又冷又硬的金子？」賈斯柏表示。

「很多很多金子。有非常多人打算阻擋我們——范艾克、商會、佩卡．羅林斯和他手下的蠢蛋、幾個國家，還有這座諸聖遺棄的城市裡的大半市民。」

「是說不是應該走激勵人心的路線嗎？」妮娜問。

「他們不曉得——並不眞正曉得我們是誰。他們不知道我們做了什麼，或一起策畫了什麼，」凱茲用手杖在地面敲了敲。「所以，就讓他們搞清楚，這些傢伙他媽的找碴找錯人了。」

31 韋蘭

我在這裡做什麼？

韋蘭朝洗臉盆俯身，將冷水潑到臉上。再幾小時拍賣就要開始了。他們會在黎明前拋下旅館套房。這是必要之舉，這樣一來，若有人在拍賣後來找約拿斯・瑞維德，就會發現他早離開了。

他看了浴室的鍍金鏡子最後一眼。那張回望他的面目再次變得熟悉，但他究竟是誰？一名罪犯？一個逃家小鬼？一個爆破能力尚可的孩子——也許比尚可再好一些？

我是瑪萊雅・漢卓克斯的兒子。

他想到母親，孤單一人，和她有殘缺的孩子一同遭到拋棄。難道她年紀眞的不夠輕、不能再生個適合的繼承人嗎？難道他的父親就算明白這些，也想永遠地擺脫韋蘭曾經存在的一切證據？

我在這裡做什麼？

但他知道答案：爲了親眼見父親因自己幹出的事受罰，爲了親眼看母親得到自由。

韋蘭檢視鏡中的自己。那是他父親的眼睛，他母親的鬈髮。暫時變成別人感覺是挺不錯，能忘記自己是范艾克家的人，但他不想再隱藏了。打從派爾的手緊掐住他的喉嚨開始，他就不斷逃亡。又或者，在很久以前逃跑就開始了，當他坐在食物儲藏室，或蜷著身體躲在窗簾後方那道可以坐人的窗台，希望所有人把他忘了，希望奶媽直接回家，希望他的家教永遠別來的那些下午。從那時就開始了。

他的父親要韋蘭消失，和他讓韋蘭母親消失的方式如出一轍，而且是永永遠遠，韋蘭從前也這麼想。這一切在他來到巴瑞爾、瞭解自己還是有價值之後，就開始變了。

楊・范艾克的願望不會成眞。韋蘭哪裡也不會去。

「我是爲了她留在這裡的。」他對著鏡子說。

然而，鏡中那名臉頰紅潤的男孩似乎不那麼確定。

□

皮恩帶著韋蘭和寇姆從旅館後面出去時，太陽才剛要升起。他們經歷連串讓人頭暈腦脹的轉彎，來到交易所前方廣場。珀斯街的麵包店通常在這時間早已開店，準備服務前往交易所的生意人和商人。但這場拍賣顚覆了日常慣例，麵包師傅關了店，也許是想搶到座位，親睹拍賣進行。

他們站在無人廣場的一扇門口前，皮恩笨拙地處理著鎖，等待時間久到令人難以忍受。韋蘭理解自己太習慣凱茲闖空門時的快手快腳，接著，門發出一個過度響亮的匡噹聲後打了開來，他們進入裡頭。

「無人送葬。」皮恩說。但韋蘭還來不及回應，他已消失在門外。

麵包店的展示櫃空蕩蕩，不過仍殘留麵包和糖的氣味。韋蘭和寇姆逕自背靠著架子坐在地上，努力讓自己舒服點。凱茲給了嚴格的指示，而韋蘭並不打算置之不理。約拿斯・瑞維德永遠不能再在城市中遭人目睹，韋蘭也非常清楚，如果他父親抓到他這個兒子在克特丹街頭晃蕩，會做出什麼事。

他們默然無語坐了好幾小時，寇姆打起瞌睡，韋蘭自顧自哼著歌，那是浮現在腦中有一陣子的旋律；這曲子將要有一點打擊樂，像槍聲一樣劈啪碰咚的聲音。

他謹慎地透過窗戶瞥了一眼，見到幾人朝巴特教堂走，椋鳥從廣場飛起。那裡，也就是不到幾百碼外的地方，正是交易所入口。他根本不用可以讀出拱門上刻字的能力，早聽父親重複過無數次：*Enjent*、*Voorhent*、*Almhent*：勤勉、誠信、繁盛。楊・范艾克倒是將三者之二表現得相當不錯。

韋蘭一直到他開口說話，才發現寇姆醒了。「那天在墳墓，你為什麼幫我兒子撒謊？」

韋蘭又俯身回到地板，小心地選擇用字遣詞。「我想我很清楚把事情搞砸是什麼感覺。」

寇姆嘆了口氣。「賈斯柏搞砸了很多事。他又魯莽又愚蠢，而且每次要是搜索狀沒成立，他就只當笑話，但是……」韋蘭等待著。「我想要說的是，他的確是個麻煩——很大的麻煩。但他還是值得。」

「我——」

「而他變成現在這個樣子都是我的錯。我想保護他，但也許在他肩上壓了個比我在外頭看到的那些潛在危險還糟的東西。」即便只有微弱晨光透過麵包店窗戶射入，韋蘭也看得出寇姆多疲倦。「我犯了很大的錯。」

韋蘭用手指在地上畫了條線。「你讓他有人能求助——不管他做了什麼，或什麼事情出了錯。我想這可以抵消任何大錯。」

「你瞧，所以他才這麼喜歡你。我知道、我知道——這不關我的事，我也不曉得他對你到底是不是好事，他可能只會讓你產生十種不同的頭痛。但我想，你對他而言應該是好事。」

韋蘭的臉熱了起來。他知道寇姆有多愛賈斯柏，他能從對方每個舉動看出來。寇姆認為韋蘭對自己兒子來說是好事，其中意義非凡。

一個聲音從送貨口附近傳來，兩人都僵住了。

韋蘭起身，心臟狂跳。「記住，」他小聲地對寇姆說：「躲好。」

他經過烤爐，走向麵包店後方。這兒味道更濃，也更漆黑。不過這裡沒人，虛驚一場。

「不是——」

送貨口的門飛開，有一雙手從後方抓住韋蘭，他的腦袋被往後扯，被逼著張開嘴巴、塞進破布，有個袋子套到了他頭上。

「嘿，小商人，」一個他不認得的低沉聲音說：「準備要和你的爹地重逢了嗎？」

他們將他的雙臂往後扭，拖過麵包店送貨口的門，韋蘭腳步踉蹌，只能勉強站穩，不但看不見，也沒辦法確定自己在哪裡。他摔倒了，雙膝痛苦地敲在鵝卵石地上，又被扯著站起來。

「別逼我抬你啊小商人，這樣做是沒錢拿的。」

「這裡，」同夥中有個女孩說。「佩卡在教堂南側。」

「站住，」一個新的聲音說，「你們抓了什麼人？」

語調中帶著權威感。**市警隊**。韋蘭想。

「范艾克議員會很開心看到的人。」

「是凱茲·布瑞克的同夥嗎？」

「勸你像個聽話的巡邏隊員乖乖走開，去告訴他一角獅準備了禮物在戰爭禮拜堂等著。」

韋蘭聽見稍遠處有人群的聲音。他們在教堂附近嗎？一會兒後，他被粗暴地往前拉，聲音再次改變。他們在室內，空氣較冷，光線也較昏暗。他被拖上另一道階梯，脛骨敲在階梯邊緣，接著被推到椅子上，雙手綁在身後。

他聽見腳步聲從樓梯上來；門打開的聲音。

「我們抓到他了。」同一個低沉的聲音說。

「哪裡抓到的？」韋蘭心臟跳得斷斷續續。唸出來啊，韋蘭，就連只有你一半年紀的小孩都能輕鬆讀懂。他還以為自己做好了萬全心理準備。

「布瑞克把他藏在幾個街區外的麵包店裡。」

「你怎麼找到他的？」

「佩卡讓我們去搜那一區，猜想布瑞克可能打算在拍賣上搞些名堂。」

「他果然打算羞辱我一番。」范艾克說。

袋子從韋蘭頭上扯下，他直直望著自己父親的臉。

范艾克搖搖頭。「我每次覺得你已經不可能再讓我失望，你都會證明我錯了。」

他們身處一個上方蓋了圓頂的小禮拜堂，牆上油畫的主題是戰爭場景及一堆堆軍備。這座禮拜堂一定是由製造武器的家族捐贈。

過去幾天，韋蘭一直在研究巴特教堂的內部配置，和伊奈許一起製作屋頂壁龕與凹處的圖，描繪教堂與代表格森之手長長手指的中殿。他非常清楚自己身在何處：格森小指頭末端的禮拜堂之一。地面鋪了地毯，唯一的門通往階梯，單一窗戶開在屋頂。即便他嘴巴沒被塞著，他很懷疑除了那些圖畫，有任何人能聽見他喊救命。范艾克身後站了兩個人：一個穿著條紋褲的女孩，黃色頭髮從腦袋一半以下剃去；以及穿著格紋和吊帶的矮胖男孩。兩人都戴了紫色臂帶，表示都是市警隊的代理隊員，這兩人身上也都有一角獅的刺青。

男孩咧嘴一笑。「要我去叫佩卡嗎？」他問范艾克。

「沒必要。我要他專心盯著拍賣的準備。而這個呢，我比較偏好自己處理。」范艾克俯身靠近。「孩子，聽好，有人看到幻影和其中一個格里沙三巨頭在一起。我知道布瑞克在和拉夫卡合作。即便你有那麼多短處，身上依舊流著我的血。告訴我他在計畫什麼，我就確保你會受到妥善照顧。你會有零用錢，可以去別的地方舒服生活。現在，我要拿掉你嘴巴塞的東西，如果你尖叫，我就讓佩卡的朋友任意處置你，聽懂了嗎？」

韋蘭點點頭。他的父親將破布從他口中扯掉。

韋蘭用舌頭舔過嘴唇，對著父親的臉啐了一口。

范艾克從口袋抽出一條有花押字的雪白手帕，上頭繡了紅色月桂葉。「就一個可說目不識丁的男孩來說，算是很恰當的反擊。」他把口水從臉上擦掉。「我們再試一次：告訴我布瑞克和拉夫卡人在計畫什麼，我可能會留你一條小命。」

「就像你留著母親的一條小命？」

他父親微微一縮，幾乎難以察覺，有如牽線木偶的繩子被拉了一下，然後便下場休息。

范艾克將那條被弄髒的手帕摺了兩次收起來，對著男孩和女孩點點頭。「你們隨意，拍賣不到一小時就要開始，我要在那之前得到答案。」

「把他架起來，」矮胖男孩對女孩說。她將韋蘭拖著站起，男孩從口袋順出一對銅製手指虎。「之後他就不會那麼好看了。」

「誰在乎？」范艾克聳了個肩。「總之你得讓他保持清醒，我要情報。」

男孩一臉懷疑地審視著韋蘭。「小商人，你確定要這樣嗎？」

韋蘭拚命擠出從妮娜學來的虛張聲勢、從馬泰亞斯學到的意志力、研究凱茲得到的專注、從伊奈許那裡學的勇氣，還有從賈斯柏身上學來那股不知從何而來的脫韁希望，相信無論機率如何，他們就是會贏。「我不會開口的。」他說。

第一擊粉碎了他兩根肋骨，第二擊讓他咳出鮮血。

「也許我們應該折斷你手指，這樣你就不能再吹那可憎的長笛了。」范艾克表示。

*我是爲了她留在這裡的，*韋蘭提醒自己。*爲了她。*

最終，他不是妮娜，也不是馬泰亞斯，或凱茲，或伊奈許或賈斯柏。他只是韋蘭・范艾克。他什麼都告訴了他們。

32 伊奈許

要在今天早上進入巴特教堂並非易事。由於它位在交易所和珀斯運河附近，屋頂並不和其他相接，而當伊奈許抵達，多個入口早被守衛團團包圍。但她可是幻影，天生擅長找出大家看不到的地方，以及沒人想過要找的角落和縫隙。

拍賣時不能將任何武器帶進巴特教堂，因此，賈斯柏的步槍正穩穩揹在她背上。她一直在無人能見之處等待，直到瞥見一群市警隊巡邏員將裝滿木材的推車推向教堂巨大的雙開門。伊奈許推測那是用來建造台子，或在代表五指的中殿製作路障。她等到推車停下才將兜帽塞進短上衣，這麼一來才不會在地面拖出痕跡，接著溜到車底。她緊扣住車軸，身體距底下的鵝卵石僅有幾呎，讓他們直接把她推上中央走道。抵達祭壇前她先下地，一個打滾竄進教堂長椅之間，以毫釐之差躲過推車輪子。

她匍匐爬過廣大的教堂時，肚子底下貼著的地板是冰冷石頭。她在走道盡頭稍等，再一個箭步衝到西拱廊的廊柱之一後方。她一個柱子、一個柱子移動，接著溜進將把她帶到位於拇指小禮拜堂的中殿，再次改成匍匐之姿，就能利用中殿的長椅當掩護。她不知道守衛可能會在哪裡巡邏，但實在不想單單因為在教堂中晃蕩而遭逮。

她抵達第一座禮拜堂，爬樓梯到上方的橘色禮拜堂。這裡的祭壇打造成金色，仿造成一箱箱橘子及其他異國水果的模樣。這裡裱了一幅狄卡浦油畫，展示身著黑衣的商人一家，被格森之手抱在懷中，懸在柑橘林園上方。

她攀上祭壇，躍上禮拜堂圓頂，緊抓其上，幾乎呈現倒掛狀態。她一到達穹頂中央，就將背卡進那個像小帽子一樣冠在大圓頂上的小圓頂。雖然她不認為在這裡會被人聽見，依舊等到教堂開始鋸木頭和敲釘子，才將一腳移到一扇讓光線照進禮拜堂的細長玻璃窗前，用力一踢。第二踢時，玻璃碎裂，向外噴飛。伊奈許用袖子將手蓋住，清掉多餘碎片，慢慢擠上圓頂頂部。她將一條攀爬繩緊綁在窗戶，從圓頂側面垂降到中殿屋頂。她把賈斯柏的步槍留在那兒，不希望那把槍害自己失去平衡。

她正在格森的拇指上頭，清晨大霧已開始被日光燒散，她能感到今天將是炎熱的一日。她順著拇指回到主教堂建得陡峭山牆的尖塔，再次開始攀爬。

這是教堂最高的部分，可是她十分熟悉地形，這表示行動會比較容易。在克特丹所有屋頂中，教堂是伊奈許的最愛。她其實沒有必要去認識它的輪廓。雖然，若工作有需要，她有太多地方可觀察交易所或珀斯運河，然而她總是選擇巴特教堂。這裡的尖塔幾乎能從克特丹任何一處看到，屋頂的銅片許久以前就轉綠，並且十字交錯著金屬漩渦雕飾的脊線，隨處都有完美的抓握處，而且有充分掩護。這裡就像城市中無人得見的詭譎灰綠仙境。

她心中那個走高空鋼索的人格正在想像踩著架在最高尖塔間的繩索上奔跑。**誰敢親自挑戰死神？我敢。**克爾斥很可能認爲在他們的教堂上表演雜技簡直是瀆神。除非她收入場券。

在伊奈許和韋蘭畫教堂配置圖時一致同意的位置，她裝上凱茲稱之爲「保險」的爆裂物。只有凱茲才會把混亂當成安全措施。炸彈本來只是要弄出點聲音，可是難免造成傷害。但話說回來，如果出了錯，要來點聲東擊西，它們總是會在。

當她完成，便來到能俯瞰半圓壁龕及教堂廣大中殿的金屬裝置之一棲身。在這個地方，除了一整排寬廣的橫木和紗網隔在中間，她和活動的進行可說毫無障礙。有時候，她來這裡只爲聽聽教堂風琴的音樂，或引吭高唱的歌聲。高高位於城市之上，管風琴奏出的和弦回音響徹石頭，她感到自己與諸聖更加靠近。

此處音響效果之好，如果她想，甚至能聽清布道的每一個字，但她選擇忽略那部分。格森並非她的神，她也沒打算學習該怎麼將他侍奉得更好。她也不喜歡格森的祭壇——一點也不優雅，只是一大塊平平的石頭，周遭建起教堂將之包圍。有人稱之爲第一鍛造所，其他人則喊作聖缽，但在今日，那將被用來當成拍賣的舞台。這使得伊奈許腹中翻攪。她本該身負契約，以自己的自由意志來到克爾斥——文件上的確是這麼說。他們沒說的是她遭到綁架的故事、在奴隸船腹中的恐懼、在希琳姨手上承受的羞辱，或她是如何悲慘地活在艷之園。克爾斥建立在交易之上，但有多少交易的貨品其實是人？格森的神職人員也許會站在那祭壇上對販奴表示責難，但這城市有多大的部分建立在風化場所的稅收？他的會眾有多少成員雇用幾乎無法說克爾斥語的男孩女孩，鎮日為了償還好似永遠不會減少的債務，刷著地板、摺洗好的衣服賺取微薄金錢？

如果伊奈許得到她的錢和船，可能會竭盡全力改變那一切。如果她活過今天。在心中，她想像著他們每一個人，凱茲、妮娜、馬泰亞斯、賈斯柏、韋蘭和古維——他幾乎無力改變自己的人生方向——肩並著肩棲身鋼索，搖晃不穩，生命與彼此的希望及信仰拴在一起。佩卡會在下方教堂鬼祟徘徊，而她懷疑丹亞莎也會在不遠處。她將那名一身象牙白加琥珀色的女孩稱為自己的暗影。但也許，她也是某種徵兆，提醒伊奈許自己天生不適合這般人生。但話又說回來，教她不要將這座城市當成家，而丹亞莎是此處的入侵者，實在很難。

此時，伊奈許看著守衛在教堂地面層進行最後一次檢查，搜索所有角落與禮拜堂。她知道他們可能會派幾名勇敢的士兵上屋頂搜索，但這裡能躲的地方很多，如果有必要，她可以輕輕鬆鬆溜回拇指禮拜堂的圓頂，等到他們離開。

守衛站定崗位，伊奈許聽見隊長從幾名商會成員要坐在台上的位置發號施令。她瞥到那名被帶來檢查古維身體狀況的大學醫士，也看見一名守衛將拍賣主持人要站的講台推到定位。當她瞥見幾名一角獅成員和守衛一同走在走道上，不禁湧上一股惱怒。他們挺著胸膛，享受這新到手的職權，相互炫耀手臂上代表市警隊的紫色臂帶，哈哈大笑。真正的市警隊看起來則不怎麼高興，而伊奈許看見商會成員中至少有兩人用警戒的眼光觀察著整個過程。他們會不會在想，竟容一堆巴瑞爾地痞流氓當上代理，是否有點超出原先預期？雖說是范艾克帶著羅林斯起了這個頭，但伊奈許不認為巴瑞爾之王會讓他當那麼久的老大。

伊奈許掃視一路延伸到港口和黑色方尖碑的天際線。關於浪汐工會，妮娜說的沒錯，他們似乎更愛與世隔絕地躲在瞭望塔中。雖然，工會的身分無人知曉，伊奈許推測這些人可能正坐在教堂中。她望向巴瑞爾，希望妮娜平安，還沒有被發現。教堂密密麻麻擠滿市警隊，正好表示街上更容易通行。

到了下午，教堂長椅開始坐滿好奇的旁觀者——身穿粗布衣的店家老闆，剛從埠頭過來、穿戴上最高級巴瑞爾艷麗華服的看熱鬧人士，滿臉橫肉的大漢，一群群包得一身黑的商人，有些有妻子陪同，她們的蒼白臉面在白色蕾絲領上方不停擺動，頭上頂著髮辮。

下一個進場的是斐優達外交使節，他們一身銀白，身邊包圍著身穿黑色制服的獵巫人，他們個個一頭金髮、皮膚散發金光，單是體格就令人卻步。伊奈許猜想馬泰亞斯一定有認識其中幾個男人，或男孩。他曾同他們服役。而今，他被打上叛徒印記，再次看到他們不曉得是什麼心情。

贊米代表團隨之抵達，他們臀部位置的槍帶空盪，被迫在門口放棄武器。這群人身高與獵巫人相當，但體型更瘦，有些膚色和她一樣古銅，其他則像賈斯柏一樣是深棕色。有些剃光了髮，其他則綁成粗辮、盤起髮髻。而伊奈許在最後兩排贊米人之間瞥見塞在那兒的賈斯柏。難得一次他不是人群中最高的一個，而他上了蠟的棉布長大衣領子在下巴旁邊翻起，外加一頂壓低過耳的帽子，幾乎要認不出他來——至少伊奈許是這麼希望。

當拉夫卡人抵達，室內的嘈雜拔高變成吼叫。在這群生意人、商人和巴瑞爾無賴眼中，這樣盛大且國際性的出場，不曉得究竟代表什麼意義？

一名身穿藍綠色禮服大衣的男子領著拉夫卡代表團進場，周遭圍繞大批穿淺藍軍裝的拉夫卡士兵。這鐵定是傳說中的史鐸霍恩。他一派純然的自信，兩側分別是柔雅·納夏蘭斯基，以及娟雅·沙芬。他的步伐輕鬆、悠然自得，好像只是在自己某艘船上散心。也許有機會她是該見見這些拉夫卡人。和史鐸霍恩的船員一起待上一個月搞不好能學到點什麼。

斐優達人起身，當獵巫人與拉夫卡士兵互相瞪視，伊奈許還以爲打鬥可能一觸即發，但商會的兩名成員立刻衝上前，一隊市警隊員也上來支援。

「克爾斥是中立地區，」一名商人拔高了聲音，緊張兮兮地提醒他們。「我們在這裡是要做生意，不是要打仗。」

「只要有人破壞巴特教堂的神聖，就不准參與競標。」另一人堅持道，黑色衣袖拍振。

「你們那個沒用的國王爲什麼派個骯髒的海盜來幫他出價？」斐優達大使嘲諷地說，字句鏗鏘有力，迴盪整座教堂。

「民船船長，」史鐸霍恩出言糾正。「我想他應該是覺得帥氣長相能讓我占點優勢。應該和從哪裡來沒關係，對吧？」

「搔首弄姿的可笑孔雀，你們這群又臭又髒的格里沙。」

史鐸霍恩嗅嗅空氣。「你竟然能在臭死人的冰塊和近親交配的惡習中聞到東西？我太驚訝了。」

大使臉一陣紫，他的一個同僚急忙把他拉開。

伊奈許翻了翻白眼。這些人比那堆在埠頭擺牌叫陣的巴瑞爾幫派老大還糟。

斐優達人和拉夫卡人怒氣衝天、抱怨連連地在走道兩邊各自坐下，接著是開利代表團有些張揚地入場。但沒過多久，當有人喊著「蜀邯人！」時，所有人又再次站起。

蜀邯人進場時，所有目光都轉向教堂巨大的雙開門，一幅幅上頭印了馬匹與鑰匙的紅色旗幟湧入，他們的橄欖色制服皆飾以金色，人在走道上行進，臉則毫無表情。接著他們停下，同時，蜀邯大使火大地爭論他的代表團應該坐在最前方，讓拉夫卡人和斐優達人坐在更靠近台子的位置，等同給他們優先權。他們之中有鐵翼兵嗎？伊奈許抬眼望著蒼白的春日天空。她不喜歡被長翅膀的士兵從原地拔起飛天的想法。

最終，本來不曉得躲在台上哪兒的范艾克大步踏上走道，厲聲說：「如果你們想坐在最前面，就該拋棄這種浮誇的入場方式、準時抵達。」

蜀邯人和克爾斥人又這樣來來回回了一陣子，最後，蜀邯接受了他們的座位。其餘群眾開始吱吱喳喳、竊竊私語，投去推測的目光。大多數人都不曉得古維值多少錢，或只聽過某個叫作約韃煉粉的藥的謠言。因此，對於一個蜀邯男孩為什麼能吸引到這些出價者，他們只能自己瞎猜原因。少數幾名打算出價的商人坐在前排，此時正在相互聳肩，一臉困惑地搖著頭。很顯然，這不是一場給普通人玩的遊戲。

拜金者旅館的鐘塔之後，教堂敲起三點鐘響。一陣死寂罩下。商會在台上聚集，接著，伊奈許看見室內的每一顆頭都轉了過去。教堂的巨大雙開門打開，古維．育．孛進來，兩旁由凱茲和馬泰亞斯，以及一名全副武裝的市警隊護送。馬泰亞斯做簡潔的生意人打扮，然而不知怎麼，看起來還是像個昂然行進的軍人。凱茲則帶著黑青的眼睛和裂開的嘴唇，儘管他的一身黑衣剪裁依舊俐落，但不如以往那樣可敬。

喊叫聲立刻響起，但最大聲的騷動是誰造成的不得而知。全城最炙手可熱的通緝要犯正大步走在巴特教堂的中央走道。第一眼看見凱茲，鎮守整個教堂的一角獅成員就開始發出噓聲，馬泰亞斯立刻認出了他的獵巫人弟兄，他們正喊著一些斐優達語，伊奈許推測應該是侮辱。

拍賣的神聖性將保護凱茲和馬泰亞斯，但只會到最後一聲拍賣木槌落下。即便那樣，他們似乎連一點也不擔心。兩人挺直了背，直視前方行進。古維安安穩穩夾在他們中間。

但古維狀態就沒那麼好了。蜀邯尖喊著同一個字，一遍又一遍，*sheyao*，*sheyao*，而不管那是什麼意思，每喊一聲，古維似乎就更縮成一團。

這城市的拍賣主持人靠近高起的講台，在祭壇旁的台前站好定位。是賈倫．瑞梅克，他們邀來參加賈斯柏那個莫名其妙油業期貨發表會的一名投資者。在伊奈許爲凱茲做的調查中，她知道這人嚴謹誠實，是個虔誠之人，除了同樣虔誠、將所有時間花在刷洗公共建築的地板以服事格森的姊姊，沒有別的家人。他很蒼白，兩道濃密橘眉外加駝背，讓他看起來活像隻巨大蝦子。

伊奈許掃視過教堂波浪起伏的尖塔，從格森神手掌放射延伸出去的手指中殿。屋頂上依舊沒人巡邏。這簡直算是羞辱人了。但也許佩卡．羅林斯和楊．范艾克對她有別的盤算。

瑞梅克怒氣沖沖地猛敲三下小木槌。「守秩序！」他大喝道。整個空間中的喧鬧才降成不滿的低語。

古維，凱茲和馬泰亞斯上了台，在台邊就坐。凱茲和馬泰亞斯稍稍擋住仍在顫抖的古維。

瑞梅克等到眾人完全安靜後才開始朗誦拍賣規則，接著是古維提出的契約條款。伊奈許瞥了瞥范艾克。和自己尋求這麼久的大獎離這麼近，不曉得他心中什麼感受？他一臉沾沾自喜，而且飢渴。**他已在盤算下一步了**，伊奈許領悟。只要拉夫卡還沒有贏下競標——而在他們資金耗盡的情況下絕無可能——范艾克將願望成眞：約韃煉粉的祕密散播到全世界，約韃價格攀升至無法想像的高價。而在他祕密的私人股分外加對約拿斯·瑞維德掌管的約韃國際聯盟的投資……他將會富有得超越一切想像。

瑞梅克揮手招來大學醫士上前，那人的腦袋光禿閃亮。對方把了古維的脈搏，測量他的身高，聽他肺臟的聲音，檢查他的舌頭牙齒。這個景象極度詭異，與伊奈許在奴隸船甲板上被希琳姨戳戳刺刺的記憶太過相似，令人很不舒服。

醫士檢查完畢，闔上袋子。

「請宣布結果。」瑞梅克說。

「這位男孩身體健康。」

瑞梅克轉向古維。「你是憑自由意志同意遵守這場拍賣的規則與其結果嗎？」

就算古維回答了，伊奈許也聽不見。

「大聲點，孩子。」

古維又試了一次。「我是。」

「那麼就讓我們繼續。」醫士退下，瑞梅克再次舉起小木槌。「古維·育·孛憑自由意志同意遵守以下事項，並在此將他的服務提供給由格森之手決定的公正價格。所有出價都以克魯格爲單位，出價者若無喊價，得依示保持安靜。若對拍賣進行任何干擾，任何未能基於誠實的出價，將受到克爾斥法律最大程度的懲罰。拍賣將從一百萬克魯格起價。」他暫停一下，「以格森之名，拍賣正式開始。」

接著好戲上場，吵吵鬧鬧的一堆數字，伊奈許幾乎跟不上，瑞梅克每聽見一次出價就猛敲一次槌子，斷續高吼、重複出價。價碼一路攀升。

「五百萬克魯格！」蜀邯大使吼道。

「五百萬一次，」瑞梅克重複。「有沒有人出六百萬？」

「六百萬。」斐優達人應聲。

瑞梅克的咆哮像子彈殼般在教堂牆壁四處彈射。史鐸霍恩靜靜等待，讓斐優達和蜀邯你來我往地喊價，贊米代表團不時以謹慎的額度將價碼往上加，試著慢下出價的衝勢，開利人則一聲不吭坐在他們的椅子上，觀察整個進展。伊奈許不禁在想他們究竟知道多少，是不情願，或只是沒有能力出價。

人們現在完全坐不住，都站了起來。今天風和日麗，但教堂裡的這場活動似乎將溫度催得更高。伊奈許能看到人們開始拿手搧風，就連那些活像嘈雜陪審團的商會成員都開始擦額頭。

當價碼來到四千萬克魯格，史鐸霍恩終於舉起手。

「五千萬克魯格。」他說完，巴特教堂陷入死寂。

就連瑞梅克都暫停，原本冷冰冰的姿態動搖，然後才重複：「拉夫卡代表團五千萬克魯格。」商會成員開始以手掩嘴、相互竊竊私語，無疑因為將從古維的價碼賺到的佣金驚愕萬分。

「還有其他出價嗎？」瑞梅克問。

蜀邯人一陣協商，斐優達人也是，不過雖說是討論，但似乎更像爭執。贊米顯然在等著看接下來會發生什麼事。

「六千萬克魯格。」蜀邯宣布。

以增加一千萬反擊，正如凱茲預期。

斐優達人跟著出價，六千零二十萬。你完全可以看到增加這麼小幅的金額有多麼傷他們自尊心，但贊米似乎也迫切想讓這喊價冷卻。他們出價六千零五十萬。

拍賣的節奏改變了，以較慢的步調爬升，在六千兩百萬以下游移，直到最後的里程碑也被衝破，蜀邯似乎失去了耐性。

「七千萬克魯格。」蜀邯大使說。

「八千萬。」史鐸霍恩說。

「九千萬。」現在蜀邯根本懶得等瑞梅克了。

即便從伊奈許棲身的地方，她也能看見古維蒼白而陷入驚恐的臉。這數字實在爬得太高也太快了。

「九千一百萬。」史鐸霍恩現在才試圖緩下步調。

蜀邯大使彷彿已厭倦整場遊戲，上前一步，放聲一吼。「一億一千萬克魯格。」

「蜀邯代表團一億一千萬克魯格，」瑞梅克高喊，原本的冷靜被這金額消滅殆盡。「還有其他出價嗎？」

巴特教堂陷入死寂，彷彿聚集在此的每一個人都低下頭祈禱。

史鐸霍恩發出一聲粗啞尖刺的笑，聳聳肩。「一億兩千萬克魯格。」

伊奈許嘴唇咬了一個太大力，都流血了。

碰。巨大的雙開門猛地打開，波濤海水洶湧沖過中殿，在長椅間激起白沫後消失，變爲一團雲霧。人群興奮的說話聲轉成驚叫。

十五道身披藍色斗篷的人影魚貫進入，他們的袍子彷彿被看不見的風吹動，不停翻騰，面目被霧模糊，無法看清。

人們要求拿回武器，有的則緊抓著彼此，發出尖叫。伊奈許看見一名商人俯身，瘋狂地對著他昏過去的妻子搧風。

那些人影滑上走道，衣裝猶如緩慢的細浪蕩漾著。

「我們是浪汐工會。」領頭的藍色斗篷人影說，是女人的聲音，低沉而威風凜凜。霧密密實實包裹住她的面容，在她帽兜底下移動，有如不停變換的面具。「這拍賣是場騙局。」

群眾中響起一陣震驚的呢喃。

伊奈許聽見瑞梅克喊著要大家守秩序，接著她向左閃躲，在聽見輕輕的嗖聲時靠著直覺移動。一把小小的圓形刀刃劃過身邊，割破她短上衣的袖子，噹地反彈在銅屋頂上。

「這是警告，」丹亞莎說。她棲在距伊奈許三十呎左右一座尖塔的漩渦雕飾上，象牙白帽兜拉起，圈住臉龐，燦亮一如午後陽光底下的新雪。「將妳送上黃泉路時，我必會注視著妳的雙眼。」

伊奈許伸手拿刀。她的暗影來向她索求答案了。

第六部

行動與反響

33 馬泰亞斯

馬泰亞斯全身繃緊不動，緩緩消化在巴特教堂中炸開的混亂。清晰地意識到坐在他後方的商會成員——一群身著黑衣的烏鴉正互相嘎嘎亂叫，一個比一個更大聲——范艾克除外。他往後深深陷進椅子，手指在前方搭成三角，臉面掛著高高在上的滿意表情。馬泰亞斯看見名叫佩卡·羅林斯的傢伙靠著東側拱廊的一根廊柱，不禁懷疑那名幫派老大是故意站在凱茲視線能及之處。

瑞梅克扯開嗓門，高呼秩序。他每敲一下木槌，那團淺橘色的頭髮就隨之一顫。然而究竟是什麼真正激怒了這裡的人？要釐清原因著實困難。到底是拍賣的結果已定，還是浪汐工會的現身。凱茲宣稱無人知道浪汐工會的身分，而如果連髒手和幻影都弄不明白這個祕密，恐怕沒人做得到。很顯然，他們最後一次在大眾前現身是二十五年前，因爲要建造新船塢，其中一座方尖碑將被破壞。當投票不如他們所望，工會便喚來巨浪摧毀市政廳。商會於是撤銷決議，在舊址重建一座新的市政廳——一座窗戶少一點、地基強一點的建物。馬泰亞斯不禁想，不曉得他有沒有辦法漸漸習慣這些關於格里沙力量的故事。

那只是另一種武器。它的本質其實取決於使用的人。他得不斷提醒自己。那股憎恨意念太過久遠，已變成某種本能，不是能在一夜之間治癒的。就像妮娜和煉粉的糾纏很可能成爲一輩子的抗戰。此時此刻，她應該正全心全意執行在巴瑞爾的任務，又或者行蹤曝光、遭到逮捕。他對喬爾神禱告。**在我無法保護她時，請保她平安。**

他的眼神飄往聚集在前排長椅的斐優達代表團，以及也在那兒的獵巫人。其中有很多人他連全名都曉得，他們當然也認識他。他能感到他們尖銳刺人的厭惡情緒。有個男孩在第一排惡狠狠地瞪著他，因憤怒而顫抖。他的雙眼猶如冰河，頭髮金得接近白色。他的指揮官究竟利用了他的什麼傷痕，才讓他露出那種眼神？馬泰亞斯保持目光穩定，承接他的憤怒攻擊。他無法去恨這個男孩，因爲他也曾經是他。最後，那個頭髮像冰一樣的男孩別開了眼神。

「這場拍賣是有法律認可的！」蜀邯大使高喊。「你們沒有權利半途叫停。」

浪術士舉起雙臂，又是另一波浪潮衝入敞開的門，怒吼著衝過走道，高高弓起，懸在蜀邯人上方。

「安靜，」領頭的浪術士命令。她等著其他人出言抗議，然而無人開口。浪潮便往後彎曲，無害地潑濺在地。水像銀蛇般一溜煙兒爬上走道。「我們收到消息，得知拍賣過程有問題。」

馬泰亞斯的眼神立刻射向史鐸霍恩，船長熟練地壓抑臉上的訝異，一點也不著痕跡。然而，即便遠在台上，馬泰亞斯都能感到他的恐懼和擔憂。古維在發抖，他閉上了眼，用蜀邯話喃喃自語。馬泰亞斯看不出凱茲在想什麼；他向來如此。

「拍賣的規定很清楚，」浪術士說，「無論契約者本人或他的代理人，都不可干擾拍賣結果，得讓市場決定。」

此時商會成員全站了起來，要求一個答案，跑到台前圍繞在瑞梅克身邊。范艾克煞有其事地和其他人一塊兒吼叫，卻停在凱茲身邊，而馬泰亞斯聽見他低聲說道：「我還以為得親自揭露你和拉夫卡人的陰謀詭計呢，看來這殊榮要拱手讓給浪汐工會了。」他的嘴一彎，形成一個心滿意足的笑容。「韋蘭把你和你朋友供出來前挨了一頓好打，」他朝講台走去。「我從來不曉得那小鬼這麼有骨氣。」

「我們發現一筆可疑資金，是從正直商人的口袋裡騙來的，」浪術士繼續說道：「那些錢全集中到了一名出價者身上。」

「想也知道！」范艾克說，口氣中的驚訝假到不行。「就是拉夫卡人！我們都曉得他們手頭的資金根本沒有能在這種拍賣出價的競爭力！」馬泰亞斯聽得出他有多麼自得其樂。「我們全注意到拉夫卡王族過去這兩年從我們這兒借了多少錢。他們只能勉強付出利息，根本沒有什麼一億兩千萬克魯格能在公開招標中拿出來，布瑞克一定在和他們合作。」

現在所有競標者都離開了座位。斐優達人高喊著要正義，蜀邯則用力跺腳、敲著長椅椅背；

拉夫卡人站在中央，四面八方被敵人環繞。史鐸霍恩、娟雅和柔雅在這場暴風的正中心高高昂著下巴。

「快做點什麼，」馬泰亞斯對凱茲咆哮，「情況要變得很難看了。」

凱茲一如往常，臉上毫無表情。「你這麼覺得嗎？」

「該死的，布瑞克，你——」

浪術士舉起雙臂，整個教堂被另一聲轟然震撼，餘音繞梁。水從上層樓座的窗戶潑進來，群眾頓時靜下，但這片安靜並不純粹，其中還翻騰著憤怒的竊竊私語。

瑞梅克敲響木槌，試圖維護其威信。「如果你有指控拉夫卡人的證據——」

浪術士在她那張霧做的面具後方開口。「拉夫卡人和這毫無關係——錢是轉給蜀邯。」

范艾克眨了眨眼，立刻改變風向。「那好，所以布瑞克和蜀邯做了某種協議。」

蜀邯人立刻大吼大叫否認，可是浪術士的音量更大。

「可疑資金是由約拿斯・瑞維德和楊・范艾克一同籌措。」

范艾克臉刷白。「不對，不是那樣。」

「瑞維德是個農夫，」卡爾・卓登結結巴巴地說：「我親自見過他。」

浪術士轉向卓登。「你和楊・范艾克都在拜金者旅館的大廳和瑞維德見過面。」

「沒錯，但那是爲了資金，是個種植約韃的國際同盟，是童叟無欺的生意投資。」

「瑞梅克，」范艾克說：「你也在那裡，你也見了瑞維德。」

瑞梅克的鼻孔大張。「我對這什麼瑞維德先生一無所知。」

「但我看見你了，我們都在拜金者旅館看見你——」

「我去那裡是參加贊米油業期貨的發表會——這活動眞是有夠詭異。但那又怎麼樣？」

「不對，」范艾克搖著頭說：「如果瑞維德涉入，背後一定有布瑞克。他一定雇用了瑞維德來詐騙商會。」

「我們每個人都在你的鼓吹下把錢投入資金，」其餘的議員中有人說：「你現在是告訴我們那些全沒了嗎？」

「我們完全不知道這件事！」蜀邯大使反駁。

「這都是布瑞克幹的，」范艾克堅持，原先那股自鳴得意煙消雲散，但是依舊維持鎮定。

「無論如何，那男孩都不會放棄羞辱我和這城市每個正直之人的機會；他綁架我的妻子、兒子，」他比向凱茲。「難道你在西埠善女橋和阿麗斯站在一起的畫面是我想像出來的嗎？」

「當然不是，我按照你的要求將她從市集廣場救了回來，」凱茲撒起謊面不改色，就連馬泰亞斯都要被說服了。「她說她的眼睛被蒙起來，從來沒看見是誰抓她的。」

「胡扯！」范艾克輕蔑地說：「阿麗斯！」他對著阿麗斯坐著的西側樓座高喊，她的雙手交疊著，擱在高高隆起的孕肚上。「告訴他們！」

阿麗斯搖搖頭，睜大了眼睛又一臉困惑。她小聲地對她的女僕說了些話，女僕便朝下喊道。「抓她的人戴了面具，她一直被蒙著眼睛，直到抵達廣場。」

范艾克挫折地噴了一口氣。「好，那我的守衛鐵定看見了他和阿麗斯在一起。」

「你說你自己手下的人？」瑞梅克語帶質疑地說。

「約在橋上會面的人是布瑞克！」范艾克說：「他在湖邊小屋留了張紙條。」

「啊，」瑞梅克鬆了一口氣。「你可以提出來嗎？」

「可以！但是……上面沒有簽名。」

「那你是怎麼知道是凱茲．布瑞克送來的？」

「他留了領帶夾——」

「他的領帶夾？」

「不是，是我的領帶夾，但是——」

「所以你沒有任何證據證明凱茲．布瑞克綁架了你的妻子，」瑞梅克的耐心用盡。「你兒子的失蹤也是這麼站不住腳嗎？整座城市都在找他，還提供了賞金。有鑑於此，我眞心祈禱你的證據能更扎實一點。」

「我兒子——」

「我就在這裡，父親。」

每隻眼睛都轉往台旁的拱道。韋蘭靠著牆壁、滿臉是血，一副站也站不穩的模樣。

「格森之手啊，」范艾克悄聲抱怨。「就沒一個人能把分內事做好嗎？」

「你難道是靠佩卡．羅林斯的人手？」凱茲意有所指地用低啞的聲音說道。

「我——」

「而你確定他們眞的是佩卡的人？如果你並非來自巴瑞爾，很可能會發現分辨獅子和烏鴉並不容易；禽獸看來長得都差不多。」

當馬泰亞斯看見范艾克因恍然大悟受到衝擊，實在壓不下心中波濤洶湧的滿足。凱茲非常清楚，他們絕無可能在不讓范艾克或一角獅發現的情況下將韋蘭弄進教堂。所以他一手導演了這場綁架——安妮卡和奇格，兩名渣滓幫的人戴上臂章及假刺青，輕輕鬆鬆帶著他們的囚犯走到市警隊面前，要那人把范艾克叫來。當范艾克抵達禮拜堂，他看到的是什麼？是他兒子被身上有佩卡的一角獅紋身的兩個幫派成員抓了起來——儘管馬泰亞斯沒想過他們會對韋蘭下那麼重的手。也許他該早點假裝承受不了挨打才是。

「快去幫他！」瑞梅克對一名市警隊隊員喊道。「沒看到這男孩受傷了嗎？」

那名隊員趕緊來到韋蘭身旁，扶著他一跛一跛走向一張椅子，同時醫士急忙上前照料他。

「韋蘭．范艾克嗎？」瑞梅克說，韋蘭點點頭。「就是我們拆了整座城市在找的男孩？」

「我一有辦法就趕快逃出來了。」

「從布瑞克手中？」

「從羅林斯手中。」

「你是被佩卡．羅林斯抓起來的？」

「對，」韋蘭說：「好幾個禮拜前。」

「少撒謊了，」范艾克斷聲說道：「把你對我說的話告訴他們；告訴他們拉夫卡人的事。」

韋蘭無力地抬起頭。「父親，你要我說什麼我都說，只要別再讓他們傷害我就好。」

群眾倒抽了一口氣。商會成員全用毫無遮掩的厭惡望著范艾克。

馬泰亞斯得努力壓下想嗤一聲的衝動。「妮娜幫他上課了嗎？」他小聲地說。

「也許他天賦異稟。」凱茲說。

「布瑞克才是犯人，」范艾克說：「這都是布瑞克在背後操作！那天晚上你們不是看見他在我家嗎？他闖進了我的辦公室。」

「這是眞話！」卡爾．卓登急切地說。

「我們當然在那裡，」凱茲說：「范艾克邀我們到那裡商討古維．育．孛的契約交易細節，說我們會和商會見面，結果在那裡等著的卻是佩卡．羅林斯的埋伏。」

「你是說他違反了誠信交易原則？」其中一名成員說，「這不可能。」

「但我們也在那裡看見了古維．育．孛，」另一個人說：「雖然那時還不知道他的身分。」

「我看過一張懸賞某個蜀邯男孩的海報，符合古維的外貌，」凱茲說：「所以是誰提供他外表描述的？」

「這個嘛……」這名商人遲疑著，馬泰亞斯簡直能看見他心中正在和懷疑的念頭天人交戰，不願相信這指控。他轉向范艾克，開口時語調中幾乎懷抱希望，「我想，你一定不曉得你描述的那個蜀邯男孩就是古維．育．孛吧？」

此時，卡爾．卓登搖起了頭。與其說否認，更像不敢置信。「鼓吹我們加入瑞維德投資的人也是范艾克。」

「你不也很熱中嗎？」范艾克反駁。

「我想投資的是那個在諾維贊買下約韃農場的祕密買家，你說——」卓登講到一半，突然睜大眼、張大了嘴。「就是你！你就是那個祕密買家！」

「總算啊。」凱茲低聲說。

「你不會眞的相信我設法詐騙『我自己的』親友和鄰居吧？」范艾克出言辯解，「我是用自己的錢投資的！我損失的錢會和你們一模一樣。」

「要是你和蜀邯做交易就不會。」卓登說。

瑞梅克又敲了一次木槌。「楊·范艾克，你最起碼浪費了這座城市的資源，去追一個毫無事實根據的指控，甚至最糟的是，你濫用自己身爲議員的地位，意圖詐騙你的朋友、破壞這場拍賣的光明磊落。」他搖著頭。「拍賣已受到破壞，在我們決定究竟有無商會成員刻意投注資金給其中一個出價者前，拍賣都不能繼續。」

蜀邯大使開始吼叫，瑞梅克敲起木槌。

接著，一切似乎在同一瞬間爆發——三名斐優達獵巫人朝台上衝去，市警隊急忙擋下他們；蜀邯士兵推擠向前，浪術士個個舉起雙手。接著，凌駕這一切的是彷彿服喪女子的慟哭聲，暗示天災降臨的警報哭嚎響起。

教堂陷入死寂，人們一瞬暫停動作，抬起了頭，耳朵努力適應著那個聲音，那是他們超過七年未曾聽見的聲響。就連在地獄門，囚犯之間都會流傳著王后的瘟疫女士的故事——上一次襲擊克特丹的嚴重疫病、隔離檢疫、疫病船。屍體在街頭疊起的速度，快得運屍人根本來不及收走拿去燒。

「那是什麼？」古維問。

凱茲揚起嘴角。「古維，那個呢，是死神大駕光臨的聲音。」

不久後，人們開始尖叫著朝教堂的雙開門推擠而去，警報早已聽不見。甚至，在第一聲槍響擊發時，根本無人注意。

34 妮娜

輪子轉動著，金色和綠色鑲板呼呼轉，速度之快，成了單一顏色。它變慢、停下，不管出來什麼數字，一定都是好數字——因為人們發出了歡呼。賭場樓層暖得令人不適，妮娜的頭皮在假髮下癢得要死。這是頂樸素的蘑菇頭，她又搭上一件邋遢的外袍。這是她生平第一次，不想吸引任何注意。

妮娜已在無人注意下通過踏上西埠的第一步驟——接著是第二步驟。她橫切過市，前往東埠，盡最大努力低調穿越人群。由於道路封鎖，人群越發稀薄，不過仍阻擋不了他們尋歡作樂。她剛去過距離這間賭場幾個街區外的其他賭場，此時，她的任務就要完成。凱茲相當小心謹慎地選擇設施。這會是她第四個，也是最後一個目的地。

在對其他玩家微笑並歡呼的同時，她打開口袋中的玻璃匣，專注於裡頭的黑色細胞。她能從中感受到一股深沉的冷意擴散開——以及其他事物，正對著她體內的力量說話。她只遲疑了一下，稍稍回想停屍間中那有些太過清晰的寒冷與死亡臭味。她想起那時就近觀察那具屍體，專注地看著他嘴巴周圍失去顏色的皮膚。

一如她曾使用自己的力量治癒或撕開皮膚，或使他人頰上出現紅暈，妮娜也全心專注於這些腐爛的細胞，將微薄的壞死皮肉殼鞘灌入壓縮玻璃匣裡。這匣子揣在她的黑色天鵝絨小包中。此時，她站在這喧鬧人群之間，看著顏色令人愉悅的輪子轉動，感覺著那東西的重量——它正被一條銀色細繩繫著，掛在她腕上晃蕩。

她靠近下注，一手將籌碼放上桌，另一手則打開玻璃匣。

「祝我好運！」她對賭輪負責人說，任憑打開的袋子掠過他的手，將那些死細胞送到他指頭上，讓它們在他健康的皮膚表面複製增殖。

當他伸手去轉輪子，手指變成了黑色。

「你的手！」一個女人高呼。「上面有東西。」

他在綠色的刺繡外套上抹了抹手指，好像那不過是墨水或煤灰。妮娜伸展手指，細胞竄上賭輪負責人的袖子，直至衣領，在他頸子一側爆開，變成一塊黑色污漬，又在他下巴下方一縮，直直溜上下唇。

有人發出尖叫，當那人困惑地打量四周，玩家紛紛從他身邊退開。其他牌桌的玩家不耐地從眼前的紙牌和骰子轉開，賭場經理和他的小嘍囉朝他們走去，準備制止任何會干擾到賭博進行的爭執或狀況。

妮娜藏在人群中，在空中揮動一臂，一小簇細胞跳上賭輪負責人旁邊的女子，她戴著看來頗昂貴的珍珠，接著，一團黑色在她臉頰炸開，有如一隻醜陋的小蜘蛛輕巧地從她下巴往下竄，爬過喉嚨部位。

「歐利娜！」她身邊魁梧的同伴喊著：「妳的臉！」

現在尖叫擴散開了，同時歐利娜抓著自己的脖子，腳步紊亂地往前走，在其他賭客在她面前四散奔逃時尋找鏡子。

「她碰到了那個轉輪子的人！她也染上了！」

「她染上什麼？」

「別擋路！」

「這裡是怎麼回事？」賭場經理強硬問道，朝不知所措的轉輪者肩膀一把拍下。

「幫幫我！」他舉起雙手懇求道。「好像出事了。」

賭場經理見到轉輪者臉上、手上的黑色斑點，急忙退開——但已經太遲。他碰了轉輪者的那隻手也變成噁心的紫黑色，現在賭場經理也開始尖叫了。

妮娜看著這波恐懼逕自生出一股力量，猶如憤怒醉漢那樣一路橫掃整個賭場樓層。玩家踢翻了椅子，手忙腳亂朝門撲去，即使在奔跑逃命中，仍不忘去抓籌碼。桌子翻了過來，紙牌亂飛，骰子滾落在地。人們衝向大門，爭先恐後推擠。妮娜跟著他們，任自己被逃出賭場的人潮一同帶著，踉蹌奔到街上。她先前去的每一站情況都是一樣，緩慢滲入的恐懼在轉瞬間衝到最高，恐慌的型態發展爲完全體。此時此刻，她終於聽見了——警報。高低起伏的哀嚎籠罩埠頭，迴響在克特丹每片屋頂和每顆鵝卵石上。

觀光客眼帶疑惑，面面相覷，然而當地人——城裡的表演者、商人、店老闆和賭徒——立刻變了個樣。凱茲告訴過她，這些人絕對認得那個聲音，他們將像被嚴厲父母喊回家的孩子那樣受到制約。

克爾斥是座島，能和敵人隔離開來，並受周遭海水無邊無際的藍色領域保護。但這座首都最不堪一擊的弱點就是火災和疾病。就如火能輕易在城市緊密的屋頂間跳躍，瘟疫也能不費吹灰之力，透過稠密人群及擁擠的生活空間，從一具身軀傳到另一具。就如八卦，沒有人能確認究竟由何處開始，或怎麼會傳播得如此迅速，只知道它就是傳開了——透過呼吸，或碰觸；可能飄在空中，或透過運河。富人較不易受害，能在他們遠僻的華屋或花園中躲避，或直接逃離這城市。感染的窮人則隔離在港口之外臨時拼湊的駁船醫院上。槍枝或金錢無法阻止瘟疫，你無法與之理論，祈禱也於它無用。

克特丹唯有非常年輕的人對此沒有清晰記憶——王后的瘟疫女士，由運屍人撐著長篙、駛著疫病船行過運河。這些活過瘟疫的人都曾失去孩子或父母，或兄弟姊妹、親友鄰居。他們記得隔離，即使最基本的人與人接觸，都會引起那分恐懼。

然而，瘟疫的法律雖然簡單，卻如鐵一般嚴格：只要警報響起，所有一般公民都得回到自己家中。市警隊隊員得在城市中分別的駐紮點集合——以防感染，這是爲了不讓瘟疫擴散至所有兵力的手段。他們獲派的任務只有阻止打劫者，而這些人因爲承擔了上街維持治安的風險，能得到三倍薪資。商業行爲全部叫停，只有疫病船、運屍人及醫士擁有在城中自由行動的權力。

我曉得這城市更恐懼什麼——比蜀邯人、斐優達人，以及巴瑞爾所有幫派全加起來還恐懼。

凱茲推測的沒錯。路障、管制、檢查身上的文件，這一切的一切，在瘟疫面前將全被拋棄。不過這些人身上根本一點病也沒有。妮娜急忙朝港口跑回去時心中一面想。那些壞死的皮肉不會擴散到妮娜架接到他們身體部位之外的地方。雖得移除，但不會眞的有誰生病或死掉。最糟也不過是忍個幾週的隔離罷了。

妮娜保持低頭、拉起帽兜的姿態。雖然她是造成這一切的主因——雖然她知道瘟疫只是純然虛構，依舊發現自己心跳加快，被四面八方沸騰的歇斯底里氣氛感染，跟著拔腿狂奔。人們哭喊著邊推擠邊大叫，爭搶小船上的空位。眞是一片混亂——她親手造成的混亂。

是我幹的，她訝異地想，**我號令那些屍體、那些骨頭碎片、死掉的細胞。**而這讓她變成了什麼？就算眞的有格里沙握有這般力量，她也從沒聽過。其他格里沙會怎麼看她？例如她那些軀使系的破心者和療癒者同胞？**我們和宇宙萬物的力量綁在一起，也就是世界最核心的要素。**也許她該覺得羞愧，甚至恐懼，但她的字典裡沒有這種詞彙。

或許喬爾神熄滅了一盞光，又點燃另一盞。妮娜不在乎到底是喬爾神，還是諸聖，或是一整隊會噴火的小貓咪軍團。當她匆忙向東奔去，這麼久以來她第一次明白：她覺得自己是強壯的。她的呼吸變得輕鬆，肌肉中的疼痛減退。她好飢渴。對煉粉的渴望變得遙遠，成了過往一個飢餓的回憶。

妮娜曾哀悼失去的力量，以及曾感受過的那種與生氣蓬勃的世界之連結。她憎惡這份黑暗天賦，它感覺起來像個贗品、像是懲罰。可是，就如生命連結一切，死亡也確實地連結著每樣事物。它是那條湍急而不見盡頭的河流。她將手指浸入其中，把那渦力量撈進手中。她是悼喪女王，而即便在其深處，她也永遠不會溺斃。

35 伊奈許

伊奈許見丹亞莎將手一揮，聽見恍若翅膀撲動的聲音，接著感到某個東西彈在肩上。她在銀色星星尚未落到屋頂前便接住。這回伊奈許有備而來。賈斯柏幫她從旅館套房的一張床墊拿了些襯墊，縫進短上衣和背心。由於長年在農場織補衣服和襪子，賈斯柏的針線活靈巧得令人驚奇，而她這回絕不要再當白刃的針插。

伊奈許往前一躍，加速朝對手進攻，在這片花了許多小時度過的屋頂上，她步伐穩健。伊奈許猛力將星星回敬給丹亞莎，女孩輕易躲開。

「我的利刃絕不會背叛我。」她彷彿責備幼童地斥罵道。

但伊奈許不必擊中她，只要讓她分心即可。她揮動一手，作勢投出另一枚刀刃，而當丹亞莎跟隨那動作，伊奈許便踩著鐵屋脊往右側回彈，讓那股衝力帶著她超越對手——身子一個低伏，手持利刃一擊劃開那名傭兵的小腿。

伊奈許轉眼起身，往後彈過教堂一個漩渦雕飾的脊柱，雙眼盯緊了丹亞莎。然而那女孩只是笑笑。

「幻影，我挺開心妳這麼有幹勁。我都不記得上回有人讓我見血是什麼時候了。」

丹亞莎靠上漩渦雕飾的屋脊，現在她們面對著面，手中利刃隨時都能出擊。傭兵一個突刺，出手劈砍，但這回伊奈許並未倚仗在克特丹街頭血戰習得的本能，而是如雜技演員那樣反應。當鞦韆朝你盪來，你不會閃躲，而會迎上前去。

伊奈許閃身切入丹亞莎的攻擊範圍，兩人好似共舞的雙人搭檔。伊奈許利用對手攻擊的勢頭讓她失去平衡，再度刺出刀刃，劃傷女孩另一隻小腿。

這次，丹亞莎嘶了一聲。

總比笑好，伊奈許想。

傭兵旋身，採取猶如匕首尖端那樣踩著腳尖旋轉的對戰招數。就算她覺得痛，也沒顯露出來。現下，她以雙手握著兩把彎刀，迂迴地踏著某個節奏，在鐵屋脊上朝伊奈許逼來。

伊奈許知道自己無法進入刀的範圍，**那就打亂節奏**，她對自己說。她任憑丹亞莎追趕，放棄平面路線，順著屋脊飛掠後退，直到看見身後一道高聳尖頂飾的影子。她佯裝向右，促使對手撲向前。然而，伊奈許並未維持平衡、止住這個假動作，而是繼續向右傾斜。她做這個動作的同時將刀收入刀鞘，一手抓住尖頂，順勢盪了一圈到另一側。現在，她們之間隔著尖頂飾，當丹亞莎的刀匡噹敲在金屬上，她發出挫敗的悶吼。

伊奈許從一個雕飾跳到另一個，有如行於某巨大海洋生物的鰭上，朝鐵屋脊最厚之處飛奔，並順著爬上教堂隆起的頂部。

丹亞莎跟來，伊奈許不得不心懷敬佩，她的兩隻小腿血流不止，動作竟仍流暢優雅。「幻影，妳難道打算一路跑回篷車嗎？妳應該知道畫下句點、正義伸張只是時間早晚的問題。」

「正義？」

「妳是殺人犯、小偷，而我是被選中的人，要爲這世界掃除如妳之輩。也許罪犯能付我酬勞，但我絕不會取走無辜之人的性命。」

那個詞在伊奈許心中敲響一個不和諧音。她是無辜的嗎？對於她取走的性命，她的確後悔。但是，爲了讓自己活下來、讓她的朋友活下來，她會再取他們的命一次。她偷過東西；無論好人壞人她都幫凱茲勒索過。她能斷言她做的那些都是不得不的決定嗎？

丹亞莎進攻，頭髮如火焰粲然映著藍天，皮膚呈象牙白，與身上精美的衣裝無異。遠在她們腳下，拍賣持續在教堂中進行，參加者對上方展開的熱戰渾然無覺。此處太陽炙熱，耀眼一如新鑄硬幣，風掃過屋頂上眾多屋脊與尖頂，發出低聲嗚咽。無辜。無辜是奢侈之物，伊奈許不信她的諸聖會做此要求。

她再次抽出刀。**聖維拉德米爾，聖阿利娜，請保護我。**

「挺漂亮的，」丹亞莎說，從腰間刀鞘抽出兩把又長又直的刀。「我會用妳的脛骨來做新刀的握柄，死後能服侍我是妳的光榮。」

「我永遠不會服侍妳。」伊奈許說。

丹亞莎撲來。

伊奈許採取近戰，利用一切機會待在傭兵的防禦範圍內，斷絕她長距離攻擊的所有優勢。比起她們在鋼索對峙的時候，現在她變得更強。她吃飽了，得到充足休息。可她仍是那個在街頭打滾的女孩，並非來自蜀邯武修院的高塔。

伊奈許的第一個錯是太慢跳回來，並以左二頭肌上深深一道刀傷付出代價。那刀切穿了襯墊，使她很難抓緊左手的刀子。第二個失誤是在一招突刺時力道過大。她太靠近，並感到丹亞莎的刀刷過肋骨部位。雖只是淺淺一道，也只是僥倖逃過。

她忽視疼痛，專注在對手身上，想起凱茲告訴過她的事。**找出她的小動作，每個人都有。**可是丹亞莎的動作似乎無法預測。無論左手右手，她同樣自在運用，沒有慣用腳，總等到最後一刻才出擊，絲毫不露出任何意圖的前兆。她真的是能力非凡。

「幻影，累了嗎？」

伊奈許什麼也沒說，保留體力。雖然丹亞莎的呼吸似乎清晰且穩定，伊奈許卻感到自己稍微慢了下來。不多，但足以讓傭兵占到上風。接著她就看到了——丹亞莎胸口微乎其微地一抽，接著便是撲刺；一抽，然後另一次撲刺。這小動作與她的呼吸融爲一體。在另一次攻擊前，她會深吸一口氣。

那裡。伊奈許向左閃，快速出擊，刀刃風馳電掣朝丹亞莎身側一戳。那裡，伊奈許再次出手，血花在丹亞莎臂上綻開。

伊奈許抽身後退，等著那女孩進攻。這名傭兵偏好用其他動作蓋過直接的攻擊——轉動刀刃、非必要的炫技，而這使得她難以解讀。但是那裡——突然一個急促的呼吸，伊奈許身子一降，大範圍掃出左腿，將這名傭兵踢翻。這就是她的機會。伊奈許迅速起身，利用站起的勢頭與丹亞莎往下的力道，往下朝保護著女孩胸膛的皮革護甲插入刀刃。

當她將刀一擰脫出，手感覺到血，丹亞莎同時吐出驚愕的悶哼。此時，那女孩凝視著她，一手抓住胸口。她瞇起雙眼，然而其中仍毫無恐懼，只有深刻且鮮明的憤怒，彷彿伊奈許毀掉了一場重要的派對。

「被妳刺傷流血的是王室血脈，」丹亞莎激動地說：「妳不配這般天賦。」

伊奈許幾乎要可憐她了。丹亞莎眞心相信自己是藍索夫一脈，也許她眞的是。然而難道不是每個女孩都作過這種夢嗎？一覺醒來發現自己其實是個公主?或者擁有天賜的魔法力量和偉大的命運？也許的確有人過著那樣的生活，也許，這女孩是他們之一。**可是我們其他人怎麼辦？那些誰也不是、什麼也不是、誰也看不到的女孩怎麼辦？我們學會像戴上王冠那樣將頭高高昂起；我們學會從平凡之中擠出一絲絲魔法。**當你並非天選之人，血管中沒有流著王室之血，就得這樣學會存活。當全世界不欠你什麼，你還是要強硬地去討。

伊奈許揚起一眉，慢慢在褲子上將所謂的王族之血擦掉。

丹亞莎咆哮，整個人衝向伊奈許，一手揮刺亂戳，另一手則壓著傷口，試圖止住失血。她很顯然也受過單手戰鬥的訓練。**但是帶傷上陣則否，**伊奈許領悟，**也許僧侶跳過了這堂課吧。**而今，她受了傷，小動作變得更加明顯。

她們已靠近教堂主屋脊的尖端，這裡的漩渦雕飾較零落，伊奈許順應地勢，調整立足點。現在她能輕易閃過丹亞莎的猛攻，左蹦右跳，得到些小小勝利；這裡一刀，那裡一刺。這是一場消耗戰，而傭兵正在快速失血。

「妳比我想得強。」丹亞莎喘著氣，她的坦率令伊奈許吃驚。她的雙眼因疼痛而失去光芒，按在胸口的一手滑溜且血紅。但她仍挺直身體，而當她們立於高高的鐵屋脊上、面對面相隔僅距一呎，她依舊穩穩站著。

「謝謝妳。」伊奈許說，這話說出了口，卻感覺有些虛假。

「遇見可敬的對手並不可恥，那表示還有更多事情要學，是追求謙遜的過程中可喜的提醒。」女孩低下頭，收刀入鞘，一拳放在心口敬禮。

伊奈許靜靜等待，保持警戒。她是認真的嗎？在巴瑞爾，戰鬥不會以這種方式結束，但這名傭兵顯然有自己一套規則。無論她是怎麼毫無靈魂，伊奈許不想被迫殺她。

「我已學到了謙遜，」丹亞莎低下了頭。「現在，妳將學到，有些人天生是要侍奉他人，有些人天生是要統御他人。」

丹亞莎瞬間抬頭，展開手掌放出一陣急遽強風。

伊奈許看見一團紅色煙塵便閃躲退後——但太遲了。她的雙眼灼痛。那是什麼？無所謂了。她盲了眼，只聽見刀刃抽出聲，感到刀子劈砍。她在屋脊上搖搖晃晃退後，拚命站穩腳步。

她試圖將眼中那些沙塵擦掉，淚水滾下臉龐，面前的丹亞莎只剩一團模糊身影。伊奈許將刀刃直舉前方，想拉開距離，卻感到傭兵的刀劃過上臂，刀從伊奈許手中滑落，匡噹落在屋頂上。

聖阿利娜，請保護我。

但也許，諸聖選擇了丹亞莎當載體，儘管伊奈許做了那些禱告與悔罪，也許，最後審判總算來臨。

我不抱歉，她突然明白。她選擇了自由地以殺手身分生活，而非無聲無息以奴隸身分死去，而她對此並不抱歉。她會做好心理準備去找她的諸聖，希望祂們願意接納她。

下一擊劃過她的指節，伊奈許又往後退了一步，但她知道自己已沒有空間，丹亞莎就要將她逼落邊緣。

「幻影，我告訴過妳，我無畏無懼。我的血液中流著在我之前所有女王、征服者的力量。」

伊奈許一腳踩到一個鐵製雕飾的邊緣，恍然大悟。她不如對手受過那些訓練、教育，甚至也無精緻白衣。她永遠也不會有同樣的殘忍無情，也不想變成那樣。可是她對這城市瞭若指掌。這是她苦難的源頭，也是她測試力量的場所。無論喜惡，克特丹——這野蠻、骯髒又絕望的地方——成了她的家，而她會挺身保護它。她熟知這些屋頂，一如巢屋那些個嘎吱作響的樓梯，一如埠頭的鵝卵石地和小巷。這座城市的每一吋，都如她心中地圖那樣信手拈來。

「不知畏懼為何物的女孩。」伊奈許說，傭兵的身影在面前搖搖晃晃。

丹亞莎鞠了個躬。「永別了，幻影。」

「那麼，就在妳死去之前學會恐懼吧。」伊奈許向旁閃身，當丹亞莎的靴子落在漩渦雕飾鬆脫的部分，她以單腳站立。

如果傭兵沒有受傷流血，也許能更注意腳下的狀態；如果她不是那麼迫切，也許還能找回平衡。

但她一個滑倒，向前翻覆。伊奈許在淚眼模糊中看著丹亞莎。她撐了一會兒，身影抵著背後的天空，腳尖拚命尋找著力點，雙臂大大展開，卻沒有任何東西能夠抓握，猶如一名準備躍起的舞者，因驚訝而瞠目結舌。即便此刻，在這最後一瞬間，她看起來依舊像從故事走出的女孩，註定背負偉大的命運。她是無慈悲的女王，以象牙與琥珀雕刻的塑像。

丹亞莎無聲墜落，到最後一刻都嚴守紀律。

伊奈許小心地從屋頂一側探頭窺視，遠遠下方，人們發出尖叫。傭兵的身體躺在那裡，像一朵在不斷擴散的鮮紅上綻放的白花。

「願妳在下一世離苦得樂。」伊奈許低喃道。

她得移動。警報還沒響，但伊奈許知道自己晚了，賈斯柏一定在等了。她奔過教堂屋頂，再回到格森拇指的禮拜堂。她抓起先前卡進兩片雕飾間的攀爬索和賈斯柏的步槍。當她爬上圓頂，低頭探進橘色禮拜堂，只能祈禱自己不至太遲。可是到處不見賈斯柏身影。

伊奈許伸長脖子，搜索空空的禮拜堂。

她得找到賈斯柏，古維．育．孛今晚非死不可。

36 賈斯柏

浪汐工會進場氣勢華麗又高調，賈斯柏實在忍不住想到狂劇團。這該不會也是凱茲設計，由倒八輩子楣的古維領銜主演的一場大戲吧？

賈斯柏想到韋蘭，說不定他終於能爲母親討回公道；他也想到等在麵包店的父親。對於兩人的爭執，他很抱歉。雖然伊奈許說知道他們的情況對兩人都好，賈斯柏還是不太確定。他熱愛毫不保留地打鬥，但和父親相互口出惡言，就有如吞下壞掉的粥一樣讓人肚子不舒服。他們已經非常久完全不去討論這些事，於是，一旦眞的開誠布公，感覺就像打破某種魔咒——不是詛咒，而是好的那種，能讓所有人平平安安、保護著玻璃罩裡王國的那種魔咒——直到有個像他這樣的白痴冒出來，拿那個漂亮的古董珍品當練習靶。

浪汐工會一上走道，賈斯柏就離開贊米代表團，直接前往教堂的拇指部位。他動作放得很慢，背對列站各牆邊的守衛，假裝是想找個更好的位置看熱鬧。

當他來到標示前往拇指中殿入口的拱門，便將腳步轉朝教堂的主要大門，作勢要出去。

「請退後。」一名市警隊隊員說，即便他正伸長了脖子想看浪汐工會在做什麼，依舊對外國訪客保持禮貌。「門口得維持淨空。」

「我有點不舒服，」賈斯柏抓著肚子，稍微加了點贊米口音。「求你讓我出去。」

「閣下，恐怕不行。」**閣下**！只要你不是巴瑞爾的老鼠，就能得到這種尊稱。

「你沒聽懂，」賈斯柏說：「我非常迫切得解放一下，我昨晚在一間餐館用餐……叫什麼史坦肉湯店？」

隊員縮了一下。「你去那裡幹麼呀？」

「有本指南上提到了啊。」其實那是克特丹最差的餐館之一，但也是最便宜的。由於該店全年無休，又如此經濟實惠，史坦稱得上巴瑞爾小混混和市警隊少數共同點之一。每隔一週就會有人舉報自己的肚子發生慘案，一切都要感謝史坦和他那些諸聖都唾棄的肉湯。

隊員搖搖頭，對著拱門那兒的市警隊守衛打手勢，其中一人小跑過來。

「這可憐的混蛋去了史坦的店，要是我讓他從前面出去，隊長一定會看到他。你帶他從禮拜堂出去吧？」

「你沒事去史坦的店吃飯做什麼？」另一個守衛問。

「我老闆給的薪水不怎麼好。」賈斯柏說。

「我懂。」守衛回答，揮手讓他去拱門那兒。

又能被同情、又能相互理解……我以後要多裝成觀光客，賈斯柏想，如果這些警隊員對我這麼放水，拋棄幾件上等背心我也願意。

他們通過拱門底下時，賈斯柏注意到內建的螺旋樓梯。樓梯通往上層拱廊，他從那裡能更清楚地看到整個台上。他們承諾不會讓古維孤身面對危險，即便那小鬼是麻煩精，賈斯柏也不打算辜負他。

他們朝拇指末端的禮拜堂走去時，賈斯柏謹慎地確認了自己的錶。四點鐘響時，伊奈許會在橘色禮拜堂的圓頂上方等候，將他的步槍放下來給他。

「噢，」賈斯柏呻吟著，希望守衛能加快腳步。「我不曉得能不能撐到那裡。」

守衛發出一小個嫌惡的聲音，跨大步伐。「老兄，你點了什麼？」

「特餐。」

「絕對不要點特餐。他們根本就是把前一天剩下的玩意兒拿來再加熱。」他們抵達禮拜堂，守衛說：「我讓你從這扇門出去，路對面有間咖啡屋。」

「謝謝。」賈斯柏說，接著一手扣住守衛的脖子，施加力道，直到對方身體一軟。賈斯柏從手腕脫下皮革帶，將守衛的雙手在背後綁緊，再從頸子拿下方巾塞進他口中，接著把警衛的身體滾到祭壇後面。「祝你好夢。」賈斯柏說。他覺得對這傢伙有些不好意思——不過，也不至於到願意把對方叫醒、給他解開繩子的程度。

他聽見教堂傳來轟的一聲，低頭朝整條中殿望去。由於教堂的拇指建造得比教堂本身稍高一些，他放眼望去只能看到後排觀眾的頭頂，但是就聲音判斷，浪汐工會似乎好好大鬧了一場。賈斯柏再次確認了錶，上樓梯。

這時一隻手抓住他的領子，將他往後扯。

他重重摔在禮拜堂地上，肺裡空氣整個吐光。攻擊他的人站在樓梯底部，垂下一雙金色瞳仁看著他。

自從賈斯柏在西埠的白玫瑰之屋看到他離開，他的衣服不一樣了。現在，這名鐵翼兵寬闊的肩膀套著橄欖褐色制服，鈕釦閃閃發光，黑髮全往後梳成緊緊的馬尾，露出粗得像火腿的頸子。他的外貌就如他的本質——無疑是武器。

「看你為這場大會盛裝打扮，我很欣慰。」賈斯柏喘著氣，仍在努力找回呼吸節奏。

蜀邯士兵深吸一口氣，鼻孔擴張，露出微笑。

賈斯柏手忙腳亂地退後，士兵則步步逼近。賈斯柏不禁咒罵自己為什麼沒拿市警隊隊員的槍。那把小手槍對遠距射擊沒啥幫助，但至少好過被巨人俯視時手中空空如也。

他一躍起身，拔腿一路衝回中殿。如果他能抵達教堂……也許是得解釋一下，但這麼一來那個蜀邯士兵就不能在拍賣當中攻擊他了，對嗎？

不過賈斯柏也不會知道了。士兵從後方猛力衝撞，拖著他倒地。教堂簡直遙不可及，拍賣的喧囂與浪汐工會變成在高聳石牆上迴響的遙遠回音。**行動與反響**，在那名士兵將賈斯柏一把翻過來時，他荒謬地想到這句話。

賈斯柏像魚一樣狂扭，閃避大塊頭的箝制，慶幸自己的身形有如進行嚴格飲食控制的鷺鳥。他再次站起。然而，儘管那名士兵塊頭那麼大，速度卻驚人敏捷。他又一次將賈斯柏拋去撞牆，賈斯柏吐出一聲痛喊，猜想自己是否斷了根肋骨。**這對你是好事，動一動對肝好。**

他實在無法一面被這名莽漢粗暴對待，一面清楚思考。

賈斯柏看見那名巨人將拳頭往後縮，手指上閃動一絲金屬光芒。**他們給了他真正的銅製手指虎**，他在恐懼中領悟。**他們把金屬嵌進了他手中。**

他千鈞一髮向左躲開，士兵的拳頭發出如雷的聲響，砸進他腦袋旁邊的牆壁。

「手滑。」士兵用口音很重的克爾斥語說。他再次深呼吸。

他記得我的氣味，賈斯柏想，**在埠頭那天，他根本不在乎會不會被市警隊發現，就這麼持續狩獵，現在，他找到獵物了。**

士兵再次將拳頭拉往後，他會把賈斯柏打到失去意識，然後……然後怎樣？打破禮拜堂的門、像扛袋穀子一樣扛著他走在街上，把他交給某個長翅膀的同夥？

至少這樣我就再也不會讓任何人失望了。他們會拿煉粉餵他個飽，搞不好他有辦法活到替蜀邯搞出新一批鐵翼兵。

賈斯柏往右閃，士兵的重拳在教堂牆壁上搥出另一個大洞。

巨人的臉孔因憤怒而扭曲。他壓著賈斯柏的脖子，固定住他，往後收拳，打算擊出最後一擊。毫秒間，上千思緒湧進賈斯柏腦中：父親縐巴巴的帽子；左輪珍珠槍柄的光芒；伊奈許挺直如箭的站姿。**我不要道歉。**韋蘭坐在墓窖中的桌前，啃著拇指邊邊。**任何一種糖，**他說，**還有……不要靠近汗水、血或唾液。**

化學象鼻蟲。伊奈許把沒用的瓶子丟在克特丹套房桌上，當他和父親爭執時，手裡正玩弄著一瓶。這時，賈斯柏的手指在褲子口袋胡亂摸索，握住了一個玻璃瓶。

「煉粉！」賈斯柏衝口而出。那是他唯一知道的蜀邯話。

士兵暫停動作，拳頭停在半空。他將頭歪向一側。

要藏在靶子不瞄之處。

賈斯柏煞有其事地張開嘴唇，假裝要把什麼擠入口中。

士兵睜大眼睛，一面試圖將賈斯柏的手拉開，一面放鬆了箝制的力道。鐵翼兵發出了個聲音，也許是聲悶哼，也許打算開口反駁，不過都不重要了。賈斯柏用另一手將玻璃瓶砸碎在士兵張開的口中。

玻璃碎片嵌進他嘴唇、從下巴灑出來，血汩汩流淌。同時間，巨人瑟縮退後。賈斯柏瘋狂地在衣服上抹著手，希望沒有弄破手指，讓象鼻蟲跑進來——但是什麼也沒發生。士兵除了火冒三丈外沒什麼變化。他怒吼著，抓住賈斯柏的肩膀，將他提起離地。**噢，諸聖啊，**賈斯柏想，**也許他根本懶得把我帶去交給同伴了。**他抓住巨人粗壯的手臂，拚了命想掙脫箝制。

鐵翼兵搖撼賈斯柏一下，咳了起來，巨大的胸膛一顫，然後又搖了他一下——虛弱且斷斷續續地輕搖。

接著賈斯柏就懂了——士兵不是在搖他，是自己在顫動。

巨人口中冒出低沉的嘶聲，有如雞蛋落在熱呼呼的煎鍋上，粉紅色泡沫咕嘟咕嘟從他唇間升起，血沫與唾液滴落下巴。賈斯柏縮了縮身子。

士兵呻吟著，巨大雙手放開賈斯柏的肩膀。賈斯柏緩緩後退。當鐵翼兵的身體開始抽搐、胸口鼓起，他的眼神怎麼也無法從對方身上移開。士兵身體一折，一道粉紅膽汁從口中噴出，濺在牆上。

「你又沒中。」賈斯柏說，努力不要吐出來。

巨人往旁邊一斜，癱倒在地，像棵倒下的橡樹一動也不動。

有一瞬間，賈斯柏就這麼傻傻看著他巨大的軀體，接著便恢復理性。他用掉了多少時間？他快步衝回拇指中殿盡頭的禮拜堂。

他還沒到門前伊奈許就出現了，急忙朝他跑來。他錯過了時間，如果不是覺得他遇上了麻煩，她不會跑來找他。

「賈斯柏，你到──」

「槍。」他斷然說道。

她沒有多問一句，立刻從肩上解下槍，他一抓起槍就跑回教堂去，只希望能成功上到柱廊。警報響起。太遲了。他總是無法守時，他會辜負他們每一個人。狙擊手沒了槍還有什麼用？要是賈斯柏開不了槍，還有什麼用？他們會被困在這座城市，被關起來，可能被處死。古維會被賣給最高出價者，煉粉會像燎原野火燒遍全世界，大家會更熱中於獵捕格里沙。在斐優達，在迷回島、諾維贊。柔瓦將會消失，被迫加入軍隊，受這詛咒的藥劑吞噬殆盡。

警報聲音時起時落，教堂裡充斥喊叫，人們紛紛衝向主要大門。很快地，他們就會擁入拇指中殿，尋找另一個出口。

槍誰都會用，但不是人人都懂得瞄準。他聽到母親的聲音。我們是柔瓦，你和我。

不可能。從這個地方他甚至連古維都看不到——而且沒有人有辦法從轉角開槍。

但賈斯柏很清楚教堂內部配置。他知道那兒是一條筆直通往拍賣所在區域的走道。在他的心眼中，能看見古維衣服上的第二顆釦子。

不可能。

一顆子彈只有一種彈道。

但要是能夠導引子彈呢？

不是人人都懂得瞄準。

「賈斯柏？」伊奈許在他身後開口。他舉起步槍。那是再普通不過的槍，但他自己做了改造，裡頭只有一發子彈——非致命，用蠟和橡膠混合製成。要是他失手，可能會有人受重傷；但要是他不發射，就會有非常多人受傷。該死，賈斯柏想，要是我沒打中古維，搞不好還能射瞎范艾克一隻眼睛。

他和槍匠共事過，製造他自己的彈藥。他比瞭解瑪卡賭輪的規則還瞭解自己的槍。賈斯柏專注於子彈上，感受著其中最細微的部分。也許他也是這樣，是槍膛中的一顆子彈，花了一輩子等待找到方向的瞬間。

槍誰都會用。

「伊奈許，」他說：「如果妳有多餘的禱告，現在正是拿來用的好時機。」

他開槍發射。

時間彷彿慢下腳步——他感到步槍的後座力，子彈無可阻擋的衝勢。賈斯柏用上全副意志力專注於包裹子彈的蠟層，拉扯向左，那一擊仍在他耳中嗡嗡作響。他感到子彈轉了彎，瞄準那顆鈕釦——第二顆，那一小塊木頭，以及將它固定在那兒的細線。

那不是天賦，是詛咒。可是如果就賈斯柏的例子，他的人生可稱充滿祝福。他的父親、母親；伊奈許，妮娜；領著他們穿越泥濘運河的馬泰亞斯。凱茲——就連凱茲，這性格殘酷、充滿缺陷的傢伙——也在他可能被克特丹整個吞噬時給了他一個家和家人。還有韋蘭。韋蘭甚至在賈斯柏還不明白自己體內的力量其實是祝福前，就先知道了。

「你剛剛做了什麼？」伊奈許問。

也許什麼都沒有，也許是不可能的奇蹟。對於極其微渺的可能性，賈斯柏向來無法抗拒。

他聳聳肩。「做了我一直以來做的事——開槍射擊。」

37 凱茲

子彈射中古維時，凱茲就站在他旁邊，也是第一個到他身旁的人。他聽見教堂中有零零落落的槍響，應該是慌了手腳的市警隊隊員輕率扣下扳機。凱茲跪在古維身體上方，藏起他的左手，避開視線，並拿注射器刺入那名蜀邯男孩的手臂。到處都是血，賈倫·瑞梅克倒在台上，大吼大叫：「我中彈了！」但他並沒有中彈。

凱茲喊醫士過來，那名矮小的禿頭男子手足無措地僵在舞台旁照料韋蘭，一臉嚇得要死。馬泰亞斯得抓住醫士的手肘把他拖過來。

人們還在推擠著想從教堂出去。拉夫卡士兵和斐優達人之間爆發爭吵，同時，史鐸霍恩、柔雅和娟雅朝出口衝去。商會成員帶著一小隊市警隊人馬將范艾克團團包圍，他哪裡也去不了。一陣子後，凱茲看見伊奈許和賈斯柏在一波波的人潮中推擠，試圖逃上中央走道。凱茲細細將伊奈許檢視一回。她渾身血淋淋，雙眼又紅又腫，但似乎安然無恙。

「古維——」伊奈許說。

「我們現在幫不了他了。」凱茲說。

「韋蘭——」賈斯柏看見那些傷口及迅速形成的瘀青。「諸聖啊，那都是眞的嗎？」

「安妮卡和奇格把他揍慘了。」

「我希望看起來很眞。」韋蘭說。

「我佩服你在小地方上如此用心，」凱茲說：「賈斯柏，和韋蘭待在一塊兒，他們應該會想訊問他。」

「我沒事。」韋蘭說，雖然他的嘴唇太腫，講起話聽來更像「偶沒似」。

兩名市警隊守衛將古維抬上擔架時，凱茲趁隙對馬泰亞斯點了頭。他們並未硬從教堂中的人群擠出去，而是轉往通向格森小指頭出口的拱門。馬泰亞斯拽著那名醫士跟在他們身後。關於古維有沒有活下來，絕不能節外生枝。

凱茲和伊奈許跟著他們走進中殿，但伊奈許在拱道暫停腳步。凱茲見她回頭望了一次，而當他順著她的目光看去，看見了范艾克。他被憤怒的議員包圍，正直勾勾地回瞪著她。他還記得她在善女橋對范艾克說的話，**你會再次見到我，僅只一次**。根據范艾克緊張吞嚥一下的動作，他顯然也記得。伊奈許微乎其微地鞠了個躬。

他們從小指中殿快步跑進禮拜堂。但是通往街上和再過去的運河的門上了鎖。他們身後，禮拜堂的門砰一聲關起。佩卡·羅林斯往後靠在上頭，身邊圍著四名一角獅嘍囉。

「時間剛好。」凱茲說。

「我想這個你也預測到了，是不是？你這狡猾的小混蛋？」

「我知道這次你不會讓我就這麼走掉。」

「的確，」羅林斯承認，「那時你來找我要錢，我就該挖了你和你朋友的內臟，給自己省下一堆麻煩。是我太蠢。」羅林斯聳動肩膀、脫掉夾克。「小鬼，我承認我沒對你表現出該有的尊重，但現在你得到了，我恭喜你。你非常值得我花時間拿你那根棍子把你揍到沒命。」伊奈許抽出刀。「別、別，小姑娘，」羅林斯警告道。「這是我和這個自大混帳之間的事。」

凱茲對伊奈許點點頭。「他說得沒錯，我們這場談天實在耽擱太久了。」

羅林斯笑了笑，解開袖口釦、捲起袖子。「小鬼，談天時間結束了。你很年輕，但我早在你出生以前很久就開始和人吵架了。」

凱茲沒動，雙手仍擱在他的枴杖上。「我沒必要與你爭，羅林斯，我要和你談筆交易。」

「啊，在巴特教堂進行公正的交易。你讓我花了不少錢，並用你那些花招詭計給我惹了不少麻煩。我看不出你還能端出什麼好料，可以比我親手把你宰了更讓人滿意。」

「開利王子。」

「整整三層樓的人間天堂、東埠最高級的賭場……你是在那裡裝了炸彈還什麼嗎？」

「不是，我說的是小開利王子，」羅林斯僵住，「熱愛甜食，有著像父親的紅髮，老是不好好照顧玩具。」

凱茲將手伸進外套，拿出一小隻鉤針做的獅子。它的黃有些褪色，毛線做的鬃毛纏在一起——上頭沾了深色的土。凱茲任憑那東西掉落地面。

羅林斯盯著那東西看。「那是什麼？」他說，聲音細微猶如蚊蚋。然後，他彷彿突然神智清醒，吼了出來：「那是什麼？」

「你很清楚這是什麼，羅林斯。告訴我你和范艾克有多相像的人不就是你嗎？這行的佼佼者，創造能流傳後世的事物。你們都很在意自己的遺產。但要是無法留給任何人，那又有什麼好處？所以，我發現自己不禁在想：這一切都是爲誰建立的？」

羅林斯捏緊了拳頭，前臂壯碩的肌肉一抽一抽，雙下巴顫抖。「布瑞克，我要殺了你，我要殺了你愛的一切。」

現在換成凱茲放聲大笑。「羅林斯，訣竅就在於什麼都不要愛。隨你怎麼威脅。你可以當場把我開膛破肚，但絕無可能及時找到兒子、救他出來。我想想……要不要我割了他的喉嚨、打扮得漂漂亮亮送到你們前呢？」

「你這無足輕重的巴瑞爾垃圾，」羅林斯咆哮，「你他媽的到底想要什麼？」

凱茲感到心中的幽默消逝無蹤，體內那扇黑暗的門大大敞開。

「我要你想起來。」

「想起來什麼？」

「七年前，你詐騙了兩個從南方來的男孩。農場男孩太蠢，什麼也不知道。你收留我們，讓我們相信你，你的假太太、假女兒和我們一起吃燉菜。你拿走我們的信任，再拿走我們的錢——然後拿走我們的一切。」他能看到羅林斯腦中運轉。「還想不起來？因爲實在太多了對不對？那年你進行了多少詐騙？從那時至今，你騙了多少不幸的肥羊？」

「你沒有權利——」佩卡憤怒不已，胸口斷斷續續劇烈起伏，雙眼目光不斷被那個玩具獅子吸引過去。

「別擔心，你的孩子沒死——現在還沒。」凱茲細細看著佩卡的臉孔。「好，我來幫你——你用了雅各·賀琮這個名字，你讓你弟弟幫你找目標，你在咖啡屋進行這件事。」

「在公園對面，」佩卡迅速回答：「有櫻桃樹的那個。」

「就是那個。」

「孩子，那已經是很久很久以前了。」

「你騙走了我們的一切，我們流落街頭後死掉——以各自的方式死去，但只有一人重生。」

「所以你從頭到尾就是爲了這件事？所以你看我的時候，那雙鯊魚似的眼睛才一直帶著殺意？」佩卡搖搖頭。「你們是兩隻肥羊，而我正好是宰你們的人。就算不是我，也會有其他人。」

黑暗的門打得更開，凱茲眞想跨過去。他永遠都不會完整；約迪永遠無法復活。但佩卡・羅林斯可體驗一下他們曾經歷的無助。

「那我只能說算你運氣背，」他吐出這句話。「你，還有你兒子。」

「我認爲你在說大話。」

凱茲微微一笑。「我埋了你兒子，」他低吟道，品嘗著那些字句。「我活埋了他，埋在一塊岩土的六呎之下。整個過程我都能聽到他的哭喊，求著想見父親。『爸爸、爸爸。』我從沒聽過那麼美好的聲音。」

「凱茲——」伊奈許臉色蒼白。就只有這件事，她無法寬恕他。

羅林斯狂衝上前，抓住他的翻領，一把將他摜在禮拜堂牆上。凱茲任著他。羅林斯渾身是汗，有如濕潤的李子，怒容混合絕望與恐懼。凱茲全部納入眼中，他要記得這每一瞬間。

「布瑞克，告訴我他在哪裡，」他再次將凱茲的頭狠狠敲到牆上。「告訴我。」

「這交易再簡單不過，羅林斯，只要說出我哥哥的名字，你兒子就能活命。」

「布瑞克——」

「告訴我我哥哥的名字，」凱茲重複，「再給你個暗示如何？你邀請我們到銀之街的房子，你的妻子彈鋼琴，她名叫瑪吉，那裡有隻銀毛狗，你叫你女兒沙絲奇雅，她辮子上紮了紅色緞帶。瞧，我都記得，全部記得。一點也不難。」

羅林斯放開他，在教堂踱著步，雙手抓耙過稀薄的頭髮。

「兩個男孩，」他瘋狂地說，搜索枯腸。羅林斯回身轉向凱茲，指著他。「我記得，兩個從里居來的男孩，你們有一小筆微不足道的財產，你的哥哥夢想成爲生意人，想當個商人，就像從巴瑞爾下船的每一個可憐蟲，想變有錢。」

「沒有錯，又來兩個能讓你過得愜意舒適的蠢蛋。現在，告訴我他的名字。」

「凱茲和……」羅林斯兩手啪地抱住頭頂，在禮拜堂左左右右、前前後後地走來走去。他的呼吸粗重，彷彿跑遍了整座城市。「凱茲和……」他回身轉向凱茲。「布瑞克，我可以讓你變得很有錢。」

「我自己就可以變得有錢。」

「我可以給你整個巴瑞爾，給你作夢都想不到的影響力——無論你想要什麼。」

「那讓我哥哥復活。」

「他是個笨蛋，你自己也知道！他就像任何一個靶子，以爲自己比這體系更聰明，想賺點快錢。如果是正直的人，就不會受欺騙。你明明很清楚，布瑞克！」

貪婪就是我的手段。佩卡・羅林斯讓他明白這個教訓，而他也沒有錯。他們都曾是笨蛋。也許有一天，凱茲會原諒約迪無法成爲他心中的完美哥哥，也許，他甚至能寬恕自己竟是個容易受騙、輕信他人的男孩，以爲某人可能眞的只是想對他們好。但羅林斯不配得到緩刑。

「布瑞克，你最好告訴我他在哪裡，」羅林斯對他怒吼。「告訴我我兒子在哪裡！」

「說出我哥哥的名字，就像東埠的魔術表演——就像說出咒語，把他的名字說出來。你想要你的孩子嗎？他有什麼資格過這種受人寵愛、嬌生慣養的生活？他和我或我哥哥有哪裡不一樣？」

「我不知道你哥哥叫什麼名字——我不知道！我不記得！我正想闖出名聲，搜刮一點小錢，我以爲你們只會吃一個禮拜的苦，然後回去鄉下家中。」

「不，你沒有，你讓我們以爲沒有別的出路。」

「拜託，凱茲，」伊奈許低聲說：「不要這麼做，不要變成這種人。」

羅林斯呻吟著說：「我求求你——」

「你有在求嗎？」

「你這王八羔子。」

凱茲確認一下錶。「浪費一堆時間講廢話，你兒子還埋在黑暗之中。」

佩卡瞥向他的人手，雙手抹臉，然後慢慢地，他的動作彷彿變得沉重，像是得勉強身上所有肌肉才能這麼做——羅林斯跪了下來。

凱茲看著一角獅的人開始搖頭。在巴瑞爾，軟弱不可能贏得尊敬，無論理由有多充分。

「布瑞克，我求求你。他是我的一切，讓我去找他、讓我去救他。」

凱茲看著佩卡．羅林斯——也就是雅各．賀琮——終於跪在他面前，眼中閃著淚光，痛苦神情深深刻在他那張漲紅臉面的紋路中。**一步一步來**。

這還只是起頭。

「你的兒子在焦油園最南邊的角落，距離蘋布克以西兩哩，我用一支黑旗標出那塊地，如果你現在動身，應該有足夠時間救到他。」

佩卡搖晃著站起，開始發號施令。「先派小伙子讓馬等著，找個醫士給我。」

「但是瘟疫——」

「找那個幫翡翠皇宮待命的，如果有必要，你親自把那傢伙從病房拖出來。」他對著凱茲胸口戳出一根手指。「布瑞克，你會為此付出代價——而且不會一次就結束。我要讓你吃的苦頭絕對沒有結束的一天。」

凱茲對上佩卡的眼神。「吃苦就和所有事情一樣，只要相處夠久，就能學會享受。」

「我們走，」羅林斯說。他手忙腳亂摸索上鎖的門。「該死的鑰匙在哪裡？」他手下之一拿著上前，但凱茲注意到他和他的老闆保持距離。今晚，他們就會將佩卡．羅林斯下跪的傳聞傳遍巴瑞爾，羅林斯一定也曉得。他非常愛他的兒子，愛到願意拿自己的自尊和名聲下賭注。凱茲認爲這應該算得上什麼。也許對別人來說確是如此。

通往街道的門碰地打開，沒多久，他們便消失身影。

伊奈許身子一低，蹲到了地上，雙手壓住眼睛。「他能及時趕到嗎？」

「趕到什麼？」

「就是……」她盯著他。他一定會想念這驚訝的眼神。「你沒有，你沒有活埋他。」

「我甚至連那孩子都沒看過。」

「但那隻獅子——」

「只是猜測。佩卡對一角獅如此驕傲，相當好預測。那孩子很可能有上千隻獅子能玩，外加一頭木製巨獅可以到處騎。」

「你究竟怎麼知道他有個小孩？」

「在范艾克家那晚想出來的。羅林斯一直滔滔不絕吹噓他建立的家業。我知道他有座鄉間小屋，又常離開城市。我就推測他在某處藏了個情婦。但他那晚說的話讓我重新想了一次。」

「他有兒子而不是女兒，這也是猜的？」

「而且有受教育。他將他的新賭場命名爲開利王子，所以那一定是個紅頭髮小男孩。此外，哪個孩子不愛甜食？」

她搖搖頭。「那他在那塊地上會發現什麼？」

「什麼都沒有。他的人無庸置疑會回報他兒子安然無恙，正在做一些受寵小孩在父親不在家時會做的事。但我希望佩卡會花上痛苦至極的幾個小時挖土，並在那前方不斷繞圈打轉。最重要的是，他將無法在場證實范艾克宣稱的所有事項，而人們會聽說他急急忙忙逃離城市——還帶著一名醫士。」

伊奈許抬頭望著他，凱茲看得出她已將整個謎團拼湊完整。「疾病爆發點。」

「開利王子、翡翠皇宮、甜美居——佩卡．羅林斯手下的所有生意。它們全會遭到關閉，並且隔離好幾週。就算這座城市認爲他手下的員工在散布疾病，爲了預防措施將他其餘旗下事業也關閉，我也不會意外。經濟上他要恢復，恐怕得花至少一年時間，要是恐慌狀態維持夠久，也許還會更長。當然，如果議會認爲他協助創造那個假同盟，可能永遠不會再把營業執照發給他。」

「命運對我們都有安排。」伊奈許靜靜地說。

「而有時命運要有一點推力。」

伊奈許皺眉。「我以爲你和妮娜在埠頭選了四個爆發點。」

凱茲整整袖口。「我也讓她去了艷之園。」

她露出微笑，然後眼睛一紅，雙頰上綴著某些灰塵。那是他以爲得以死交換才能再看見的微笑。

凱茲看一下時間。「我們該走了，還沒結束。」

他朝她伸出戴著手套的一手。伊奈許深深吸了一大口顫抖的氣，握住，有如火焰中的煙霧那樣起身——但她沒有放開手。「凱茲，你展現了慈悲之心。你是更好的人。」

她又來了，在毫無人性美好之中尋找一絲美好。「伊奈許，我只能殺佩卡的兒子一次，」他用枴杖將門推開。「但他能想像他的死上千次。」

38 馬泰亞斯

馬泰亞斯在古維毫無生氣的身體旁小跑，兩名市警隊隊員將男孩抬上擔架，瘟疫警報一面嚎叫，他們一面和他一起朝珀斯運河跑去。醫士拚命跟上，身上穿的大學袍不斷翻飛。

當他們抵達碼頭，醫士抓住古維的手腕。「這根本是白費工夫，他已經沒有脈搏了，子彈一定打穿了他的心臟。」

千萬別把衣服掀開。馬泰亞斯無聲祈禱著。賈斯柏那顆蠟和橡膠做的子彈已在擊中古維鈕釦下的囊袋時碎裂，並炸開外皮，將血液和骨頭撒得到處都是。那些血塊是從肉店蒐集來的，但是醫士絕不可能知道。對教堂的所有人來說，古維．育．孛很顯然被一發擊中心臟，當場死亡。

「該死，」醫士說：「急救船在哪裡？管碼頭的人又在哪裡？」

馬泰亞斯覺得就連他都能輕而易舉回答出這些問題。管事的當然是一聽到瘟疫警報就立刻拋下工作崗位，就連從這個狹窄的制高點，他們都能看到運河上的船隻塞得水洩不通。人們在水上一面喊叫一面拿槳亂戳彼此的船身，試圖在運河關閉前從城市疏散出去，以免被困在疫區中。

「大夫！這裡！」有人在一艘漁船上喊著：「我們可以帶你們去醫院。」

醫士露出警戒的神情。「船上有沒有人出現感染跡象？」

漁夫比了比一個肚子非常大的孕婦，她躺在船後方的遮雨棚底下。「大夫，沒有，就只有我們兩個，而且都很健康。可是我太太就要生了，如果來不及到醫院，能有你們這樣的人在船上，對我們也算能派上用場。」

醫士的臉有點發青。「我不是……我不會治女人的病。此外，你們爲什麼不在家裡生孩子？」他懷疑地問。

他根本不在意古維的死活。馬泰亞斯陰鬱地想，**他是在幫自己找藏身處。**

「沒有房子，」那人說：「只有船。」

醫士回頭看看從主教堂大門擁出的驚慌人群。「好，那走吧。你留著。」他對馬泰亞斯說。

「我是他挑的保護者，」馬泰亞斯說：「他去哪裡我就去哪裡。」

「這裡擠不下你們所有人。」漁夫說。

市警隊隊員憤怒地低聲交談了一會兒，其中一人說：「我們會把他放到船上，但是之後我們就得到指揮站報告。這是規定。」

凱茲說過，這些隊員在瘟疫爆發時絕對不會想去任何靠近醫院的地方。他說得沒錯。馬泰亞斯其實也怪不了他們。

「但我們可能會要求保護。」醫士抗議道。

「保護死人嗎？」市警隊隊員說。

「是保護我！我是個在瘟疫時還到處走動的醫士！」

隊員們聳聳肩。「這是規定。」

他們將擔架抬上船，旋即揚長而去。

「一點責任感也沒有。」醫士噴了口氣。

「他看起來好像不怎麼好。」漁夫瞥了瞥古維。

「他沒救了，」醫士說：「但還是得做做樣子，就像穿制服的朋友說的，『這是規定』。」

懷孕的女人發出恐怖的呻吟，醫士急忙避往船的圍欄，差點打翻一桶烏賊，馬泰亞斯一看就覺得心情舒爽。他只希望這個脾氣不好的儒夫能離妮娜和她的假肚子有多遠就多遠。馬泰亞斯現在滿腦子只想親自確認她是否安好，卻不能去看她，實在太痛苦了。不過他只要看那麼一眼，就知道她比安好還要好。她的臉紅潤發光，雙眼燦亮如翡翠。這是因爲她使用了力量——不管是什麼形式。*違背自然*，一個古老且堅決的聲音說，*這很美*，另一個聲音這麼說，那是他幫助賈斯柏和古維逃出黑幕島當晚的聲音。這聲音比較新，也沒那麼確定，但前所未有地響亮。

馬泰亞斯對著漁夫點了個頭，羅提回他一個眨眼，簡單地扯了一下僞裝的假鬍子。他迅速撐動船隻，在運河上划行。

他們靠近贊特橋時，馬泰亞斯瞥見停泊在底下的巨大賣酒船。船非常寬，在羅提試圖通過時刮到了船殼。賣酒的人和羅提爆開一陣激動爭執，妮娜又發出幾聲哀號，既長又響，馬泰亞斯不禁懷疑她想和瘟疫警報來場比試。

「也許妳該深呼吸幾口氣？」醫士遠遠在圍欄側提出建議。

馬泰亞斯非常低調地用警告眼神看了妮娜一下。他們可以假裝懷孕，卻無法眞的生出小孩——至少他不認爲。但到了這個關頭，他已經不曉得凱茲有什麼不可能做到了。

醫士大吼，要馬泰亞斯把他的袋子拿來。馬泰亞斯假裝翻找了一會兒，抽出聽診器，推進一堆網子底下藏起來，以防醫士想聽妮娜的肚子。

馬泰亞斯把袋子遞過去。「你要找什麼？」他問，在古維的屍體被換成前晚從停屍間偷來的屍體時，用壯碩的身體擋住醫士視線，不讓他看到賣酒船。史鐸霍恩一把娟雅弄出教堂，她就前往橋下，對屍體的臉進行塑形，並提高屍體的體溫。一定得讓屍體不要一副死了太久的模樣。

「鎮定劑。」醫士說。

「那對懷孕的女人安全嗎？」

「是給我的。」

賣酒的人又對羅提吼了幾句粗話——史貝特顯然自得其樂——接著漁船就通過了贊特橋，一路航行，並因爲離開了運河最擁擠的部分而走得更快。馬泰亞斯忍不住那股回頭的衝動，看見有人影在賣酒船一箱箱疊起的酒後方移動。還有很多工作要做。

「我們要去哪裡？」醫士突然開口。「我以爲我們要去大學診所。」

「水路關閉了。」羅提撒謊。

「那就帶我們去格森達爾醫院，而且要動作快。」

這正如他們的意。大學診所雖然更近，但格森達爾更小，醫務人員也比較不夠，對瘟疫造成的驚慌一定措手不及。如果不希望屍體被檢查得太仔細，這絕對是完美地點。

他們在醫院碼頭停下船，有員工幫忙羅提和妮娜下船，也幫忙將擔架抬出來。但是他們一抵達醫院大門，那裡的値班護士就看了擔架上的屍體一眼，說：「你帶個屍體來這裡做什麼？」

「這是規定！」醫士說：「我只是在做分內的事。」

「我們因爲瘟疫封鎖了，死人沒有病床，把他帶到後面的馬車間去，運屍人今晚來收他。」

醫務人員帶著擔架繞過轉角、不見人影。等到明天，這個陌生人的屍體就會化爲灰燼，眞正的古維就能自由自在地過自己的人生，不必隨時擔心回頭。

「好吧，那至少幫幫這個女人，她就要——」醫士到處張望，妮娜和羅提卻消失了。

「他們已經進去了。」馬泰亞斯說。

「但是——」

護士厲聲說道。「你們打算一整天站在這裡擋住門口，還是進來出點力幫忙？」

「我……還得去其他地方，」醫士說，忽視護士難以置信的眼神。「有些人還真是粗野，」他們離開醫院時，他一面口沫橫飛一面撣著自己的長袍。「我可是大學裡的學者。」

馬泰亞斯深深一鞠躬。「你讓我逃過審判，我衷心感謝。」

「啊，那個，的確是這樣。我只是按照我起的誓言。」醫士緊張兮兮地看著周圍房子和店家，它們都鎖起了大門、緊閉上窗板。「我真的……得去診所了。」

「大家一定會對你的付出感激涕零。」馬泰亞斯說，非常確定醫士打算衝回家，躲進自己房裡，擋開任何可能只是吸一下鼻子的人。

「沒錯，沒錯，」醫士說：「祝你順心、身體健康。」他急匆匆地在狹窄的街道跑了起來。

馬泰亞斯發現自己一面慢慢朝反方向跑，一面微笑。他會回到贊特橋，和其他人會合，並衷心希望古維很快就會醒來。他會和妮娜在一起，而說不定——說不定他們可以開始思考未來。

「馬泰亞斯．赫佛！」一個怒氣沖沖的高亢嗓音傳來。

馬泰亞斯轉過身。有個男孩站在荒廢街道的正中央——那個在拍賣時惡狠狠瞪著他、冰白色頭髮的年輕獵巫人。他穿著灰色制服，而非正式獵巫人士兵的黑。他是從教堂一路跟馬泰亞斯到這裡的嗎？他看到了什麼？

男孩不可能超過十四歲，握著手槍的手在顫抖。

「我控告你叛國，」他的聲音破開。「你對斐優達和獵巫人弟兄犯下了叛國罪。」

馬泰亞斯舉起雙手。「我沒有武器。」

「你背叛你的國家，和你的神。」

「我們從未謀面。」

「你殺了我的朋友——在突襲冰之廷的時候。」

「我沒殺任何一個獵巫人。」

「是你的同伴殺的。你是個殺人犯，也羞辱了布魯姆指揮官。」

「你叫什麼名字？」馬泰亞斯溫和地問。這個男孩並不想傷害任何人。

「都無所謂了。」

「你是新加入軍團的嗎？」

「六個月。」他抬高了下巴。

「我在比你更小的時候就加入了。我知道那裡是什麼模樣，知道他們灌注什麼想法給你。但你不必這麼做。」

男孩甚至抖得更嚴重。「我以叛國罪控告你。」他重複道。

「我有罪，」馬泰亞斯說：「我做了許多可怕的事，如果你想，我現在就可以和你一起走回教堂。我會面對你的朋友和指揮官，也許正義就能伸張。」

「你在撒謊，你甚至任他們殺死你應該保護好的蜀邯男孩。你是叛徒、懦夫。」很好，他認爲古維已經死了。

「我跟你走，我向你承諾——而且你手上有槍。你沒有任何理由怕我。」

馬泰亞斯上前一步。

「待在原地不准動！」

「不要怕，他們就是利用這來控制你。」**我們會找到方式改變他們的想法**。這男孩才在軍團待六個月，可以說動的。「這世上有很多東西你完全不必害怕——只要張開眼睛好好去看。」

「我叫你待在原地不准動。」

「你不想傷害我的，我知道。我曾經也和你一樣。」

「我和你根本不一樣。」那男孩說，藍色雙眼閃動火焰。馬泰亞斯在其中看見氣憤與狂怒，對此他再熟悉不過。但是，當他聽見槍響，仍滿懷訝異。

39 妮娜

羅提拔掉假鬍子、脫掉外套，妮娜也脫了袍子和綁在短上衣外沉甸甸的橡膠肚子。他們把所有東西綁成一綑，爬上停在贊特橋下的賣酒船時，妮娜將它們一概拋到船外丟掉。

「眞是解脫啊。」那東西沉進水裡時，她說。

「妳還眞是一點母性都沒有。」凱茲從一箱箱酒後面冒出來。

「伊奈許呢？」

「我很好，」伊奈許從他身後現身。「但是古維——」

「妳又在流血了，」妮娜溜到疊得高高的箱子後方加入他們，觀察著她全身上下。「妳的眼睛又是怎麼回事？」

「我可能會叫妳去問白刃，不過……」伊奈許聳聳肩。

「希望她死得很慘。」

「妮娜。」

「怎樣？我們總不能都走溫良恭儉讓路線吧？」

他們身在一箱箱酒和石橋拱形間的陰影中。古維躺著的擔架擱在箱子臨時湊成的桌上，娟雅正將某個東西注射到蜀邯男孩臂中，柔雅和一個男人也在旁觀看，妮娜猜那應該是史鐸霍恩。

「他怎麼樣？」妮娜問。

「如果他有脈搏，我也找不到。」娟雅說：「毒藥還眞有用。」

可能太有用了。娟雅說過，那個毒藥會使他慢下脈搏和呼吸，幾乎形同死亡。但這效果實在可信到令人不適。妮娜心中有部分很清楚，如果古維死了，這世界可能會更安全。可是她也知道，要是其他人解開了煉粉的祕密，他是拉夫卡做出解藥的最佳機會。他們費盡心力將他從冰之廷救出，機關用盡、不擇手段保他平安，讓他能加入格里沙，鑽研他的研究。古維就等於希望。

同時，他也是不該揹個活靶子在背上的男孩。

「解藥呢？」妮娜問，看著娟雅手中的注射器。

「這已經是她注射的第二劑了。」凱茲說。

當娟雅檢查他的脈搏和呼吸，所有人都在看著。她搖搖頭。

「柔雅。」史鐸霍恩說，帶著命令的語調。

柔雅嘆了口氣，捲起袖子。「把他釦子解開。」

「妳在做什麼？」娟雅解開古維扣起來的釦子時，凱茲問道。他的胸膛窄窄的，肋骨清晰可見，上面濺滿原本裝在蠟製小袋中的豬血。

「我要不是喚醒他的心臟，就是從裡到外把他煮熟，」柔雅說：「退後。」

他們在這擁擠的空間中盡可能退開。「她這麼說到底是什麼意思？」凱茲問妮娜。

「我不確定。」妮娜承認。柔雅伸出雙手、閉上眼睛。整個空氣突然變得又冷又濕。

伊奈許深吸一口氣。「聞起來有暴風雨的氣味。」

柔雅張開雙眼、雙手一合，彷彿要進行祈禱，接著快速搓起兩手手掌。

妮娜感到氣壓下降，舌頭嘗到了金屬氣味。「我覺得……我覺得她要召喚閃電。」

「那樣安全嗎？」伊奈許問。

「一點也不安全。」史鐸霍恩說。

「至少她以前有這麼做過吧？」凱茲說。

「以救人爲目的嗎？」史鐸霍恩問：「我看過她這樣做兩次，但……只有一次成果非凡。」

不知怎麼，他的聲音聽起來好熟，妮娜有種他們見過的感覺。

「準備好了嗎？」柔雅問。

娟雅將摺得厚厚的一疊布料塞進古維齒間，退後，妮娜不禁打了個顫，瞬間明白那是要防止他咬到舌頭。

「我真心希望她不會做錯。」妮娜低聲說道。

「不要像古維這樣玩過頭。」凱茲說。

「這不好拿捏，」史鐸霍恩說：「閃電不愛受人掌控，柔雅自己也賭上了性命安危。」

「我沒想到她竟然是這樣的人。」凱茲說。

「你會很驚訝的。」妮娜和史鐸霍恩異口同聲，她再次毛骨聳然，覺得自己一定認識他。

她望著羅提緊緊閉上眼睛，沒辦法看；伊奈許動著嘴唇，妮娜曉得她一定是在禱告。

柔雅雙手之間啪滋地出現一絲微微的藍色光芒，她深呼吸一口氣，朝著古維胸口一拍。

古維弓起背，整個身體劇烈一折，妮娜覺得他脊椎簡直要斷了。接著，他砰地又落回擔架，雙眼沒有張開，胸口依舊毫無動靜。

娟雅檢查了一下脈搏。「還是沒有。」

柔雅神情一沉，再次合起雙掌，一小滴汗從完美的額頭迸出。「我們真的、真的一定要讓他活下來嗎？」她嘖了口氣。沒人回答，但她持續合掌狂搓，啪滋聲再次增強。

「但是這到底是在做什麼？」伊奈許說。

「電擊他的心臟，直到它恢復自己跳動。」娟雅說：「熱度應該也會改變毒的性質。」

「或殺死他。」凱茲說。

「或殺死他。」娟雅承認。

「再來。」柔雅的語氣堅決。妮娜不禁思考，她的焦慮到底是因爲不確定古維能否活下來，或本身就痛恨任何失敗。

柔雅用張開的手掌猛拍古維胸膛，他的身體一弓，有如被無情強風吹襲的嫩枝，接著又頹然倒回擔架。

古維一個抽氣，眼睛瞬間張開。他掙扎著要坐起來，試圖吐出那團布。

「感謝諸聖。」妮娜說。

「感謝我才對。」柔雅說。

娟雅過去壓住他，他陷入驚慌，雙眼睜得更大。

「噓。」妮娜小聲說，往前靠。古維只知道娟雅和柔雅是拉夫卡代表團的成員，嚴格說來算是陌生人。「沒事的，你還活著——你很安全。」她重複道。

「拍賣——」

「結束了。」

「蜀邯呢？」

他那雙金色的眼睛充滿恐懼，妮娜立刻瞭解他有多害怕。

「他們看到你死了，」妮娜向他保證。「所有人都看到了。所有國家的代表團都看見你心臟中槍，醫士和醫院的人會證明你已經死亡。」

「那屍體——」

「今晚屍體就會被運屍人收走，」凱茲說：「都結束了。」

古維噗咚一聲躺回去，一臂蓋住眼睛，哭出聲來。妮娜輕輕拍著他。「我懂的，孩子。」

柔雅雙手扠著臀部。「都沒人打算爲了這件事——爲了這小小奇蹟——感謝我或娟雅嗎？」

「眞是太感謝妳了——妳差點殺了全世界最有價值的人質，然後又讓他起死回生，這樣你們就能把他挪爲己用。」凱茲說：「現在你得走了。街道幾乎淨空，你得趕往製造工廠區。」

柔雅漂亮的藍眼瞇成一條縫。「來拉夫卡走走，布瑞克，我們會好好教你一些禮儀。」

「我會記在心裡。當他們在死神駁船上把我燒掉，我衷心希望大家都記得我多麼懂禮儀。」

「好了，跟我們走吧，妮娜。」娟雅催促道。

妮娜搖搖頭。「這差事還沒完，反正古維也還太虛弱，沒辦法走。」

柔雅噘起嘴。「只要別忘記妳該對誰忠誠。」她爬下賣酒船，後頭跟著娟雅和史鐸霍恩。

那位船長轉頭望著賣酒船，低頭注視妮娜。他雙眼的色澤很怪，輪廓的組成也似乎不那麼搭軋。「以防妳可能不打算回來，我要妳知道：拉夫卡歡迎妳和妳家那位斐優達人。我們無法預測蜀邯可能還有多少煉粉，或者他們製造了多少這些鐵翼兵。第二軍團需要妳的天賦。」

妮娜猶豫著。「我已經……不是以前那樣了。」

「妳是一名士兵，」柔雅說：「妳是格里沙，能有妳在，是我們的好運。」

妮娜簡直要掉了下巴。這句話完全稱得上稱讚。

「拉夫卡感謝妳的付出，」他們轉身離開時，史鐸霍恩說：「國王亦然。」他揮了個手。在那道晚午陽光中，太陽在他身後，讓他看起來不像民船船長，反倒更像……但這也未免荒謬了。

「我得回去教堂，」凱茲說：「我不知道議會打算怎麼處理韋蘭。」

「去吧，」妮娜說：「我們在這裡等馬泰亞斯。」

「保持警戒，」凱茲說：「入夜前別讓他被人看到，接下來……妳知道該去哪裡。」

凱茲從船上爬下來，再次消失於往巴特教堂的方向。

妮娜覺得讓古維喝酒不太安全，便給了他一些水，建議他休息一下。

「我怕閉上眼睛。」他說。

妮娜努力往運河邊緣和街道再過去的位置眺望。「馬泰亞斯怎麼搞那麼久？你覺得醫士是不是找他麻煩啊？」但接著，她就看見他從空盪的廣場朝她大步走來，舉起一手打招呼。

她從船上跳下來奔向他，整個人投入他懷中。

「女巫，」他抵著她的頭髮。「妳沒事。」

「我當然沒事，遲到的人是你好嗎。」

「我怕我沒辦法在風暴之中找到妳。」

妮娜抽身。「你在過來的路上難道停下來喝酒了嗎？」

他一手捧起她的臉頰。「沒有。」他說，然後吻了她。

「馬泰亞斯！」

「我做錯什麼了嗎？」

「沒有，你做得非常好，但向來都是我先親你才對。」

「這應該改變一下。」他說，接著倒在她身上。

「馬泰亞斯？」

「沒事。我只是得再見妳一面。」

「馬泰亞斯——噢，諸聖啊。」他一直緊抓著的外套落下，她看見他肚子上的彈孔。他的衣服被鮮血浸透。「救命啊！」她放聲尖叫，「誰來救命啊！」但是街上空空蕩蕩，每扇門都閂了起來，窗戶緊閉。「伊奈許！」她哭喊道。

他太重了。他們兩人倒在鵝卵石地上，妮娜輕輕捧著他的頭，靠在自己大腿上。伊奈許衝向他們。

「怎麼回事?」她問道。

「他中彈了,噢,諸聖啊,馬泰亞斯,這是誰幹的?」可是他們的敵人實在太多了。

「無所謂。」他說,呼吸氣若游絲又很不對勁。「我只是想再見妳一面,告訴妳——」

「叫古維來,」妮娜對伊奈許說:「或凱茲,他有煉粉,妳得幫我拿過來,我可以救他——我能治好他。」但眞的是這樣嗎?如果她用了那個藥,能力可以回到從前那樣嗎?可是她至少能試一試,她至少要試一試。

馬泰亞斯用驚人的力量抓住她一手,上頭濕答答的,全是他的血。「不行,妮娜。」

「我可以再戰勝它一次,我可以把你治好,然後戰勝煉粉。」

「不値得這個風險。」

「什麼風險都値得,」她說:「馬泰亞斯——」

「我要妳去拯救其他人。」

「什麼其他人?」她絕望地問道。

「其他獵巫人,向我發誓,妳至少要試著幫助他們,幫他們看清。」

「我們一起去,馬泰亞斯,我們一起當間諜,娟雅會幫我們塑形,我們一起去斐優達,我會穿上每一件你喜歡的醜死人針織背心。」

「回家吧，回拉夫卡，妮娜。照著妳的天性，活得自由自在，按照妳的本質當個戰士，我只求妳對我的同胞多點慈悲。一定有些斐優達人值得饒過的，答應我。」

「我答應你。」她已泣不成聲。

「我被造來保護妳……即使死去，我也會找到方法。」他又將她的手抓緊了些。「爲我土葬，讓我能走向喬爾神，讓我能向下生根、隨水朝北而去。」

「我答應你，馬泰亞斯，我會帶你回家。」

「妮娜，」他將她的手壓向自己心臟。「我已經回家了。」

他眼中的光芒消逝，在她雙手之下，胸口不再起伏。

妮娜放聲尖叫，那聲怒號從她不久前仍有心臟搏動的黑色空間撕裂而出。她尋找他的脈搏，尋找曾代表馬泰亞斯的那股光與力量。**如果我有我的力量；如果我從沒使用煉粉；如果我身上有煉粉。**她感到身周如有河流圍繞，一窪悲痛的黑水。她探入那股冷意之中。

馬泰亞斯的胸膛鼓起、身體震顫。

「回到我身邊，」她低聲說：「回來。」

她做得到。她能給他新生命，誕生自深深水中的生命。他不是普通凡人，他是馬泰亞斯，是她勇敢的斐優達人。

「回來。」她出聲號令，他呼吸著，眼皮顫動睜開，雙眼閃爍黑色。

「馬泰亞斯，」她低聲說：「喊我的名字。」

「妮娜。」

他的聲音，他美好的聲音，一點也沒變。她緊握住他的手，在那道黑色目光中尋找他的影子。但是他的雙眼有如北方冰雪，是一片蒼然而純粹的藍。這全都不對了。

伊奈許跪在她身旁。「妮娜，放他走。」

「我沒辦法。」

伊奈許一手攬住妮娜肩膀。「讓他去找他的神。」

「他應該和我一起在這裡才對。」

妮娜碰觸他冰冷的臉頰。一定有恢復原狀、扳回正軌的方法。他們都一起完成了多少不可能的事？

「下輩子，妳會與他重逢，」伊奈許說：「可是妳現在得承受這分痛。」

他們是雙生的靈魂，註定對立而戰的士兵；太快找到彼此，又太快失去對方。她不能把他留在這裡，不能這個樣子。

「那就下輩子吧，」她低聲說：「去吧。」她看著他再次閉上眼睛。「*Farvell*，」她用斐優達語說：「願喬爾神照看著你，直到我們再次相逢。」

40 馬泰亞斯

馬泰亞斯又作夢了，他夢到了她。風暴在身周怒嚎，淹過妮娜的聲音。然而他的心卻十分輕盈。不知怎麼，他知道她會安安全全，會找到地方躲避寒冷。他又走在了冰上，在某個能夠聽見狼嚎的地方。可是這一次，他知道牠們在歡迎他回家。

41 韋蘭

在靠近教堂前方的長椅上，韋蘭坐在阿麗斯和賈斯柏中間。拉夫卡人、蜀邯人和斐優達人掀起一陣亂七八糟的鬥毆，使得數名士兵瘀青浴血，斐優達大使肩膀脫臼，四面八方都在憤怒嚷嚷著商業制裁與報復。但就現在而言，至少恢復了些表面的秩序。來參加拍賣的人大多早就逃之夭夭，或由市警隊帶出去。蜀邯人已經出發，並因爲有一位國民喪命而威脅要發起軍事行動。

斐優達人明顯舉隊前往市政廳大門，要求立刻逮捕馬泰亞斯・赫佛，卻收到通知，因緊急瘟疫預防措施，禁止公眾集會，他們得立即回到自己的大使館，否則可能遭強制驅離街頭。

人們一身傷、頭昏腦脹。韋蘭聽說有個女人驚慌逃向教堂大門時被撞倒在地，一手被踩得粉碎。但是沒什麼人去診所或醫院接受治療——沒人想冒險暴露在巴瑞爾擴散開的瘟疫中。只有商會和一些市警隊的人待在祭壇附近，小聲爭執，偶爾拔高成類似喊叫的音量。

韋蘭、賈斯柏、阿麗斯及她的女僕被市警隊圍著。凱茲堅持韋蘭待在教堂，他衷心希望凱茲的想法沒有錯。他不確定這裡這些警員究竟是要保護自己，還是監視自己。按照賈斯柏不斷在膝蓋上敲打的動作判斷，韋蘭懷疑他也一樣緊張。韋蘭每呼吸一下就覺得疼痛，頭則像被太過熱情的打擊樂演奏者狂敲的定音鼓，這也完全沒有幫助。

他整個人一團糟，這裡差點發生暴動，克特丹的名聲壞得無可挽回……然而，韋蘭仍忍不住逕自微笑。

「你是在開心什麼？」賈斯柏問。

韋蘭瞥了瞥阿麗斯，細聲說：「我們成功了，雖然我知道凱茲也有他的目的，但我很確定我們出手阻止了一場戰爭。」如果拉夫卡贏得拍賣，蜀邯或斐優達就能找到藉口攻擊拉夫卡，好搶到古維。現在，古維會很安全，就算最終其他人還是發明出了煉粉，拉夫卡人也很快會踏上發明出解毒劑的道路。

「可能吧，」賈斯柏的牙齒閃著白光。「不過是一起好友之間的國際級小糾紛，是不是？」

「我覺得奇格可能打斷了我的鼻子。」

「可惜娟雅還把它弄得這麼美、這麼挺。」

韋蘭遲疑著。「如果你想的話可以離開。你一定很擔心你父親。」

賈斯柏瞥了瞥市警隊。「我可不確定我們的新伙伴會這樣讓我走出這裡。除此之外，我不希望有任何人跟蹤我找到他。」

韋蘭也的確聽見凱茲叫賈斯柏好好待著。

阿麗斯一手揉著肚子。「我餓了，」她望向還在那裡吵個沒完的商會。「你們覺得我們什麼時候能回家呀？」

韋蘭和賈斯柏交換了個眼神。

此時，有個年輕人在教堂走道快步跑來，將一綑紙遞給賈倫．瑞梅克。紙上有甘曼銀行的淺綠色封蠟，韋蘭猜想那上頭大概會顯示商會所有金錢都經由一筆假約韃基金直接流入蜀邯帳戶。

「這眞是太瘋狂了！」范艾克喊著：「你們不會眞的相信吧！」

韋蘭站起來想看清楚一點，卻因肋骨猛一陣疼痛倒抽一口氣。賈斯柏伸出一手扶穩他，但是，韋蘭看到在講台那兒的景象，瞬間將所有疼痛一掃而空：一名市警隊隊員將鐐銬扣到他父親身上，他正像被釣起來的魚一樣瘋狂掙扎。

「都是布瑞克幹的，」范艾克說：「是他搞出這筆基金。去找那個農夫，找佩卡．羅林斯。他們會告訴你們的。」

「別再丟人現眼了，」瑞梅克壓低音量憤怒地說：「算是爲了你的家人，控制一下自己。」

「控制自己？在你拿鎖鍊把我綁起來的時候？」

「老天，你冷靜點。你會被帶到市政廳等控告，等你付清保釋——」

「保釋金？我可是商會成員，我說的話——」

「一文不值！」瑞梅克憤怒反駁。同時，卡爾・卓登怒髮衝冠。韋蘭下意識想到阿麗斯的獵犬看見松鼠的模樣。「我們沒立刻把你扔進地獄門你就該心存感激了。商會整整七千萬克魯格就這樣消失，克爾斤成爲眾人笑柄。你到底知不知道你今天造成什麼損害？」

賈斯柏嘆口氣。「苦差事我們做，甜頭他拿走？」

「是怎麼了啊？」阿麗斯問，伸手去握韋蘭的手。「楊怎麼惹上麻煩了呢？」

韋蘭對她感到抱歉。她人很好，很單純，除了按照家人命令結婚，從沒做過什麼錯事。如果韋蘭猜得沒錯，他父親會以詐欺和叛國的罪名被起訴。意圖破壞市場而刻意簽訂假合約不只違法，更被認爲是瀆神行爲，是對格森神行事的毀壞，刑罰極爲嚴厲。如果他父親被判有罪，將被褫奪財產或持有基金的權力，他所有的財富會轉給阿麗斯和他尚未出生的繼承人。韋蘭不確定阿麗斯是否做好接下這種責任的準備。

他捏了她的手一下。「會沒事的，」他說：「我保證。」而他是認眞的。他們會找個好律師，或是懂經營的人來幫阿麗斯處理資產。如果凱茲熟悉克特丹每一個詐欺犯，一定也知道誰是誠實的生意人——畢竟，他刻意要避開他們。

「他們今晚會讓楊回家嗎？」阿麗斯抖著下唇問道。

「我不知道。」他承認。

「但你會回來這個家的吧？」

「我──」

「你給我離她遠一點，」市警隊將范艾克從台上拖下台階，他口沫橫飛地說：「阿麗斯，別聽他的，妳得叫斯密特湊錢來交保釋，快去──」

「我不認為阿麗斯有辦法幫你做這件事。」凱茲說。他倚著烏鴉頭手杖，站在走道上。

「布瑞克，你這卑鄙的小流氓，你真以為這件事會這樣結束嗎？」范艾克挺直身體，努力想重拾失去的尊嚴。「明天的這個時候我就會交保出來，重新洗滌我的名聲。一定有辦法能將你和瑞維德資金連起來的，我一定會找到，我發誓。」

韋蘭感到身旁的賈斯柏一個僵硬。唯一的連結就是寇姆．菲伊。

「無論你怎麼說。而所謂發誓，」凱茲說：「是很認真的一種承諾，我想我們都曉得你說的話值幾兩重。但你也許會發現，你的資源好像有點吃緊。保管你資產的人會負責管理你的資金，就這件事上，我不確定韋蘭打算在為你辯護或保釋金貢獻多少錢。」

范艾克殘酷一笑。「阿麗斯一懷孕，我就把他從遺囑上剔除了。韋蘭連一分錢都拿不到。」

商會成員中響起一陣驚訝的竊竊私語。

「你確定嗎？」凱茲說：「我記得韋蘭告訴我，你們兩個早就和好……當然，那都是在這些骯髒事之前發生的。」

「我的遺囑再清楚不過，有一份副本在——」范艾克說到一半，而韋蘭看著驚駭的表情在他父親臉上擴散開。「保險櫃裡。」他低聲說道。

韋蘭在幾秒內領悟，彷彿頭上遭到一擊。史貝特用他父親的筆跡僞造了給船長的信，那爲什麼不順便僞造些別的呢？**好賊不光是拿，還會留下東西**。他們闖進父親辦公室那晚，凱茲不只想偷封蠟章，還將范艾克的遺囑調換成假貨。韋蘭記得凱茲曾說：**你應該知道我們要偷的是你的錢吧**？他不是在開玩笑。

「還有另一份副本，」范艾克說：「我的律師——」

「康尼利斯·斯密特嗎？」凱茲說：「你知道那些看門狗是他自己培育的嗎？這挺有趣的，當你訓練動物服從命令，有時牠們會太聽話。所以最好還是讓牠們保有些野性。」

騙局只玩一層是贏不了的。凱茲計畫要將韋蘭父親的帝國交到他手上多久了？

「不，」范艾克搖著頭說，「不。」他使出驚人的力量甩開守衛。「你不能把我的資金交給這個智障管理，」他大吼大叫，用上了銬的雙手比畫著韋蘭。「就算我要他繼承，他也沒有能力。他讀不了字，幾乎沒辦法在紙上組織出最基本的句子。他是個白痴，是個軟弱的孩子。」

韋蘭認得議會成員臉上流露的驚駭。這是他孩提時代作過無數次的惡夢——在公開場合中被揭露全部缺陷。

「范艾克！」瑞梅克說：「你怎能這樣說你的親生骨肉？」

范艾克失控地大笑。「至少我能證明這件事！拿個東西給他讀啊，快點，韋蘭，讓他們看看你可以成爲多厲害的商人。」

瑞梅克一手放在他肩上。「孩子，你不用回應他這些瘋話。」

但韋蘭頭偏一側，腦中浮現一個想法。「沒關係的，瑞梅克先生，」他說：「如果這能讓我們爲這起不幸的事件畫下句點，我會聽從父親指示。事實上，如果你有權利轉移書，我現在就能簽名，開始爲我父親的辯護籌措資金。」

台上傳來一陣低語，接著冒出一份包含契約文件的檔案。韋蘭對上賈斯柏的眼睛。他理解韋蘭打算做什麼嗎？

「這本來是要給古維・育・孛的，」卓登說：「但還沒完成，裡面應該有份權利轉移書。」

他將檔案交給韋蘭，但賈斯柏拿了過來，用拇指翻閱過。

「一定得叫他讀！」范艾克吼道：「其他人不可以！」

「我認爲你第一個要投資的東西就是口套。」賈斯柏小聲地說。

他將文件遞給韋蘭。那可能是任何東西。韋蘭看見了字，認出它們的形狀，卻無法組成任何意義。可是他能聽見腦中的樂聲，那是他孩童時期常使用的記憶祕訣——賈斯柏的聲音在聖赫德入口大聲唸給他聽。他看見了那扇淺藍色的門、嗅到紫藤花開的香氣。

韋蘭清清喉嚨，假裝檢視紙頁。「此文件受到格森神全權監督，遵守人與人之間正直之交易，受克爾斥法庭與其商會約束，聲明將——」他暫停了一下，「我想這裡的名字應該是楊．范艾克所有財產、地產、合法股分轉移給韋蘭．范艾克。在楊．范艾克……能再次行使自身能力之前，由其代管。我還要繼續嗎？」

范艾克瞠目結舌地瞪著韋蘭，商會成員一個個搖著頭。

「當然不必了，孩子，」瑞梅克說：「你承受的已經夠多了。」此時，他轉向范艾克的眼神極爲憐憫。「把他帶到市政廳，我們可能也得給他找個醫士。一定有些什麼讓他腦袋變糊塗了，出現這些瘋狂想法。」

「這是花招，」范艾克說：「又是布瑞克的另一個花招。」他掙脫抓住他的守衛、衝向韋蘭，但是賈斯柏上前一步，擋在前方，抓住他的雙肩，把手伸得直直地制止了他。「你會毀了我建立起的一切，我父親和他的父親建立起的一切。你——」

賈斯柏靠近他，音量小到沒有別人能聽見。「我可以讀給他聽。」

「而且他的中低音非常悅耳。」韋蘭補充，守衛便將他的父親拖上走道。

「你別想撇清關係！」范艾克尖叫道。「我現在知道你玩什麼把戲了，布瑞克，我腦子銳利得就像刀——」

「目前來說，你這把刀只能先在牢裡用了，」凱茲一面說，一面來教堂前方加入他們。「說到底，刀的好壞還是取決於原料。」

范艾克不斷怒吼。「你們根本不知道那是不是眞正的韋蘭！他可能戴了任何一個男孩的臉！你們不懂——」

商會剩下的人緊跟著，似乎都有些驚魂未甫。「他精神失常了。」卓登說。

「他和那個無賴惡徒佩卡・羅林斯結盟的時候，我們就該發現他腦子不對勁。」

韋蘭將權利轉移書還給瑞梅克。「也許我們還是別馬上處理這件事，我仍有點慌亂。」

「這是當然，我們會負責把遺囑從斯密特那裡拿過來，確保一切都好。我們可以將正式的文件送到你家。」

「我家？」

「你不回錢之街的家嗎？」

「我……」

「他當然會回去。」賈斯柏說。

「我不懂，」當阿麗斯的女僕輕拍她的手時，她說：「楊被逮捕了？」

「阿麗斯，」凱茲說：「妳覺得——到鄉間去等這些亂七八糟的爛事結束，遠離瘟疫威脅，這個提議怎麼樣呢？？也許去妳提過的那個漂亮湖邊小屋？」

阿麗斯的神情亮了起來，不過又有些遲疑。「你覺得這樣眞的適當嗎？妻子在這種時候拋棄丈夫？」

「其實這也算是妳的責任，」凱茲說：「畢竟，妳不是該把寶寶當成第一優先嗎？」

賈斯柏露出睿智表情點著頭。「清新的鄉間空氣，還有大片原野，可以……到處蹦蹦跳跳。我就是在農場長大，所以才這麼高。」

阿麗斯皺眉。「可是你有點太高了。」

「那是很大的農場。」

「而且妳可以繼續在那裡上音樂課。」韋蘭說。

無庸置疑，阿麗斯的眼睛開始閃閃發光。「和班揚老師一起嗎？」她的臉頰變成粉紅色，咬起了嘴唇。「也許這對寶寶確實是最好的。」

42 賈斯柏

在傍晚漸深的黑暗中，他們一同走向范艾克宅。凱茲倚著枴杖，阿麗斯則靠著女僕的手臂。街道空盪，令人毛骨聳然。他們時不時會看到市警隊的人，而賈斯柏的心跳會開始加速，思考著他們會否再次被找麻煩。可是，既然現在范艾克和佩卡徹頭徹尾名聲掃地，市警隊還有更大的問題得努力解決，而在巴瑞爾爆發的疫情讓那些幫派有很多事情可忙。這城市中，似乎無論守法或不守法的市民都只顧著自己，心甘情願放賈斯柏和他的小伙伴平靜。

不過，這一切對賈斯柏都不重要。他只想知道父親是否平安。他有點想溜去麵包店，但不能冒著被跟蹤的危險。

他因此覺得心癢癢，但就現在而言，他可以抗拒。也許使用能力的確有些幫助，也許，他只是因為打鬥有些暈陶陶。試圖釐清原因言之過早，但至少今晚，他能保證不幹蠢事。他會坐在某間房裡，從某張地毯上擷取顏色，或者練習射擊。或者，如果有必要，就讓韋蘭把他綁在椅子上。賈斯柏想知道接下來的發展，他想成為其中一部分。

儘管今日的醜聞提及范艾克的名字，窗裡依舊點起了燈，僕人仍開開心心為阿麗斯和年輕的韋蘭少爺打開大門。他們經過一個看起來像餐廳的房間，裡面似乎少了桌子，賈斯柏抬起頭，望著天花板上那個巨大的洞。他能看穿到另一層樓與一些華麗非常的木頭雕飾。

他搖搖頭。「你眞該小心對待你的東西。」

韋蘭試著微笑，但是賈斯柏看得出他很緊張。他充滿警戒地從一間房走到另一間，不時稍碰一件家具或牆上某處。韋蘭的傷很嚴重，他們派了人去大學找醫士，不過可能得很久之後才會有人來了。

當他們來到音樂室，韋蘭終於停下腳步，他一手拂過琴蓋。「在這棟房子裡，這是唯一讓我覺得快樂的地方。」

「希望這件事接下來能夠改變。」

「我覺得自己像個入侵者，好像父親會在任何一刻衝過那扇門，叫我滾出去。」

「等文件都簽完後會比較好，會覺得一切都定了下來。」賈斯柏咧嘴一笑。「是說，剛剛你表現超好的。」

「我怕死了，現在還是。」他低頭看著琴鍵，彈出輕柔的和弦。賈斯柏不禁想，自己怎麼會把古維當成韋蘭呢？他們的手完全不一樣。手指的形狀，還有指節。「賈斯，」韋蘭說：「你對我父親說的話是認眞的嗎？你會陪著我，幫助我？」

賈斯柏往後靠著鋼琴，用手肘撐著。「讓我想想——生活在超奢華的商人大宅，有僕人伺候，偶爾花點時間和長笛吹得悅耳、初出茅廬的爆破專家一起混？我覺得可以接受。」賈斯柏的眼神從韋蘭的紅金色鬈髮一路飄到他的指尖，再飄回來。「但是我呢，確實會收點高昂的費用。」

韋蘭臉變成誇張的粉紅色。「好吧，那希望醫士能快點來這裡治好我的肋骨。」他一面回起居室，一面說。

「所以呢？」

「成交，」韋蘭說，快速往回瞥一眼，臉頰已紅得和櫻桃沒兩樣。「我可以先給預付金。」

賈斯柏爆出一陣大笑，他都要想不起上回心情這麼好是什麼時候了。此時甚至沒人對他開槍。

廚子準備了冷的晚餐，阿麗斯回自己的房間，其餘的人坐在通往後花園的門階上，看著太陽在近乎空城的銀之街沉落的詭異景象，靜靜等待。水上只有市警隊的船、消防隊，偶爾能看到醫士的船划過水面，一路在船尾留下不受干擾的巨大漣漪。大家都吃得不多，焦躁地等待夜幕降臨。其他人也平安脫身了嗎？一切都照計畫進行嗎？接下來還有很多事要做。凱茲完美地一動也不動，可是賈斯柏能感到他體內的緊繃，像響尾蛇那樣纏成一圈。

賈斯柏覺得心中的希望逐漸退去，被他對父親的擔憂消磨到一滴不剩。他在屋中到處探索，在花園走來走去，讚歎范艾克辦公室搞出的大破壞。什麼時候太陽下山下這麼慢了？他想對自己說幾次「父親一定會沒事」都行，可是，在親眼見到寇姆．菲伊歷經風霜的臉之前，他都無法真心相信。

終於入夜，又再經過漫長的一小時，一艘巨大的賣酒船駛進范艾克那座優雅船塢的碼頭。

「他們成功了！」韋蘭歡呼。

凱茲緩緩吐出一口氣。賈斯柏抓起一盞提燈及他們剛剛一直冰著的香檳。眾人蹦跳躍過花園，一把將門打開，魚貫衝進船塢。然而，歡迎之詞卻凍結在唇邊。

伊奈許和羅提正扶著古維從賣酒船上下來。雖然他看起來慘兮兮又驚魂未甫，衣服敞開，露出仍潑灑了豬血的胸膛，至少毫髮無傷。賈斯柏的父親坐在船上，垮著肩膀，比上回賈斯柏見到他時更加虛弱，長了雀斑的臉因悲傷而皺在一起。他慢慢起身，爬上碼頭，緊緊抓住賈斯柏。

「你沒事，你沒事。」

妮娜則待在船上，頭靠在馬泰亞斯胸口。他癱在她身旁，閉著雙眼，整個人無一絲血色。

賈斯柏疑惑地看了伊奈許一眼，她滿臉都是乾了的淚痕，輕輕搖了一下頭。

「怎麼會？」凱茲平靜地問。

伊奈許眼中又盈滿淚水。「我們還不曉得。」

韋蘭從屋中拿來毯子，在船塢角落鋪開，賈斯柏和羅提幫忙將馬泰亞斯巨大的身軀抬下船，整個過程不僅笨拙，也有些沒尊嚴。賈斯柏不禁覺得這名斐優達人一定恨死了這個樣子。

他們讓他在毯子上躺下，妮娜坐在他旁邊，什麼也沒說，他的手仍被她緊緊握著。伊奈許拿來一條披巾披在妮娜臂上，安靜地蜷在她身旁，頭靠著她肩膀。

好一會兒沒人知道該怎麼辦，但是最終，凱茲看著自己的錶，無聲地對他們打信號。還有其他事要他們去做。

他們開始著手改造賣酒船，十點鐘響的時候，它得擺脫商人的河上店家外貌，變得更像運屍人的疫病船。他們已有多次改造交通工具的經驗，使用單一船隻的基底當骨架，改成賣花駁船、打漁小艇或水上市集攤販。端看任務中要什麼。這算是簡單的變身，沒什麼要特別製作，只要做些拆除就好。

他們使勁將一層層酒瓶卸進屋中，並拆去甲板上方部分，去除儲藏隔間，讓這艘船更寬大、更平面。寇姆也出手幫忙，就如過往在農場那樣，和賈斯柏並肩工作。古維在花園和船塢來回遊蕩，仍因歷經折磨而虛弱不堪。

賈斯柏很快開始噴汗，努力專注在工作的節奏，心中的悲傷卻揮之不去。他也失去過朋友，參與過走岔出事的任務。可是，這回為什麼那麼不一樣？

完成最後一點工作，韋蘭、凱茲、羅提、賈斯柏和他的父親站在花園。已經沒別的事好做了。駁船已經完成，羅提從頭到腳一身黑，他們拆了范艾克的一件華美黑衣、重新縫製，改造成運屍人的帽兜。該動身了，卻沒有一個人動。賈斯柏能在周遭聞到春天的氣味，既甜美又急切，百合和風信子的香氣，早開的玫瑰。

「應該所有人都活下來的。」韋蘭輕輕地說。

也許這是過度天真，是僅僅淺嘗巴瑞爾生活滋味的富人之子的反抗。但賈斯柏知道自己也想著同一件事。在那些瘋狂的逃脫和千鈞一髮之後，他開始認為他們六個人莫名有神力保護。他的槍、凱茲的腦子、妮娜的智慧、伊奈許的天賦、韋蘭的巧手、馬泰亞斯的力量，讓他們不知怎麼能所向無敵。也許會吃點苦，可能受挫，可是韋蘭說得沒錯，到最後，他們應該都活下來才對。

「無人送葬。」賈斯柏說，因喉中淚水的痛楚而驚訝。

「無須喪禮。」他們一同輕輕回覆。

「去吧，」寇姆說：「去道別吧。」

他們走下船塢，但韋蘭進去之前先彎下身，從花床摘了一朵紅色鬱金香，於是他們也照做，安靜地跟著進去，一個接一個跪在妮娜身旁，將一朵花放在馬泰亞斯胸口，然後站起來，在他身旁圍成一圈，好像就算現在已經太遲，他們仍能保護他。

古維是最後一個。他的金色眼中含著淚水，賈斯柏很高興他來加入他們的圈圈。若不是因為馬泰亞斯，古維和賈斯柏絕對無法從黑幕島的埋伏活下來。是因為他，古維才真的有機會去拉夫卡，以格里沙的身分活著。

妮娜將臉轉向水面，望向黃金運河上列站的狹窄房屋。賈斯柏看見居民在窗中點滿蠟燭，好像不知怎麼能靠著這些小動作將黑暗推拒在外。「我就假裝那些火光都是為他點的吧，」她說，從馬泰亞斯胸口揀了一片掉落的紅色花瓣，嘆了口氣，放開他的手，慢慢起身。「我知道時間到了。」

賈斯柏一手攬著她。「妮娜，他很愛妳，這讓他變得更好了。」

「說來說去，這有什麼差嗎？」

「當然有，」伊奈許說：「馬泰亞斯和我向不同的神祈禱，但我們知道，此生之外還有來生。知道自己在這一生做了好事，能讓他更容易去往下個世界。」

「妳會留在拉夫卡嗎？」韋蘭問。

「只會待到安排好去斐優達的旅程。那裡有格里沙可以幫我為這趟旅程保存他的身體，但我不能回家。在他回到家以前，我都不能休息。我會帶他往北，去到冰的世界；我會把他葬在海岸邊。」然後，她轉向他們，彷彿第一次發現他們的存在。「那你們呢？」

「我們得想出各種花錢的方法。」凱茲回答。

「什麼錢？」賈斯柏說：「不是全都送進蜀邯國庫了嗎？一副他們很缺錢的樣子。」

「是這樣嗎？」

妮娜瞇起眼睛，賈斯柏看見她稍微恢復了點精神。「別再搞把戲了喔，布瑞克，不然我就叫我邪惡的活屍大軍去追你。」

凱茲聳聳肩。「我覺得那不過是區區四千萬，蜀邯可以扛下。」

「范艾克欠我們的三千萬——」賈斯柏低喃著。

「每人四百萬，我會把沛．哈斯可的那份給羅提和史貝特，錢回到甘曼銀行之前，會先在渣滓幫旗下的一個生意洗過，但是資金應該會在這個月底分別進入你們的帳戶，」他暫停一下。

「馬泰亞斯那份會轉給妮娜，我知道錢不重要——」

「很重要，」妮娜說：「我會找方法善加利用。你們那份打算怎麼用？」

「找艘船，」伊奈許說：「組織一隊人馬。」

「幫忙管理商業帝國。」賈斯柏說。

「努力不要把錢燒光。」韋蘭說。

「你呢？凱茲？」妮娜問。

「建造一些新東西，」他聳了下肩。「然後看它燒燬。」

賈斯柏鼓起勇氣。「其實呢，你應該把我那份放在我父親名下，我不認為……我不認為我準備好要接收這麼一大筆錢。」

凱茲看了他好長一段時間。「這麼做非常正確，賈斯。」

這話感覺有些像寬恕。

賈斯柏感到心臟被一陣悲傷拉扯。這是多年來他手頭第一次有這麼多資金，他父親的農場也安全了。可是這一切感覺都很不對。

「我還以為有了錢能讓一切變更好。」他說。

韋蘭回頭看了他父親的宅邸一眼。「我可以向你保證不是這樣。」

遠處，鐘聲開始響起。賈斯柏去花園接他父親，寇姆站在大門階梯附近，手中捏著縐巴巴的帽子。

「至少現在我們有能力給你買頂好帽子了。」賈斯柏說。

「這頂很舒服。」

「老爸，我會回家的。等城市再次開放、等韋蘭安頓下來。」

「他是個好孩子。」對我來說有點太好了，賈斯柏想。「我希望你真的能回家一趟，」寇姆低頭望著自己的大手。「你該見見你母親的同胞。好多年前你母親救的那個女孩……我聽說她非常強大。」

賈斯柏不曉得該說什麼。

「我……我很樂意。對於這一切我真的很抱歉……讓你捲入這件事、差點失去你這麼努力創造的成果。我……我想是要說：此舉無反響。」

「什麼？」

「用蘇利話聽起來比較酷。總之我會試試看的，老爸。」

「你是我的兒子，賈斯柏。我保護不了你，也許甚至不該這麼做。但是，就算你失去力量，我也會在，永遠會在。」

賈斯柏緊緊抱住父親。不要忘記這個感覺，他對自己說，不要忘記你絕不能失去的一切。他不知道自己是否夠強壯，能履行今晚做的決定，但至少可以盡量去試。

他們走回船塢，下去加入其他人。

伊奈許雙手放在妮娜肩上。「我們定會再次相見。」

「我們當然會，妳救了我的命，我也救了妳的命。」

「總次數而言我想妳應該領先。」

「不是啦，我指的不是大事，」妮娜將他們看過一遍。「我說的是那些小事。嘲笑我的玩笑啊，在我幹了蠢事後原諒我啊，永遠不讓我覺得自己渺小。從此刻起，無論是下個月、明年或十年後，都無所謂，等我再次見到你們，一定會想起這一切。」

凱茲對妮娜伸出戴了手套的一手。「到時見，贊尼克。」

「你說的喔，布瑞克。」他們握了手。

羅提爬下到疫病船。「準備好了？」

古維轉向賈斯柏。「你應該來拉夫卡找我，我們可以一起學怎麼使用力量。」

「要不要我把你推到運河測試一下你會不會游泳啊？」韋蘭勉勉強強模仿凱茲的那股狠勁兒——但只有皮毛。

賈斯柏聳聳肩。「聽說他是克特丹最有錢的人之一呢，我不敢耍他。」

古維不爽地嗤了一聲，往疫病船地上一躺，將雙手整整齊齊交叉在胸前。

「不對，」凱茲說：「不是這樣，運屍人不會費事放好屍體。」

古維讓雙手軟綿綿地癱在身側，寇姆下一個。賈斯柏立刻恨不得忘了父親像具屍體躺在那裡的模樣。

他們用毯子將馬泰亞斯抬到船上，把那塊布從他身下抽起。妮娜從他胸口拿了一把鬱金香拋入水中，然後躺在他旁邊。

羅提拿著長長的木篙朝著運河的沙質河床一撐，駁船漂離碼頭。在黑暗中，他看起來與每個運送瀰漫死亡的貨物航過運河的運屍人無異。只有疫病船能自由通過城市、離開港口，收取屍體到死神駁船焚燒。

羅提將帶著他們往上通過製造工廠區。格里沙難民在拍賣後就拋下原本穿來假扮浪汐工會的藍袍，逃亡到那兒。凱茲知道，沒有任何方法能移動這麼多格里沙卻不吸引注意力，因此他們走大使館到酒館的祕密通道，穿上波濤翻湧的藍袍，大搖大擺走在街上，臉上覆蓋水霧，高調地展示自己的力量，而非躲躲藏藏。賈斯柏猜測，如果他想，應該有些可以上的課程。隊伍中只有四名眞正的浪術士，但這樣就很夠了。當然，眞正的浪汐工會的確有可能在拍賣上現身，但基於他們的過往紀錄，凱茲認爲值得一搏。

格里沙和史鐸霍恩會在距離美沙洲不遠處等待登船。一旦他們全部上船，羅提會擺渡帶他們穿過港口，放出信號彈，史鐸霍恩的船就會來會合。這是讓一群格里沙難民、一個幫忙詐騙全商會的農夫，以及不久——僅僅幾個小時——前還是全世界最有價值人質的男孩屍體離開城市的唯一方法。

「妳一定要乖乖的不可以動。」伊奈許小聲地說。

「乖得就和死人一樣。」妮娜回覆。

駁船溜入運河，她舉起一手道別。那手掌有如白色的星星，在黑暗中更顯明亮。船消失之後好久好久，他們仍站在水邊。

不知何時，賈斯柏突然發現凱茲不見了。

「這人總之不說再見，是不是？」他碎唸。

「他不說再見，」伊奈許說，雙眼定定地望著運河上的燈光。在花園某處，有隻夜鳥開始歌唱。「他會放手離開。」

43
凱茲

凱茲的跛腿踩在一張矮凳上，聽安妮卡報告烏鴉會的收入和東埠觀光客流量情況。古維的拍賣和瘟疫恐慌結束後三週內，凱茲接收了沛．哈斯可位於巢屋一樓的辦公室。他仍睡在頂樓，但是在哈斯可的巢穴比較好工作。他沒有很想念得特別上下樓梯往返，而且舊的辦公室感覺也頗空盪。無論何時，只要他試圖坐下來完成些什麼，就會發現自己眼神老飄向窗沿位置。

城市仍未恢復常態，不過倒是創造了一些有趣的機會。當人們為了瘟疫長期抗戰做準備，埠頭的價碼開始往下掉，而凱茲很快抓住優勢，買下烏鴉會旁邊的建築物，這樣他們才能擴大。他甚至設法入手利德區的一個小地產。等恐慌結束、旅遊業復甦，凱茲期待能搜刮些更高級肥羊的油水。他也用合理的價錢買光沛．哈斯可在烏鴉會的股分。基於發生在巴瑞爾的這些麻煩，他其實可以一分不花，但他不想讓任何人太可憐那老頭。

當佩卡．羅林斯回到城市，凱茲會有方法切斷他一切生意。他最不希望的就是自己辛勤工作的收益進了羅林斯的金庫。

安妮卡一結束那些朗誦，皮恩就開始講他蒐集來的范艾克審判細節。神祕的約拿斯．瑞維德下落不明，不過當范艾克的戶頭曝在陽光下，立刻清楚發現他一直在用從商會得到的情報買光約韃農場。這比起詐騙他朋友、影響拍賣、綁架自己兒子還嚴重，甚至有跡象指出他雇一組人馬闖入冰之廷政府建築，可能還破壞了他自己的糖倉。范艾克無法交保。事實上，近期內他可能都出不了監獄。雖然他的兒子提供一小筆錢給他的法律代理，已算是相當以直報怨。

韋蘭選擇拿一部分新獲得的財富修復他家，也給賈斯柏一些津貼做市場投資，並會買下他母親的家。錢之街的人看見瑪萊雅．漢卓克斯和兒子一起坐在花園，或由他們的僕人划船載著在運河上經過，都相當震驚。有時，也能從運河瞥到他們站在范艾克花園中的畫架前面。

阿麗斯和他們住了一陣子，最終選擇與她的獵犬逃離這座城市與那些流言蜚語。她會在漢卓克斯湖邊小屋分娩，聽說歌唱課程似乎也有些模糊的進展。凱茲只慶幸自己不住隔壁。

「做得很好。」皮恩報告完畢，凱茲說。他從沒想過皮恩在蒐集情報上有這等天賦。

「洛德整理了一份報告，」皮恩說：「應該是想爭取成為你的新任蜘蛛。」

「我用不著新任蜘蛛。」凱茲說。

皮恩聳聳肩。「幻影是個很大的缺口。大家會講話。」

凱茲打發安妮卡和皮恩，在安靜的辦公室坐了好久。過去幾週他幾乎沒睡，等待了快要大半輩子的時刻成為現實，他唯恐只要一睡著，這一切就可能全部消失。佩卡．羅林斯逃離了城市，沒有回來。傳言他和自己的兒子躲藏在一間隨時隨地由武裝人員包圍的鄉下房屋。翡翠皇宮、開利王子及甜美居因為隔離，外加佩卡．羅林斯實際上無法在旁處理問題，他的生意瀕臨崩潰邊緣。一角獅內部甚至出現叛亂的說法。他們的老大跑了，和范艾克做的交易害他們比那個有錢人的追隨者還要慘，還不如去當市警隊。

一步一步來。最終，羅林斯還是會將自己從瓦礫中扒出來。凱茲得做好準備。

門上傳來敲門聲。位於一樓唯一的問題，就是大家會更常來吵你。

「有信。」安妮卡說，把信丟在他桌上。「看來你有個床伴呢，布瑞克。」她露出意有所指的微笑。

凱茲用眼神直盯著門，表明他的意思。他沒興趣看安妮卡在那邊眨她的黃睫毛。

「好吧。」說完後她就溜了，在身後將門拉上。

凱茲把信舉到光下。封蠟是淺藍色的，上頭印著金色雙頭鷹。他坐下來打開信封，讀了內容，再一起燒掉。接著，他寫下自己的紙條，以黑色的蠟封緘。

凱茲知道伊奈許待在韋蘭家。他不時會在桌上發現一張潦草的紙條——一些佩卡的情報，或是市政廳的動態——他便知道她來過他的辦公室。他穿上外套，拿出帽子和枴杖，將紙塞進口袋。他是可以叫個傳信人，但是這張紙條他想親自送。

凱茲大步經過安妮卡和皮恩，打算出巢屋。「我一小時內回來，」他說：「最好別讓我看見你們兩個傻子在這兒浪費時間。」

「烏鴉會裡實在沒人啊，」皮恩說：「觀光客太怕瘟疫了。」

「那就去那些等恐慌過去、嚇壞的肥羊住的分租屋，給他們看看你們有多健康，清楚讓他們知道你們剛在烏鴉幫大玩三人黑莓果玩得盡興。要是這招沒用，就挪動你們的尊臀去港口，從船上的工人裡頭招些肥羊下來。」

「我才剛下班欸。」皮恩抗議。

凱茲戴上帽子，拇指劃過帽沿。「我沒問你。」

□

他向東切過城市，打算繞道親自去看看西埠的進展如何。在蜀邯攻擊和瘟疫爆發之間，風化場所基本上全遭棄置。幾條街道設了路障，強制對甜美居和豔之園周遭進行隔離。有謠言說希琳·范赫登那個月大概交不出租金。可悲。

沒有任何船行駛，所以他徒步往上，行至金融區。當他走向一小條廢棄運河，見到水面升起一團濃厚霧氣。才不過幾步，霧就濃得幾乎伸手不見五指。霧沾黏在他外套上，既濕又重，與溫暖的春日完全不搭。凱茲在橫跨運河的矮橋上暫停腳步，靜靜等待，枴杖準備就緒。一會兒後，三名戴著帽兜的人影從他左側現身，右側再出現三個，即使沒風，藍色斗篷仍在空氣中起伏翻湧。看來這點凱茲猜對了，只是他們的面具並非眞是用水霧製成。眞正的浪汐工會——也可能是一班非常有說服力的假貨——戴著某個看起來彷彿望進綴滿星星夜空的東西。效果挺不錯。

「凱茲．布瑞克。」領頭的浪術士說，「古維．育．孛在哪裡？」

「死了，沒了，在死神駁船上燒成灰了。」

「眞正的古維．育．孛在哪裡？」

凱茲聳聳肩。「全教堂的人都看見他中槍，也有醫士宣布他死亡。除此之外，我無能爲力。」

「看來你很希望與浪汐工會爲敵啊，年輕人。你的所有船隻再也無法離港，我們會淹了第五港口。」

「隨你的便，請淹。我不再握有第五港口的股分。你想阻止我的船運，就得阻止往來港口的每一艘船。我不是商人，也不租船運輸，也不登記交易清單。我是個賊，是走私犯。你會發現想逮住我就和想抓住空氣沒兩樣。」

「你知道溺死多容易嗎？」浪術士問。他舉起一手。「無論在什麼地方都能發生。」

凱茲突然感到肺中塡滿了水，他咳嗽著吐出海水，身體一折，喘不過氣。

「把我們要的情報說出來。」浪術士說。

凱茲斷續地大吸一口氣。「我不知道古維・育・孛在哪裡。你就算當場把我溺死也改變不了這個事實。」

「那麼，也許我們可以找出你的朋友，在他們睡夢之中淹死他們。」

凱茲咳嗽，又吐出水。「那麼，也許你會發現方尖碑因爲瘟疫被迫隔離。」浪潮不安祟動，水霧也一起飄移。「我能讓那些警報響起，我製造了這場瘟疫——也能控制它。」

「空口白話。」那名浪術士說，袖子在霧中滑動。

「那就來賭。我會把疾病散播到你們那些塔的每個角落，它們會成爲疾病的中心。你以爲商會不敢把你們全封鎖起來嗎？不會逼你們揭露眞正的身分？現在總算有了理由，他們搞不好高興得要命。」

「他們不敢。要不是我們，這個國家絕對會完蛋。」

「他們將別無選擇，大眾會鬧著要他們行動。他們會從頭到腳把這些塔燒了。」

「禽獸不如的小鬼。」

「克特丹就是禽獸組成的，只是我正好牙齒最利。」

「約韃煉粉的祕密絕對不能對全世界揭露，這樣一來，格里沙會再也沒有安身之處；無論是這裡，或任何地方。」

「這祕密和那個可憐的蜀邯孩子一起沒了，算你們好運。」

「我們不會忘記這件事，凱茲．布瑞克。總有一天，你會爲你的傲慢後悔。」

「讓我告訴你好了，」凱茲說，「等那天來臨，你好好記在日曆上。我可以想到一大堆想開派對慶祝的人。」

那些人影似乎模糊了一下，而當霧終於稀薄，凱茲已不見浪汐工會的蹤跡。

他搖搖頭，邁步繼續沿著運河走。這就是克特丹美好之處。永遠不會令人無聊。毫無疑問，未來浪汐工會一定會想從他這裡拿點什麼，而他則非給他們不可。

但就現在而言，他還有事沒做完。

44 伊奈許

伊奈許不覺得自己爬得上樓上床睡覺。怎麼和賈斯柏、韋蘭吃個晚餐就消磨掉這麼多時間？那晚，廚子端上餐點時不斷道歉。由於大家還是很怕進入城市，她還沒辦法從市場拿到高級新鮮食材。而他們努力地向她保證一點事也沒有，塞滿一肚子起司韭蔥派，一面坐在音樂室地板上，吃著浸透蜂蜜的蛋糕。韋蘭的母親先去休息了。她似乎正一點一滴恢復成原來的自己，但伊奈許仍覺得那是條漫漫長路。

韋蘭彈著鋼琴，賈斯柏則唱著伊奈許聽過最下流的水手歌。她想妮娜想得要死。連一封信都沒有，她只能期望朋友能成功、平安回到斐優達，在冰雪之中找到些許平靜。等伊奈許擁有自己的船，也許第一趟旅程會是前往拉夫卡。她可以旅行至內陸的歐斯奧塔，嘗試沿著他們走過的其中一條老路找自己的家人，再見妮娜……在未來某日。

伊奈許決定晚上都待在韋蘭家，只有在去拿她少少的行李時才回巢屋。如今她的契約已清，銀行帳戶裡錢多到滿出來，她不是很確定自己屬於哪裡。她一直在研究配備了重砲的船艦，並利用自己對於這城市各種祕密瞭若指掌的優勢蒐集情報，希望能據此帶她找到透過克爾斥港口做生意的奴隸販子。過去作為幻影時習得的技巧派上不少用場。但是今晚，她只想睡覺。

她拖著身軀上樓梯，爬進美好又舒適的床上，直到伸手將提燈轉暗時才看到那張紙條——一張上頭有著凱茲凌亂筆跡與封蠟的信件。**日出，第五港口**。

他當然進得了上鎖的房屋，穿過眾多僕人，外加三個扯開嗓門狂唱歌的傻瓜。這樣才合理，她想著。她也在巢屋來來往往，從窗戶和門溜進溜出，有必要就為凱茲留下隻字片語的情報。她其實可以去敲他辦公室門，但這麼做會比較容易。

凱茲變了。網子、幫她還清契約。她能感到他嘴唇在自己皮膚上輕得不能再輕的碰觸，赤裸雙手笨拙地綁著她繃帶的結。伊奈許能想像倘若他稍微放過自己，可能變成什麼樣。可是她無法忍受看他再次穿上盔甲，將那件完美外衣與冰冷姿態的鈕釦一個個扣回去。她不想聽他談論冰之廷與之後的一切，語氣卻好像那不過是另一個工作、另一件成績、另一點可拿下的利益。

但她也不會無視他的紙條。現在，該將這個永遠沒有機會開始的事畫下句點了。她告訴凱茲她聽說的佩卡情報，也和洛德分享她的路線與藏身地點。會結束的。她關掉燈。而過了好久之後，她終於緊捏著紙條睡著。

□

第二天早上要逼自己起床著實困難。過去三週，她養成了壞習慣——想睡就睡、想吃就吃。妮娜一定會很驕傲。住在韋蘭家感覺像進入了某種魔法世界。她以前也進過這屋子——和凱茲偷狄卡浦油畫及進行美沙洲那趟任務之前。可是，以小偷身分和客人身分待在這屋子完全是天壤之別。因為被人伺候，伊奈許有些高興，卻也因此不太好意思。不過話說回來，有他們在，范艾克家的僕役似乎很高興。也許是怕韋蘭會關閉這個家，他們就此失業。又或者，他們認為韋蘭該獲得一些善意。

一名女僕在床邊擺好一件天青色的絲袍和一小雙毛皮襯裡的拖鞋；洗臉盆旁的水壺中有熱水，和裝滿新鮮玫瑰的玻璃碗。她梳洗一下，重新編好辮子，打理好衣裝，逕自悄悄離開房子——當然，是走前門。

她拉起帽兜，快速朝港口移動。街道仍然極為空盪，尤其在大清早這種時間，可是伊奈許知道自己仍不能放鬆警戒。佩卡．羅林斯不在，范艾克在牢中。不過無論有無渣滓幫契約在身，只要凱茲在這些街上還有敵人，她就也是一樣。

他正站在碼頭，望出水面，黑色外套合身地穿在那副肩膀上，帶著鹽味的海風從海上吹來，掃亂他的波浪黑髮。

她知道不必宣告自己的來到，只是這麼站到他身旁，一同看著碼頭那些船隻。看來這天早上有好幾艘船抵達了，也許這座城市很快就能找回自己的節奏。

「那個家感覺起來怎麼樣？」最後，他問。

「很舒適。」她承認。「我都變懶了。」有極短的一瞬間，伊奈許不禁想，凱茲是嫉妒那種舒適，或只是覺得陌生。他有沒有可能讓自己放鬆休息一下？留宿一晚？留下來吃頓飯？她永遠不會知道。

「聽說韋蘭讓賈斯柏做市場投資？」

「不過非常小心，而且是用非常有限的款項。韋蘭希望能把他對風險的熱愛疏導往一些比較有成效的東西。」

「可能效果非凡，也可能完全是一場災難。不過基本上這就是賈斯柏喜歡的路線。至少就機率而言，比任何賭場好很多。」

「韋蘭是在賈斯柏承諾找造物法師進行訓練後才同意的——假如他們找得到。我想可能得去趟拉夫卡了。」

凱茲偏了偏頭，看著一隻海鷗在他們上方遨翔，翅膀大大展開。「告訴賈斯柏，大家——巢屋上下——會想念他的。」

伊奈許揚起眉頭。「巢屋上下。」從凱茲口中聽到這話簡直比得上一束鮮花加一個真心擁抱，而那對賈斯柏而言等同全世界。

有一部分的她想抽取這個瞬間，在他身邊多待一會兒，聽著他粗糙的嗓音，或就這麼輕輕鬆鬆、一語不發地站在那兒，就如過往無數次那樣。長久以來，他差不多就等於她的世界。然而她卻說：「有什麼事呢，凱茲？你不可能這麼快又在計畫新任務吧。」

「這裡，」他把望遠鏡遞給她，而她訝異地發現他沒戴手套。伊奈許試探地接過來，把望遠鏡對上眼睛，看出港口。「我不知道要看什麼。」

「二十二錨位。」

伊奈許調整鏡頭順著碼頭看。那裡，就在他們啓程前往冰之廷的同一個錨位，有一小艘漂亮的戰船。閃閃發亮，比例完美，大砲伸出；一面旗幟直條條地在主桅杆上飄揚，上頭有三隻克爾斥魚。船側以優雅的白色字跡寫上「幻影」二字。

伊奈許心臟搶了一拍。不可能。「那不是——」

「她是妳的了。」凱茲說：「我已經叫史貝特幫妳雇好可靠船員，如果妳比較想找其他大副，他——」

「凱茲——」

「韋蘭給了我不錯的價錢。他父親的船隊中有一大堆昂貴的船，但那艘……很適合妳。」他低頭看著自己的靴子。「這個錨位也屬於妳，它會一直在這裡——如果妳想回來的話。」

伊奈許說不出話。心中的感受太滿，有如還沒準備好迎接這等雨勢的乾涸河床。「我不知道該說什麼。」

他赤裸的手在手杖上的烏鴉頭伸開。這畫面十分陌生，伊奈許怎麼也移不開目光。「那就說妳會回來。」

「我和克特丹還沒結束。」說出這句話前，她都不曉得自己是認眞的。

凱茲迅速瞥她一眼。「我以爲妳想去獵捕奴隸販子。」

「我的確想，而且想要你的幫助。」伊奈許舔舔嘴唇，在嘴上嘗到了海洋。她的人生就是由一連串不可能的時刻組成，那麼，現在問些不可能的問題有何不可呢？「不只奴隸販子，還有皮條客——和嫖客，和巴瑞爾的老大、政客——只要能賺到錢，就對他人的折磨睜一隻眼、閉一隻眼的每一個人。」

「我也是巴瑞爾的老大。」

「你絕不會販賣人口，凱茲。你比誰都清楚，你不只是另一個只會搜刮最大利潤的老大。」

「老大、嫖客、政客，」他若有所思。「那可能是克特丹一半的人——妳想對抗他們全部？」

「有何不可？」伊奈許問：「在海上，在城市裡，一點一滴地去完成。」

「一步一步來，」他甩了一下頭，好像想將某個一時的念頭甩開。「我不是當英雄的料，幻影，我想妳現在也知道了。妳要我當個更好的人，當個好人，我——」

「這城市要的不是好人，而是你。」

「伊奈許——」

「你多少次說自己是怪物？那就當個怪物。當那個他們在夜晚閉上眼都害怕的東西。我們不會去追殺所有幫派，不會關閉那些好好對待員工的妓院。我們要去追的是希琳姨那樣的女人，佩卡．羅林斯那樣的男人，」她暫停一下。「不如這樣想吧……你可以削弱這種競爭狀況。」

他發出個非常接近笑的聲音。

他一手扶著枴杖，另一手垂在身側，就在她身旁，只要移動極短的距離，就能相碰。他近在咫尺，卻又遙不可及。

她小心翼翼地讓指節刷過他的指節，微乎其微，如鳥羽一般。他僵住，但沒有抽手。

「我還沒準備好放下這座城市，凱茲。我認爲它值得被拯救。」**我認爲你值得被拯救。**

他們一上船甲板，她就靜靜等著。他一直沒再說話，現在也是。伊奈許感到他逐漸漂離、被往下拖，遭一道水下逆流困住，將把他從岸邊越帶越遠。她懂得受苦是什麼感覺，也知道那是她無法跟去的地方——除非她也想一起溺斃。

先前在黑幕島，他告訴她他們會殺出重圍。刀子在手、手槍熾熱。因爲我們就是這樣。她會爲他而戰，卻治癒不了他。嘗試也只是浪費時間。

她感到他的指節過來靠著她的，手鑽入她手中，手掌與她緊貼。他似乎全身一顫，接著慢慢地，他讓兩人手指交錯。

好長一段時間，他們就站在那兒，手緊緊相握，望著無邊無際的灰色海面。

一艘飄揚著藍索夫雙鷹旗幟的拉夫卡船，停泊在距幻影號再過去幾個錨位的地方，可能正讓一批觀光客或者來找工作的移民下船。世界已然改變；世界繼續前進。

「凱茲，」她突然問：「爲什麼是烏鴉？」

「烏鴉和酒杯嗎？可能因爲烏鴉是清道夫吧，牠們會清殘渣。」

「我指的不是渣滓幫的刺青，那玩意兒的歷史就和這幫派一樣老——但你爲什麼採納了？你的手杖、烏鴉會。你應該選個新標誌，建造新的神話。」

凱茲的眼睛像苦澀咖啡，他持續注視地平線。升起的太陽在他身上漆上淺淺金光。「烏鴉記得人的臉。記得是誰餵牠們、誰對牠們好——誰對牠們不好。」

「眞的嗎？」

他緩緩點頭。「牠們不會忘記。牠們會告訴彼此該照顧什麼人，又該小心什麼人。伊奈許，」凱茲說，以手杖的頭比向港口再過去的地方。「看。」

她舉起望遠鏡，又望回港口，看著乘客下船，可是畫面很糊。她不太情願地放開他的手。這感覺像某種承諾，而她不想放開。她調整鏡片，看到兩個身影走下船踏板。他們的步伐優雅，姿態挺直、猶如刀刃，舉止就像蘇利雜技演員。

她倒抽一口氣，全副心神就像望遠鏡的鏡片一樣聚焦。她的心抗拒著眼前畫面；這不可能是眞的，這是幻覺，是虛僞的倒映，用虹色玻璃做出來的謊言。只要一個呼吸，這一切都會碎裂。

她伸手想抓凱茲的袖子，她快要昏倒了，他則用一手攬著她、撐著她。她的神智恍若分裂。一半的她意識到他光裸的手指抓著她的袖子，瞳孔擴張，她在他的懷抱之中；另一半的她仍在試圖釐清自己看見了什麼。

她的深色眉毛揪在一起。「我不確定，我是不是不該——」

心臟的聲音實在太大，她幾乎聽不見他說話。「怎麼會？」她眼含淚水，聲線赤裸且陌生。「你怎麼找到他們的？」

「史鐸霍恩的一份人情。他派出探子，作爲我們交易的一部分。如果這麼做是錯的——」

「不是，」她終於淚流滿面。「這樣做沒有錯。」

「當然，要是任務中出了什麼錯，他們會來領妳的屍體。」

伊奈許笑著嗆了一下。「這就由我來吧。」她站好，再次找回平衡。她眞的認爲世界沒有變嗎？她是個傻瓜。組成這世界的是奇蹟、是無法預期的地震、不知從何冒出、並可能重塑大陸的暴風。她身旁有這男孩，面前有著未來。一切都有可能。

現在，伊奈許開始顫抖，雙手摀住嘴巴，望著他們走上碼頭，朝碼頭過來。她稍稍上前，又朝凱茲轉回頭。「和我一起，」她說：「來見他們。」

凱茲點點頭，頗有堅定自己的意味，又再次伸展一下手指。

「等等，」他說，聲音裡那種燒灼感比平時更沙啞。「我的領帶整齊嗎？」

伊奈許笑出來，帽兜從髮上落下。

「就是這個笑容。」他低聲說，但她已朝碼頭奔去，腳幾乎沒有著地。

「媽媽！」她喊出聲音。「爸爸！」

伊奈許看著他們轉身，見到母親抓住父親的手臂。他們朝她奔來。

她的心像一條河，帶她奔向大海。

45 佩卡

佩卡坐在鄉下小屋的起居室，從白色蕾絲窗簾後方偷窺外頭。這是開利蕾絲，從莫洛克幽谷進口。對於裝潢這個地方，佩卡完全不惜血本。他從無到有建起這棟房屋，對每間房的長寬高都具體而詳細，小心翼翼選擇地板的亮光漆、每樣配件與陳設。翡翠皇宮是他的一大驕傲，開利王子則是他帝國的王家御寶，是他對奢華和風格的證明，成爲巴瑞爾最奢華的裝飾。但是這個地方是他的家、他的城堡，此處的每個細節都傳達出體面、繁盛與永恆。

在這裡，佩卡覺得安全——他和兒子、高額請來的保鏢在一起，很安全。然而他仍遠離窗戶。最好別冒任何風險。這兒有太多地方能讓神射手躲藏了……也許他該砍了那些生在草坪邊緣的山毛櫸。

他費力想理解自己原本的人生跑哪兒去。一個月前，他還是有錢人，舉足輕重，是個王者。現在呢？

佩卡又把兒子抱緊了些，撫著他的紅髮。男孩在他大腿上不怎麼安分。

「我想去玩！」奧比邊說邊從佩卡膝蓋上跳起，拇指塞在嘴裡，手緊抓著一隻軟軟的小獅子，那是他的諸多收藏之一。佩卡幾乎無法直視那玩意兒。凱茲・布瑞克唬住了他，他也這麼上了當。

但這件事比那還要糟。布瑞克成功影響了他。佩卡忍不住一直想到自己的孩子，他那完美的孩子，被埋在一塊塊土堆下，尖叫著要找他，懇求自己的父親，而佩卡卻拯救不了孩子。有時，他兒子會在這塊地的某處哭泣，而他不曉得該挖哪裡；有時躺在墳墓裡的則是佩卡，當土壤一層層疊上來，他癱瘓無法動彈。一開始輕輕，像是滴滴答答的雨點，接著是沉重的土塊塡滿嘴巴，將空氣從胸中偷走。他能聽見上方的人在笑——男孩、女孩、女人、男人。在薄暮藍空下，他們全是一道道人影，臉面在陰影中看不見，但他知道他們是誰——是他詐騙、耍弄、殺死的每一個人。在不斷往上爬的途中被他犧牲的那些可憐蟲。他還是想不起布瑞克哥哥的名字。他到底叫作什麼？

佩卡曾是雅各・賀琮；他有千張不同臉孔。但是凱茲・布瑞克找到了他，來尋報復。如果這些蠢蛋之一能找到他，誰敢說不會有第二個？或第三個？會有幾個人排隊等著撒下一鏟的土？

做決定變困難了，即使再簡單也一樣。該繫哪條領帶，該點什麼當晚餐。他質疑起自己，佩卡從沒這樣。他從無名小卒起家，一個來自迷回島的碎石工人，結實的男孩，唯一有價值的就是他強壯的背部、年輕的身體。他能揮動十字鎬、扛非常多的石頭。但是他偷渡上一艘去克特丹的船，並用拳頭打響自己的名號。他當過拳擊手、打手、幫派裡最令人害怕的討債者。他之所以能夠存活，全因爲他是最詭計多端、最強悍的人，因爲無人能干擾他的意志。現在，他卻只想要坐在屋裡喝威士忌，看著陰影在天花板移動。其餘一切都使他極度疲憊。

然後，一個早上，他在琺瑯藍的明燦天空下醒來。處處聽見鳥囀，他能聞到夏日來臨，空氣中眞的帶著熱氣，果園中的水果散發熟成香味。

他穿衣著裝，吃早餐，在外頭度過早晨，在清晨太陽下工作，和奥比玩。當天氣漸漸變得太熱，他們便坐在寬敞的門廳，喝裝在玻璃杯中的冷檸檬水。然後佩卡進屋裡，眞正去面對一直堆在桌上的那些文件與支票。

翡翠皇宮和開利王子的情況簡直是一場災難。作爲防護措施，這兩處被城市關閉，門和窗戶標記了恐怖的黑叉叉，表示爲爆發點。克特丹的新聞指出瘟疫根本是場鬧劇，只是些快速爆發的奇怪眞菌或病毒，卻似乎證明與人無害。政府官方抱持保守樂觀的態度。

佩卡研究資產負債表。兩個賭場也許還能及時搶救。他願意扛下這年的損失，可是只要情況一冷靜下來，他就要大刀闊斧給建築物換上新漆、取新名字，再次回歸。他很可能得關掉甜美居。如果代價是可能染上瘟疫，而且明明有這麼多其他場所願意滿足那些男人的需求，他們就不會在這裡脫掉自己的褲子。這確實不幸，但他以往也遇過挫折，也有充足資源能找到願意無償工作的「契約者」。他還是巴瑞爾之王——佩卡·羅林斯。而要是有任何在街上亂晃的小滑頭忘了這個事實，他很樂意給他們善意提醒一下。

等到佩卡總算整理完海量的信件和新聞，夜幕已經低垂。他伸展一下，喝乾最後一滴威士忌，稍微去看看把被詛咒的小獅子塞在下巴底下酣睡的奧比。他對站崗在兒子臥室外的守衛道了聲晚安，然後走向大廳。

「老大，要睡了嗎？」多蒂問。他和另一名大塊頭打手負責在晚上照顧佩卡的住處，他們是佩卡確定可以信任的人。

「沒錯，多蒂，希望今晚也是安穩的一夜。」

他爬上床時，知道自己不會夢到兒子哭泣或墳墓，或站在他上方那些黑暗的合唱與笑聲。今晚，他會夢到迷回島，夢到它起伏的綠野，以及繚繞其山脈的大霧。在早晨，他會神清氣爽、恢復元氣地醒來，準備處理一些真正的工作，好重新奪回他的王位。

然而他卻因胸口一塊沉沉巨石醒來。他第一個念頭是墳墓，土壤的重量壓在身上。接著他恢復神智。他的臥室昏暗，有人在他身上。他倒抽一口氣，試圖在被單中撐起身體，卻感到一雙膝蓋和一對手肘緊緊鎖住他，脖子上壓的刀帶來陣陣刺痛。

「我會殺了你。」佩卡喘著氣。

「你試過了。」女人——不對，是女孩的聲音回答。

他張開嘴想大喊守衛。

她用刀戳他的頸子，血滴答流入衣領，佩卡嘶了一聲。「敢叫出聲，我就用這把刀把你喉嚨釘在枕頭上。」

「妳想要什麼？」

「你喜歡活著嗎，羅林斯？」他沒回答，她便又戳他一下。「我問你：你喜歡活著嗎？」

「妳怎麼通過我的守衛的？」

「那也叫作守衛？」

「妳殺了他們嗎？」

「根本不必。」

「唯一的窗戶封起來了，那——」

「我是幻影，羅林斯。你以爲鐵條擋得住我？」

布瑞克那個蘇利小女孩。他詛咒自己花在那個拉夫卡傭兵身上的錢。

「布瑞克派妳替他傳話？」他問。

「我替我自己傳話。」

「告訴我妳和布瑞克達成什麼協定。不管他付妳多少，我都加倍。」

「噓──」女孩說，將雙膝再往下壓。佩卡感到肩膀裡有個什麼發出啪的一聲。「我讓漂亮的丹亞莎腦漿在克特丹的鋪石子地上噴得到處都是，我要你好好想想我可以怎麼處置你。」

「妳爲什麼不直接殺了我，省了那些威脅？」他絕不接受豔之園的黃毛丫頭嚇唬。

「你還沒有資格獲得死亡這個禮物。」

「妳──」

她往他嘴裡塞了東西。

「你現在可以尖叫了。」她輕聲哄著，將他的睡衣布料剝開，刀子插入胸口。他咬著那個塞嘴的東西尖叫出聲，拚命拱身想把她摔下去。

「小心點，」她說：「你一定不會希望我失手。」

佩卡逼迫自己不要動，他領悟上回眞正感到疼痛已是多久之前。太多年沒人敢動他一根汗毛了。

「好多了。」

她輕輕往後坐，彷彿正在檢視自己的作品。佩卡喘著氣低頭偷看，卻什麼也沒看到。一股反胃感襲捲全身。

「這只是第一刀，羅林斯。如果你還想回去克特丹，我們就會再次見面，而我就會劃下第二刀。」

她把他的睡衣蓋回去，輕輕一拍，旋即消失。他沒聽見她離去，只感到她的重量從他胸口離開。他一把抽掉嘴裡的破布，翻身，手忙腳亂摸索著燈。光線灌滿房間——衣櫥、鏡子、洗臉盆。一個人也沒有。他踉踉蹌蹌跑到窗邊，窗子仍封閉上鎖，剛剛她用刀子劃他胸口的位置一陣灼痛。

他歪歪倒倒走向化妝桌，猛地將浸濕了血的睡衣扯開。她這刀劃得精準，就在心臟正上方。鮮血一陣一陣隨著心跳汩汩湧出。*這只是第一刀*。苦膽汁湧上喉嚨。

諸聖和他們的母親啊，他想，*她會把心臟從我胸口挖出來*。

佩卡想到丹亞莎，世上最有天賦的刺客之一、毫無良知或慈悲的怪物——幻影竟勝過了她。也許她真的不算是人。

奧比。

他衝過門、跑上走道，經過仍在那裡站崗的守衛。他們立正站好，一臉震驚，但他衝過他們身邊，歪歪倒倒奔過大廳前往兒子的房間。*拜託*，他無聲懇求，*拜託、拜託、拜託*。

他一把將門打開，大廳中的燈光灑在床上，奧比側躺著，靜靜酣睡，拇指塞進口中。佩卡癱靠在門柱上，因鬆一口氣而一陣虛軟，睡衣緊貼在流血的胸口。接著，他便看見兒子原本緊抱在懷中的玩具——獅子不見了。那個位置換上一隻黑色翅膀的烏鴉。

佩卡退縮，有如看見兒子的臉頰貼著毛茸茸腿的蜘蛛入睡。

他輕輕關上門，大步走回大廳。

「叫謝伊和葛瑞干起床。」他說。

「怎麼回事？」多蒂問：「我該叫醫士來嗎？」

「叫他們開始替我們打包，帶上所有現金。」

「我們要去哪裡？」

「能走多遠就走多遠。」

羅林斯一把將門在身後關上，回到窗前，又測試了一下鐵條——依舊堅固、依舊鎖上。在玻璃暗黑的光澤中，他能看見自己的倒影，卻認不出來。這個頭髮漸薄、雙眼恐懼的人是誰？曾有段時間，他可以昂著下巴、槍子熾熱，面對任何威脅。是什麼改變了？只是因爲時間嗎？不對，他恍然大悟，是成功。他太過安逸，並發現自己也十分享受。佩卡坐在鏡前，開始將血從胸口抹去。他曾將克特丹納爲己有，並以此爲傲。他設下過陷阱、放過火，也用靴子踩著那些意圖來挑戰的人的脖子，並拿取他靠著無畏得到的獎賞。對手大多殞落了，橫財拿得輕鬆，偶一挑戰令人興奮，所以他算是展臂歡迎。佩卡一個隨性所致就能毀了巴瑞爾，也照自己喜好寫下遊戲規則，重寫也同樣隨心所欲。

問題在於這個竟然成功從他創造的城市活下來的怪物，完全是新種的悲慘生物——布瑞克、他的幻影女王、他那墮落的一小班地痞流氓。他們是毫無畏懼的品種，目光銳利且凶惡，渴求復仇而非黃金。

你喜歡活著嗎，羅林斯？

是的，他喜歡，非常非常喜歡，而他打算一直這樣活下去，活很久很久。

佩卡會算算錢，養大他的兒子。他會給自己找個不錯的女人——可能兩個，可能十個。也許，在一些安靜的時刻，他會向與他同類的人舉杯致敬，敬這些創造不幸、養出布瑞克和他那幫人馬的同伴。他會為那群可憐蟲乾一杯，但主要是敬那些還不曉得會面對何等麻煩的傻子。

《騙子王國》完

致謝

Joanna Volpe，又名野狼，又名最有趣、最強悍、最聰明、最有耐心的經紀人——謝謝妳當我最好的朋友、最強勢的擁護者。Team New Leaf的每一個人——特別是Jackie、Jaida、Mike、Kathleen、Mia、Chris、Hilary、Danielle和Pouya “All Star” Shahbazian——謝謝你們不但爲我經紀，更成爲我的家人和軍隊，我愛你們。

Holly Black和Sarah Rees Brennan在我還只看得見骨架時幫忙找到這個故事的心臟。Robin Wasserman、Sarah Mesle、Daniel José Older及最棒的Morgan Fahey提供無價的編輯建議。Rachael、Robyn和Flash花費無數小時在我的客廳和花園陪伴我。Amie Kaufman和Marie Lu，滑稽好笑又美好的戰鬥天使，忍耐我一大堆荒謬的e-mail。Rainbow Rowell雖然是葛萊分多，但我想我們還處得來。Anne Grasser很有耐性，輕而易舉控管好我的行程和我怪裡怪氣的要求。Nina Douglas讓我的書在英國獲得佳績，並讓我一路上充滿笑容。Noa Wheeler，謝謝你在克特丹多留了一會兒，並看著我（和我們這群邊緣人小隊）經歷這趟冒險。

一如往常，我欠Kayte Ghaffar——我的左右手，我隨傳隨到的天才——一筆血債，他借給我好多時間、好多創意、好多書。

我要向我的Macmillan大家庭獻上許多感謝：Jon、Laura、Jean、Lauren、Angus、Liz、Holly、Caitlin、Kallam、Kathryn、Lucy、Katie、April、Mariel、Rich（不知怎麼，他又再一次在封面上超越自我）。將這本書送上書架的每一個銷售部成員，讓人把書拿起來的每一個市場部成員。還要特別感謝宣傳部了不起的團隊和我一起巡迴、照顧我、聽我在機場喋喋不休——Morgan、Brittany、Mary、Allison，尤其是不可思議的Molly Brouillette，她爲這套系列施展了魔法。謝謝Steven Klein幫忙想出巧手詭計與偉大魔術；Angela DePace幫助我巧妙地製造出化學象鼻蟲和金酸；Josh Minuto，當我得讓古維起死回生，你實實在在掀起一場腦力激盪的風暴。Lulu，謝謝妳推遲休假，受我的氣，用牡丹包圍我。Christine、Sam、Emily和Ryan，能和你們成爲家人，我充滿感謝。大家都有玉米派！

給所有讀者、圖書館員、部落客、BookTubers、Instagrammers、booklr denizens、小說家、藝術家、編輯製作播放清單的人：謝謝你們讓格里沙世界脫離書頁、擁有生命。我眞心感謝。

最後，如果你想出一分力，幫忙阻止發生在我們世界的販賣人口和強迫勞役，你不必有雙桅帆船或重裝大砲，GAATW.org有許多線上資源和訊息，列出各種組織，皆信譽良好，而且一定很歡迎你提供支持。

莉・巴度格

騙子王國

Crooked Kingdom

登場人物

Cast of Characters

阿登・班揚

Adem Bajan [**ad**-em bah-**zhahn**]

和楊・范艾克簽訂契約的音樂導師

阿蒂提・希利

Aditi Hilli [uh-**dee**-tee **hee**-lee]（歿）

賈斯柏・菲伊的母親

阿利娜・史塔科夫

Alina Starkov

[un-**lee**-nuh **stahr**-kovf]（歿）

元素系格里沙（太陽召喚者）；

前第二軍團領導人

阿麗斯・范艾克

Alys Van Eck [**al**-is van ek]

楊・范艾克的第二任妻子

安妮卡

Anika [**an**-i-*kuh*]

渣滓幫成員

安雅

Anya [**ahn**-yuh]（歿）

與霍德議員簽訂契約的格里沙療癒者

巴斯提

Bastian [**bas**-chuhn]

渣滓幫成員

比特

Beatle [**bee**-tuhl]

渣滓幫成員

貝佳

Betje [**ber**-chyuh]

聖赫德的照護者

大巴力格

Big Bolliger [big **bah**-luh-gur]

前渣滓幫成員，已遭驅逐

孛・育・拜爾

Bo Yul- Bayur [boh *yool*-bye-**yur**]（歿）

約韃煉粉發明人，想從蜀邯叛逃；

古維・育・孛的父親

寇姆・菲伊

Colm Fahey [kohm **fay**-hee]

賈斯柏的父親

康尼利斯・斯密特

Cornelis Smeet [kor-**nel**-uhs smeet]

楊・范艾克的律師與財產管理人

丹尼爾・馬科夫

Danil Markov [**da**-nuhl **mahr**-kovf]

與鐵之床簽訂契約的格里沙火術士

闇之手

The Darkling [**darh**-kling]

元素系格里沙，

由前第二軍團領導人持有的名號；

眞名未知

大衛・科斯蒂克

David Kostyk [**day**-vid **kaw**-stik]

格里沙造物法師（物轉士），拉夫卡三巨頭成員

狄瑞克斯
Dirix [**deer**-iks]（歿）
渣滓幫成員

多蒂
Doughty [**dou**-tee]
一角獅成員

丹亞莎·拉澤瑞夫
Dunyasha Lazareva [duhn-**yah**-shuh *lahts*-uh-**ray**-vuh]
傭兵，又名安瑞特淵的白刃

愛蒙
Eamon [**ay**-muhn]
一角獅副手

艾辛格
Elzinger [**el**-zing-ur]
黑尖幫成員

艾米爾·雷特文科
Emil Retvenko [eh-**meel** red-**veng**-koh]
與霍德議員簽訂契約的格里沙風術士

艾洛·亞茲
Eroll Aerts [**air**-uhl airts]
一角獅成員

菲力
Filip [**fil**-uhp]（歿）

一角獅成員

吉珥斯
Geels [geelz]
黑尖幫副手

娟雅·沙芬
Genya Safin [**jen**-yuh **saf**-in]
格里沙塑形者，拉夫卡三巨頭成員

葛瑞干
Gerrigan [**gair**-uh-*guin*]
一角獅成員

戈卡
Gorka [**gor**-kuh]
渣滓幫成員

漢娜·斯密特
Hanna Smeet [**ha**-nuh smeet]
康尼利斯·斯密特的女兒

希琳·范赫登
Heleen Van Houden [huh-**leen** van **hou**-tuhn]
艷之園（異國之家）所有人，老鴇；
人稱孔雀

霍德
Hoede [hohd]（歿）
克爾斥商會成員

伊奈許·葛法
Inej Ghafa [in-**ezh** **guh**-fah]
渣滓幫成員，蜘蛛，祕密蒐集者，又名幻影

楊·范艾克

Jan Van Eck [yahn van ek]

船運業鉅子，著名商人，克爾斥商會成員；韋蘭·范艾克的父親

亞爾·布魯姆

Jarl Brum [yarl broom]

斐優達獵巫人指揮官

賈倫·瑞梅克

Jellen Radmakker [yel-uhn **rahd**-mah-kur]

著名商人

賈斯柏·菲伊

Jesper Fahey [**jes**-pur **fay**-hee]

渣滓幫成員，狙擊手

約迪·瑞維德

Jordan Rietveld [jor-duhn **reet**-veld]（歿）

凱茲·布瑞克的哥哥

卡爾·卓登

Karl Dryden [karl **drye**-duhn]

克爾斥商會中最資淺成員

凱茲·布瑞克

Kaz Brekker [kaz **brek**-ur]

渣滓幫副手，又名髒手

奇格

Keeg [keeg]

渣滓幫成員

古維・育・孛
Kuwei Yul- Bo [koo-**way yool-***boh*]
格里沙火術士，蜀邯叛逃者，
孛・育・拜爾的兒子

瑪萊雅・漢卓克斯
Marya Hendriks [**mahr**-ee-*yuh* **hen**-driks]（歿）
楊・范艾克第一任妻子；
韋蘭・范艾克的母親

馬泰亞斯・赫佛
Matthias Helvar [muh-**tye**-uhs **hel**-vahr]
失去榮譽的斐優達獵巫人

米格森
Miggson [**mig**-suhn]
楊・范艾克的雇員

米羅
Milo [**mye**-loh]
渣滓幫成員

穆森
Muzzen[**muh**-zuhn]
渣滓幫成員

納特・波瑞克
Naten Boreg [**nay**-tuhn **bor**-eg]
克爾斥商會成員

尼可萊・藍索夫
Nikolai Lantsov [**ni**-koh-lye **lan**-tsovf]
拉夫卡國王

妮娜・贊尼克
Nina Zenik [nee-nuh **zen**-uhk]
渣滓幫成員；格里沙破心者

菲力斯老頭
Onkle Felix [uhng-kuhl **fee**-liks]
白玫瑰之家皮條客

巫門
Oomen [oo-muhn]（歿）
黑尖幫成員

佩卡・羅林斯
Pekka Rollins [pek-uh **rah**-luhnz]
一角獅的老大

沛・哈斯可
Per Haskell [pair **has**-kuhl]
渣滓幫的老大

皮恩
Pim [pim]
渣滓幫成員

派爾
Prior [**prye**-ur]
楊・范艾克雇用的人

拉斯克
Raske [rask]
自由接案的爆破專家

紅菲力
Red Felix [red **fee**-liks]

渣滓幫成員

洛德
Roeder [**roh**-dur]
渣滓幫成員

羅提
Rotty [**rah**-tee]
渣滓幫成員

席哥
Seeger [**see-gur**]
渣滓幫成員

謝伊
Shay [shay]
一角獅成員

史貝特
Specht [spekt]
渣滓幫成員；贗造者，前海軍

史鐸霍恩
Sturmhond [**sturm**-*hahnd*]
民船船長，拉夫卡政府特使

史旺
Swann [swahn]
渣滓幫成員

塔瑪・克巴塔
Tamar Kir-Bataar [**tay**-mahr *keer*-buh-**tahr**]
格里沙破心者；尼可萊國王私人護衛隊長

瓦里安

Varian [**vair**-ee-yuhn]

渣滓幫成員

韋蘭・范艾克

Wylan Van Eck [**wye**-luhn van ek]

楊・范艾克的兒子

柔雅・納夏蘭斯基

Zoya Nazyalensky

[**zoi**-yuh *nahz*-yuh-**len**-skee]

格里沙風術士；拉夫卡三巨頭成員

國家圖書館出版品預行編目資料

騙子王國 上／莉．巴度格（Leigh Bardugo）著；
林零譯.——初版.——台北市：蓋亞文化，2021.12
冊；公分.——（Light）
譯自：*Crooked Kingdom*
ISBN 978-986-319-612-9（下冊；平裝）.——

874.57　　　　　　　　　　10018936

Light 020

騙子王國 下

作　　者　莉．巴度格（Leigh Bardugo）
譯　　者　林零
裝幀設計　莊謹銘
編　　輯　章芳群
總 編 輯　沈育如
發 行 人　陳常智
出 版 社　蓋亞文化有限公司
地址：台北市 103 承德路二段 75 巷 35 號 1 樓
電話：02-2558-5438　　傳眞：02-2558-5439
電子信箱：gaea@gaeabooks.com.tw
投稿信箱：editor@gaeabooks.com.tw
郵撥帳號 19769541　戶名：蓋亞文化有限公司
法律顧問　宇達經貿法律事務所
總 經 銷　聯合發行股份有限公司
地址：新北市新店區寶橋路二三五巷六弄六號二樓
電話：02-2917-8022　　傳眞：02-2915-6275
港澳地區　一代匯集
地址：九龍旺角塘尾道 64 號龍駒企業大廈 10 樓 B&D 室
電話：+852-2783-8102　　傳眞：+852-2396-0050
初版一刷　2021年12月
定　　價　新台幣 380 元
Published and Printed in Taiwan

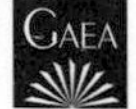
ISBN／978-986-319-612-9